优阅图书

ENJOY READING

只为打造优质阅读

Future?

毕业了我们一无所有

一草作品

毕业前，拥有整个世界；毕业后，我们一无所有。

湖南文艺出版社
HUNAN LITERATURE AND ART PUBLISHING HOUSE
博集天卷
CS-BOOKY

我要将梦想做成一朵花儿 开在这残酷世界里

顾惜明　网站架构师

毕业两年了，在徐家汇一家小公司里上班。
没有想象中的那么多钱，也依然没有买房子。
记得离开学校那天，没有去参加任何聚会，没有去接喝醉的女朋友。
一个人在外面走着，那是夏天的不安的夜晚。
毕业就像是踏上了一趟没有终点的列车，
驶向哪里，你不知道。

柯小曼　法律顾问

我们是在毕业前一个星期分手的。
因为他要去香港，而我不能。
还记得那天阳光很好，在眼睫毛的缝隙中间闪闪发光。
刚刚穿着学士服拍完所有的照片，
笑容还来不及收敛，
蓦然看见，命运在我们面前分岔出两条不同的小径。

及烁　大四

毕业的倒计时越来越近，
我的选择恐惧症就越来越强：
考研还是考公务员？
去外企还是去国企？
出国还是创业？
每一扇门后又是无数扇门，
每一条路都指向无数条路，
想要尝试一切，却又害怕失去一切：
为什么生活不能是多选题呢？

夏天　设计师

毕业前，独自去印尼走了21天。
从没想过自己可以一个人旅行。
离开熟悉的人群，熟悉的语言，
只剩下一个纯粹的自己。
才发现哪怕一路逃着课，吃着火锅，唱着歌，
恋爱又失恋，偶尔骄傲又时常失落，
四年后的我，也已经成为了更好的我。

一草　青年作家

翻到几年前的照片，
看见一个青葱无畏的少年。
那时候一切尚未揭幕。
没有热恋的沉醉，
没有毕业的别离，
没有一路奔波的笑中带泪，
也没有渐渐浮现的成熟和疲倦，
于是我想，我究竟是怎样
一步一步成为了现在的自己？

朱梓非　市场助理

所有的事情都似乎来势汹汹。
一个人找工作，一个人租房，
一个人吃泡面，一个人淋雨。
去动物园买廉价的正装，
除了面试再没有穿过第二遍，
第一份Offer的欣喜，
因为瞬间的断电而陡生心酸，
心酸变成狂欢，狂欢变成宿醉，
宿醉变出梦境，梦境盛开出一树繁花。

没错，他们都不是你。
可他们又都是你。

你和这座城市里每一个迷惘的年轻人一样，
没有房子，没有车子，
没有户口，没有姑娘。
因为住处偏远，所以必须提前一个小时起床，
登上拥挤到想吐的地铁，去上十多个小时的班。
给妈妈打电话的时候，
说工作顺利，一切都好，
再过几年一定可以接她来这座城市定居。

可你清晰地知道，和你卑微的薪水相比，
房价就像是一辈子都触碰不到的天花板。
你说你会让她过上好日子，
你说你会拥有属于自己的家，
你说你会成为行业里的翘楚，
你不怕嘲笑。
只因：
人如果没有理想，那跟一条咸鱼有什么分别？

是的，你一无所有。
可你终将拥有世界。

现在，就让我们来听苏杨的故事吧。

目录

contents

目录
contents

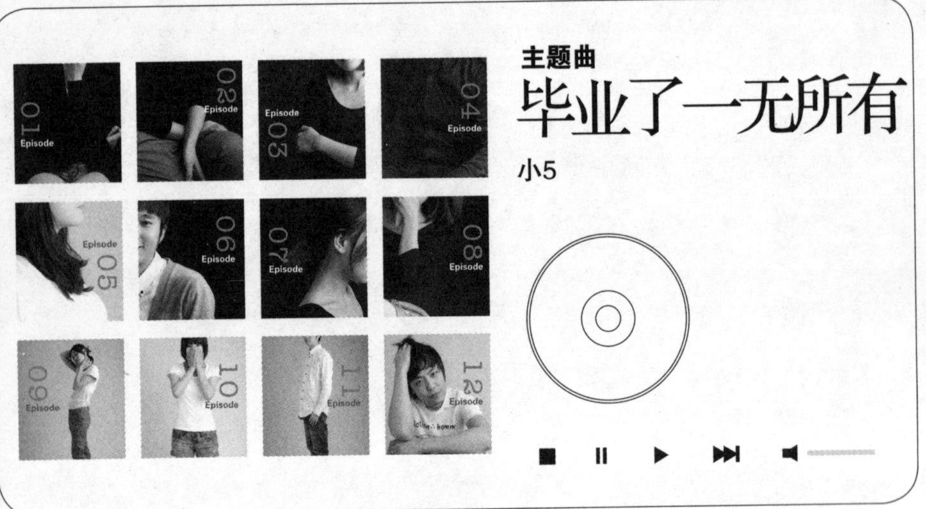
主题曲
毕业了一无所有
小5

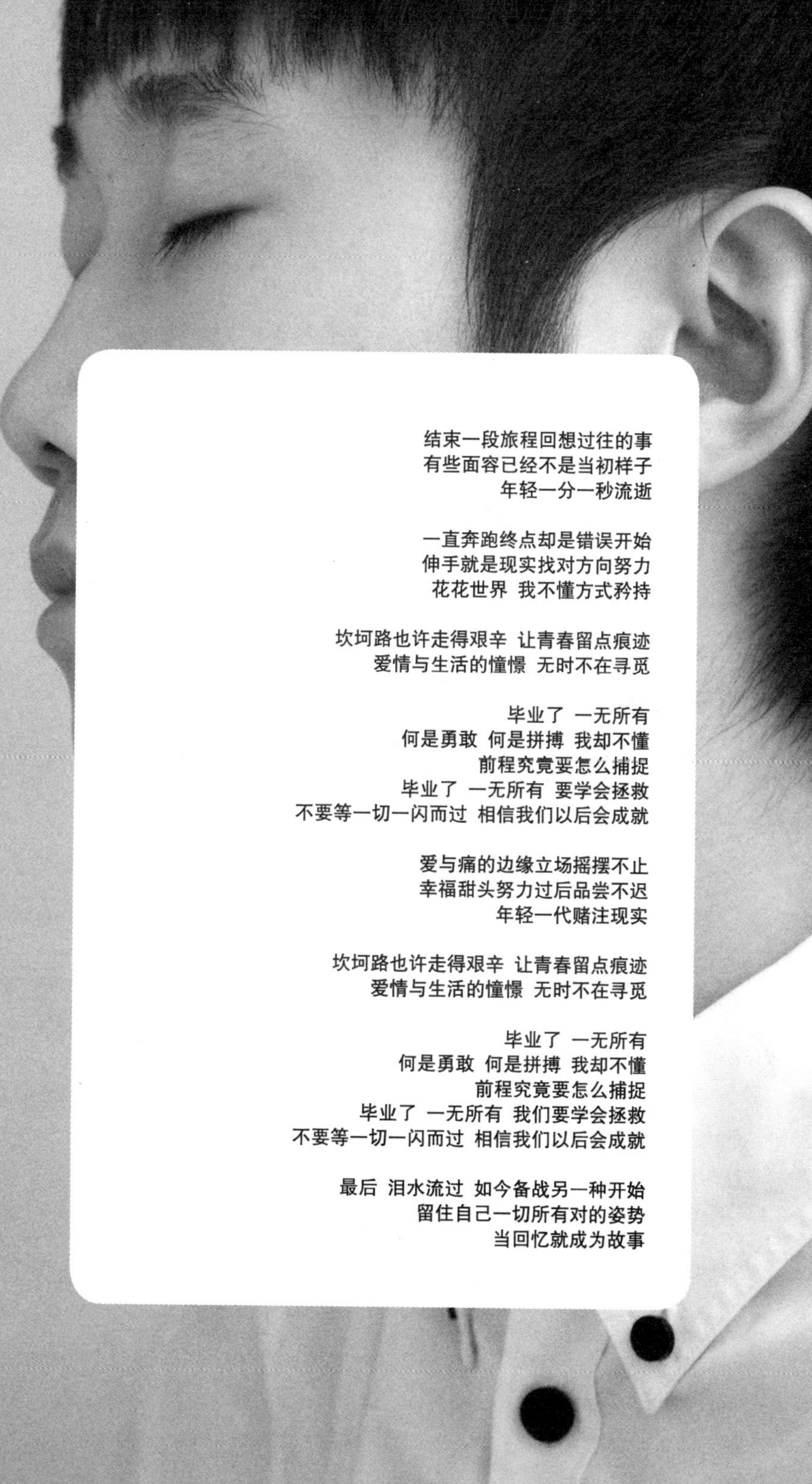

结束一段旅程回想过往的事
有些面容已经不是当初样子
年轻一分一秒流逝

一直奔跑终点却是错误开始
伸手就是现实找对方向努力
花花世界 我不懂方式矜持

坎坷路也许走得艰辛 让青春留点痕迹
爱情与生活的憧憬 无时不在寻觅

毕业了 一无所有
何是勇敢 何是拼搏 我却不懂
前程究竟要怎么捕捉
毕业了 一无所有 要学会拯救
不要等一切一闪而过 相信我们以后会成就

爱与痛的边缘立场摇摆不止
幸福甜头努力过后品尝不迟
年轻一代赌注现实

坎坷路也许走得艰辛 让青春留点痕迹
爱情与生活的憧憬 无时不在寻觅

毕业了 一无所有
何是勇敢 何是拼搏 我却不懂
前程究竟要怎么捕捉
毕业了 一无所有 我们要学会拯救
不要等一切一闪而过 相信我们以后会成就

最后 泪水流过 如今备战另一种开始
留住自己一切所有对的姿势
当回忆就成为故事

引子 如果

如果，可以重新选择一次！

如果可以重新选择一次，苏杨一定不会选择去上大学，去上大学也不要去什么重点院校，不如老老实实上个技校，学门手艺，也不至于毕业了一无所有，成天飘来飘去尴尬得要死。

如果可以重新选择一次，苏杨一定不会选择认识那个名叫白晶晶的女人，认识了也不要相爱，相爱了也不要分开。为了这个女人，他彻底粉碎了所有坚贞的信仰，泪水流干，经脉尽断。

如果可以重新选择一次，苏杨一定不会选择去卖天杀的保健品，一生行尽坑蒙拐骗之事，说尽嬉皮笑脸之言，睁着眼睛怕天打雷劈，闭上眼睛怕生个儿子没屁眼。

如果可以重新选择一次，苏杨宁可自己是个不折不扣的农民，日出而作，日落而息，看小麦发芽，看树叶渐黄，看群鸭戏水，平淡中享受生活的甜酸涩苦。

如果可以重新选择一次，苏杨一定不会选择此生为人，生存在这个声色犬马之世，活得快乐，也受着折磨，红尘奔波，人前人后，最终造就的是一颗孤独的心，羸弱的魂。

……

可生活无法重新选择，只能俯首打量。于是，当我们将视线投向过往，看到的将是一幕幕悲凉之剧，然而我们无法发笑，因为，那个因成长而引发的所有悲凉的载体，正是你，正是我，正是芸芸众生、人民群众。

对之，我们都无路可逃。

生活犹如强奸，若无力反抗，不如闭眼享受！

而成长的过程，毕竟充满了种种无助。

好戏，开始上演了！

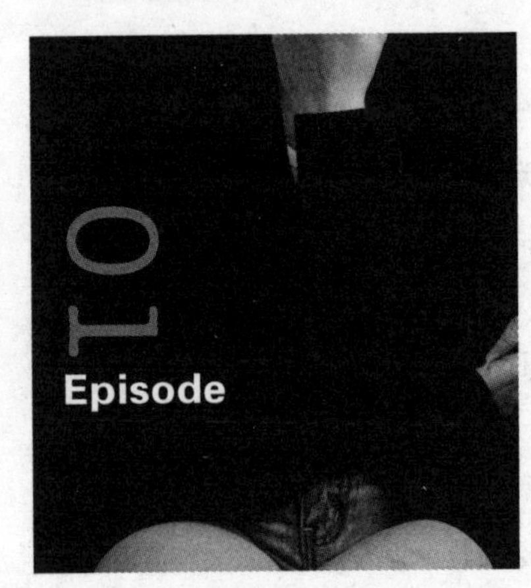

本章插曲

对着背影说爱你

孙子涵/杜沁怡

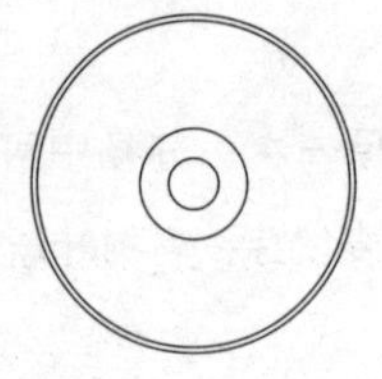

如果说我们不能在一起 又为何让我动心
带走你的飞机 带不走我的心

握紧你的双手不想再松开
却必须要狠心说拜拜
说出的誓言收不回来 给不了你有我的未来

如果难过就告诉自己我是浑蛋
以为只要有爱就可以勇敢
你让我明白什么叫做承担 明白爱并不简单

如果说我们不能在一起 又为何让我动心
非要给我憧憬 又推我下谷底
如果说我们不能在一起 又为何让我动心
看着你的背影 想说句我爱你

没我的日子你要渐渐习惯
天冷时候一定要多穿
没人催也要按时吃饭 别再像以前睡那么晚

不管曾经的快乐多让人难忘怀
我们也得逼着自己往前看
面对无法一起度过的未来 baby 请你要勇敢

如果说我们不能在一起 又为何让我动心
非要给我憧憬 又推我下谷底
如果说我们不能在一起 又为何让我动心
看着你的背影 想说句我爱你

第一章

Chapter

花儿与少年

那时候对任何事情
我们都深信不疑

相信乒乓球是飞机下的蛋
相信自己是被妈妈从垃圾箱里捡来的
相信自己总有一天会变成武林高手
相信牵牵手就会怀孕
相信世界上有不会死的圣斗士
和永远会安慰倒霉蛋的机器猫

我们曾经如此深信梦想
深信爱情
深信在这个世界上
总有一个与众不同的自己

1

想想这古人也真奇怪，两个男人认识没几分钟，如果情投意合就会找个荒山野岭撮土为香，义结金兰。口号是：不求同年同月同日生，但求同年同月同日死。听上去特沧桑，但事实上最后真能一起赴死的却没有几对，曾经的海誓山盟也就是讲过就忘、过过场而已。

苏杨和张晓光同性同龄同阶级，父母均为Y市一所初级中学的老师，连家都在教工宿舍区同一个大院里，作为那个大院仅有的两名新生男丁，两人打从娘胎里出来就别无选择地玩到了一块儿，一直玩到发育完全才正式分开，除了小时候为共同的邻居陈小红干过几仗、互相朝对方身体吐过口水外，前后十几年来两人一直情同手足。在他们8岁那年，苏杨和张晓光决定正式结拜为兄弟，起因是受了当时正在全国热播的《射雕英雄传》的影响。

那是一部能让所有男性的荷尔蒙以几何速率倍增的武侠电视连续剧，从6岁小孩到60岁老头无一幸免，每个人看完后都会产生臆想，觉得自己是武林高手，然后就想满世界找人打架。张晓光坚持说其实他就是郭靖，因为他也会降龙十八掌，于是苏杨只好是杨康。虽说杨康是个坏人且惨死破庙，但苏杨并不反感，因为他觉得杨康比较帅，还出身富贵，物质文明和精神文明两手都很硬，能言善辩又会哄女孩欢心，实在要比只会降龙十八掌的郭靖有前途得多。

有一集《射雕英雄传》里上演郭靖和杨康相见恨晚、义结金兰，这让苏杨和张晓光深受启发，于是决定效仿。只是他们并没有模仿古人一样撮土为香，因为他们有真正的香——四毛钱一盒的“野猪”牌蚊香。记忆里那是一个炎热的夏天傍晚，大院的男女老少都喜欢冲凉后搬个小躺椅到院里乘凉，一边挥舞手中的大蒲扇驱除蚊蝇一边乱侃男女关系，等到十点钟时再集体收看《射雕英雄传》。就是在那样的一个夜，在陈小红同志的见证下，苏杨和张晓光跪在“野猪”牌蚊香前互相磕了几个响头，接着又向证人陈小红磕了个响头，最后把刚刚从电视上学会的口号大喊了一遍，从而正式成为了兄弟。

苏杨年长张晓光三个月，所以是大哥，为了表示对大哥的尊敬，张晓光又毕恭毕敬地向大哥苏杨磕了个响头。苏杨在接受了小弟张晓光跪拜后有点儿小感动，认为从此自己的一切都可以和兄弟一同享受，哪怕是自己最喜欢的女孩陈小红。由于深受武侠电视剧的荼毒，8岁的苏杨已能够流利背出“女人如衣裳，兄弟如手足”之类特哲学的话，苏杨很想把这个念头告诉张晓光，但最后还是忍住了什么都没说，没有说的原因是他知道张晓光也很喜欢陈小红，事实上漂亮的陈小红差不多是他们那几个大院里所有男孩暗恋的对象，这帮还没开始发育的小孩别的东西没学会，拈花惹草的本领倒是无师自通地掌握了不少，不但早就对女性生殖系统了如指掌，甚至明白大人告诉他们“你是从你妈夹肢窝里爬出来”的说法只是一个非常可笑的谎言。

那个夏夜，在和苏杨八拜之交后，张晓光很激动，不但现场热泪盈眶还当即回家把他爸刚从上海买来的变形金刚送给大哥苏杨，并警告苏杨如果不要的话就用降龙十八掌打他，没办法，苏杨只好勉为其难地收下变形金刚，同时将白天在路上拾到的两只劣质玻璃球当成礼品回赠给张晓光。

彼时，Y市上空的星星在广袤云层间灼灼发光，暧昧的气息将那个县城的子民尽情包围。80年代确实已是一个遥远的世界，所有欢歌笑语只能在记忆中悄悄弥漫。那时，没人关心国家大事，没人在乎市场经济，世纪末实现四个现代化的伟大目标可以先搁到一边，十一届三中全会精神可以暂时忘记，所有人都把自己的情感沉浸在电视剧中，为了一个叫郭靖的傻瓜和一个叫黄蓉的女人之间的爱情感慨不已，那份爱情成了所有人最真的梦，伴随着灼灼星光在各自生命中静静流动、缓缓暗涌。

成为兄弟后苏杨和张晓光做得最多的事就是合伙打架。张晓光属于那种提前发育的孩子，10岁就开始变声，12岁出头就频繁遗精，个子比同龄人足足高出一头，加上长相凶残，远看像萨达姆，近看像拉登，一般小孩和他格斗前早就不寒而栗。而苏杨人虽然话少但脑子却异常活络，又不知从哪里学会了N多无赖手段，打人专攻下三路，不是用手抓就是用牙咬，外加吐唾沫到对方脸上，反正女人用的那套他全会，非常不要脸。因此两人联手打遍全年级难逢敌手，并很快占山为王，成立了一个司令部，其组织完全模仿当时热播的《加里森敢死队》。大哥苏杨任总司令，小弟张晓光是副司令，陈小红是秘书，他们的手下是几个同样热爱战争的孩子。这些不知天高地厚的好战分子成天和其他单位的小孩打架，抢他们的油条吃，并把手上的油擦在头发上说那会有助于头发生长。

就这样，在缓慢的成长中他们保持着高昂的革命热情，并在连年争斗中建立起越发深厚的兄弟情谊。只可惜好景不长，在经过狂躁的青春期后，苏杨和张晓光终于来到19岁，基本发育完毕长大成人。19岁是一个分水岭，漫长的人生注定在那年烙下难以磨灭的痕迹，从此命运向左向右，不复交合。

19岁那年苏杨考上了上海F大，成了一名无比光荣的大学生，张晓光职校毕业后留家待业，在社会游荡了大半年，最后成了一名化工厂工人，每天站在巨大的发酵池边监测溶液酸碱度。此后几年内两人渐渐疏远，直到最后成为彼此最熟悉的陌生人。

关于成长，我们总显得那样无能为力，所以很多感慨，其实只是多余。

2

苏杨老爹苏家福教历史，大概是看透了上下几千年的人心不古，再加上“文革”期间着实受了不少亲朋好友的诬陷毒害，一颗苍白的心早就对生活很是绝望。要不是看重当老师每个月工资不薄，人前人后还算有尊严，此君早就遁入空门出家当和尚了。

说到“文革”，苏家福非常郁闷，因为苏杨爷爷是地主，家有良田百亩，老婆数位，儿子十几个，日子过得很是荒淫无度，只可惜幸福了他一个却苦了后来人，作为直接受害者的苏家福打小就在“地主阶级狗崽子”的阴影下度过其漫长的青春期，几年内都没异性愿意和他说话，长期的性压抑导致他后来只要看到女孩就激动，一和女孩说话就浑身颤抖、口吐白沫，跟得了打摆子一样无法自拔。如此到了成家立业的年龄，苏家福却因为成分不好，尽管自诩才华横溢，却也没有哪个良家妇女看得上他，三十好几还是光棍一条。直到70年代末，苏家福好说歹说才骗到苏杨他妈，光荣告别了处男身份，而等有了苏杨已近不惑之年，看着鲜活乱跳随地拉屎撒尿的苏杨，顿有隔世为人的感觉。

“文革”后苏家福的内心绝对阴暗潮湿，几近变态。苏杨打从来到人世那天起就被迫接受苏家福自创的“人生险恶论”的启蒙教育，老爷子铆足一口恶气想把他这几十年来受尽的苦海深仇倾诉给宝贝儿子，免得他今后重蹈覆辙。苏杨明白的第一个人生道理就是“世态炎凉，人心叵测”。所以他打小就养成了沉默寡言的习惯，不管遇到什么事，心头看得明白但嘴上就是不说，顶多是对你微微笑，露出残缺不全的大门牙，看上去特善良特虔诚，让你觉得这个小孩太阴险，年纪小小就满肚子坏水，值得怀疑。

后来随着年龄的增长，苏杨的沉默慢慢升了级，变成了沉闷，连原先脸上流露的善良微笑也不见了，只剩下空洞的眼神绵软无力地看着你，间或散发出哀怨的色彩，仿佛你霸占了他的女人抢了他的财产。知道的人说这叫深沉，不知道的人还以为是一白痴呢。

再后来，大概连上帝都看不下去了，老天为了弥补苏杨口头表达能力的欠缺于是赋予苏杨手头表达的欲望——高中阶段沉默寡言的苏杨突然疯狂迷恋上文学，并把全部精力投入此道，苏杨坚持每天写诗写词写小说，甚至写童话写科幻故事，反正你知道的文学体裁他都敢写，十年前你见得最多的情景就是那个叫苏杨的高中生可以半年不说一句话却在一小时内写出十首所谓的诗歌然后自己还看得陶醉万分，让本来就觉得他怪异的人彻底晕倒。

总之，苏杨就这么沉默寡言地生活着，成长着，度过了悠长缠绵的青春期，度过了辗转反侧的泱泱四季，不管别人如何流言飞语，他依然恪守自己的梦想活得颇为悠然自得。直到多年后苏杨长大成人，回头打量自己的成长轨迹还坚持认为从小培养起来的这种气质很是不错，值得发扬光大。

很久很久之前，文学爱好者苏杨听过一个貌似哲人的浑蛋说过一句貌似哲理的废话，他说："这个世界其实是一个巨大的问号，而生活则是一个未知数，生命中的一切都充满虚无。"听到这话时苏杨正值青春期最狂热的阶段，浑身每个细胞都长得很叛逆，所以苏杨觉得这个哲人其实是在放屁，如果说这也叫哲理那么世界上的哲理也未免太多了。在苏杨眼中看来，与其把世界比喻成问号还不如比喻成他胯下的那坨粪便来得生动活泼，想这个问题时苏杨正在如厕，苏杨肠胃消化功能一直很好从不便秘，每次汹涌而下的粪便都可给他带来充分的成就感，排泄已经成为他享受生活的一项明媚的活动。但那天当苏杨低头看了眼胯下那坨黄黄粪便又抬头看了眼窗外夕阳时，看到夕阳如血在天际渐渐缥缈，几只落单的飞鸟在空中声嘶力竭，它们振动翅膀留下很多寂寞，苏杨顿时觉得心很难受很压抑，就在那一刻苏杨突然想写首诗表达点儿什么，但他在拉屎所以没法写，其实就算不在拉屎他或许也不会写，因为苏杨突然觉得内心麻木，这是一种前所未有的体验，仿佛濒临死亡的老头回光返照后的黯然。

苏杨蹲在厕所里如此感慨了会儿，继而开始一种形而上的思考，苏杨想诗歌的力量其实缥缈无力，活着的状态是可怜加可悲，幸福总是遥不可及，思考人生简直愚蠢，这个世界无论是问号还是大便都与自己无关，那究竟什么才与自己有关？是考上大学还是玩女人？是写诗还是赚钞票？任凭苏杨再聪慧过人也找不到答案，于是他就僵蹲在那儿，好想放声大哭一场。

当然苏杨肯定不会哭，因为他如果在拉屎时放声大哭极有可能被身边正埋头如厕的猛男们当成怪物扔到粪池里去。所以他一如既往地选择沉默作为宣泄方式，只是出恭完毕后泪流满面，像一个找不到家的孩子。

苏杨很清晰地记得那年他16岁，高一。

3

苏杨就读的高中是Y市唯一一所省重点中学。张晓光因中考五门加起来只考了101分只能自费读了所三流职校。而陈小红则考到另一城市的一所旅游中专。三个打小玩到大的浑蛋正式分开，并且注定这辈子都回不到曾经快乐的过去。

陈小红离开Y市后就杳无音信，星期天也从不回来，苏杨不知道陈小红有没有和张晓光联系过，反正没和他联系过，作为两人共同的爱恋对象，“陈小红”这个名词几乎成了他们的话题禁区，两人表面都特无所谓心中却在乎得要命，都怕知道对方和陈小红有什么非常关系，弄不好就会嫉妒得疯掉。

刚上高中时苏杨和张晓光依然时常混在一起，只是不再打架，苏杨认真写诗，专心做梦，张晓光则一心一意做流氓，成天敲诈小学生的买糖钱。两人都活得颇为得意，生活也充满生机盎然的色彩。那一年苏杨和张晓光的脸上都布满了生机勃勃的青春痘，这些坚强的小生命就是他们疯狂成长的物证，它们坚强、茂密，充满活力并且不可一世。

那个时候在我们生活的这块土地正发生着一些惊天动地的变化，90年代过去了一半，人们开始躁动不安，市场经济成天被人挂在嘴上，实现共产主义仿佛指日可待。有人把房子卖了到海南岛买了块烂地，然后第二年成了千万富翁；有人听自己亲哥哥说在广州工作月薪有3万，等到了广州才发现亲哥哥成了骗子，自己的钱被骗光后只好再去骗自己亲爹；还有人穷得只剩下条内裤，跑到上海卖了一年假发票等回来后就讨了俩老婆；也有人躺在床上号啕大哭说世纪末日马上就要来到，到时天上会掉下大石头，把所有人都砸死；还有人说不是掉大石头，而是发大水，这个被污染的世界需要被大水洗涤……

没人可以说清楚我们的生活到底怎么了，是精彩还是变态，是丰富还是腐败。

4

十年前的一个月黑风高夜，苏杨第一次亲吻了他的初恋对象陈小红。

在接触到那软绵绵并散发着清香的唇时苏杨立即感到自己浑身发轻，仿佛一个刚诞生的小天使在天空中飘来飘去，苏杨能清晰感到从陈小红坚硬的小舌头上传递过来的力量是那么雄浑那么倔犟，即使在十年后的今天，每当苏杨回想起那种感觉依然会脸庞微红浑身发烫，犹如一个纯洁的姑娘。

当然，十年前，苏杨绝对还是一个单纯的孩子，虽然早已经洞晓男女间所有的秘密却一直无从尝试，活了十多年做得最为过火的事就是在初一时跟在一帮小流氓身后摸了同班一个刚刚发育的小姑娘那微不足道的乳房，为此还兴奋得导致失眠了大半年。

关于苏杨的纯洁，最大的明证就是苏杨认为所谓接吻只是彼此嘴唇相互接触，直到累了再回收。所以十年前那个夜晚陈小红对苏杨的表现显然很不满意，陈小红用胳膊紧紧缠绕苏杨脖颈，一边猛烈地将舌头送入苏杨口腔，一边在接吻间隙用诡异的嗓音痛斥苏杨是个大笨蛋。

陈小红说："大笨蛋，你把舌头伸过来啊，我又不会咬你。"

自从陈小红到外地上学后，苏杨和她全部的联系只是一次为时三分零十秒的通话。那是一个愚人节的早晨，苏杨提着书包准备去教室上课时突然听到传达室老头杀人似的在楼下喊他名字让他接电话，苏杨心想：哪个傻B啊？早不打晚不打偏偏要等老子要上课时打，结果刚拿起话筒就听到陈小红的哭泣声清晰传来，陈小红痛哭流涕地告诉苏杨她刚被班上几个男同学轮奸了，现在不想活了，不过临死前一定要杀了那几个强奸犯报仇雪恨，陈小红电话那头又哭又闹了好一会儿然后问苏杨肯不肯过去替她报仇，苏杨愣了一下结结巴巴地问："你想我怎么为你报仇啊？"陈小红愤怒地回答："拿把刀过来替我把那几个禽兽都杀了。"苏杨一听这话顿时没了想法。苏杨想：我从小连杀只鸡都不敢，现在你嘴皮一动就让我去杀几个大活人，就是写武侠小说也不能这样夸张啊！总之，当时苏杨大脑一片空白突然丧失了所有思维能力，举着话筒就愣在那里，一句话也说不出来。陈小红又哭了一会儿就把电话给挂了，在电话被挂断的那一瞬间苏杨突然灵魂回窍，对着话筒大喊了几声"小红，小红"，可所能听到的只是清脆刺耳的忙音。

苏杨当时急得几欲晕倒，奋力把手中教科书往地上一砸接着以百米冲刺的速度跑到学校杂货店买了把五毛钱的铅笔刀，然后握着凶器就想去给陈小红报仇，可走到操场时苏杨突然觉得自己很傻B，苏杨想自己根本不知道陈小红在哪儿，还有自己就拿手上这破玩意儿还企图有什么作为？苏杨想了会儿把水果刀埋在了操场泥土里，然后哭丧着脸回到了宿舍倒头便睡，破天荒旷了一天的课并且没有写诗，直到晚上就什么事都没有似的去教室晚自习了。

这件事情的最后说法当然只是愚人节的一个玩笑罢了。苏杨从张晓光那里得知了真相。那天早上张晓光也接到陈小红同样的电话，陈小红学的专业是导游，但显然演戏更适合这个女人，因为她先后面对两个男人时的哭泣都显得那样真实自然，富有强烈的感染力。陈小红是在给苏杨打完电话后再给张晓光打电话的，当时她的心情其实有点儿郁闷，她本想和苏杨开个玩笑看他反应，却没想到此人居然被吓得说不出话来，这让陈小红很不过瘾，于是她决定给张晓光打个同样的电话，她的创意很快就给她带来强烈的快感，张晓光那些天正好闲得无聊，觉得生活平淡，浑身发痒，无比怀念小时候打人的美好时光，听了陈小红的哭诉后立即精神焕发，拍着胸脯说要给陈小红报仇，不但要杀了那几个强奸犯而且要株连他们九族方能显示他的威风，在问清楚地址后张晓光立即赶到汽车站坐车去了陈小红学校，然后在陈小红指示下把她班上一个小浑蛋暴打了一顿，值得交代的是：发育过早的张晓光并没像普遍的案例一样后期发育不良导致身材矮小，在发育这个问题上他表现出了惊人的潜力，16岁时个子就顺利长到一米九，体重超过100公斤，因此在他打人后虽然也有人尝试报复但鉴于和他的格斗实力相差甚远所以只能作罢。

总之，张晓光的到来给陈小红赢得不少尊严，为礼尚往来陈小红很是义气地旷了好几天课陪张晓光吃喝玩乐。这些内容都是张晓光告诉苏杨的，苏杨听时表面平静身体却在颤抖，他不是后悔自己当初懦弱而是怀疑那几天陈小红是不是和张晓光发生了什么关系，天晓得两个干柴烈火的男女在一起好几天会发生什么事。更何况张晓光还一直对陈小红虎视眈眈，苏杨很想问这个问题，但几次都欲言又止，苏杨害怕万一得到肯定的答案自己会立即疯掉，最后他强忍所有悲伤只是用力拍拍张晓光宽厚的肩膀，很是和蔼可亲地说："强，晓光兄弟你实在太强了。"

5

那个电话后苏杨就再没有陈小红任何音信，等见到陈小红已是第二年春节期间。经过两年多肆无忌惮的发育，陈小红的身体发生了翻天覆地的变化，不但异常丰满，而且异常风骚，眼角眉梢尽是淫荡。

陈小红绣了眉毛染了黄发抹了口红大冬天只穿件黑色皮裙，看上去就像传说中的应召女郎。陈小红的打扮遭到家属大院所有年长者的鄙视，但却获得苏杨的审美肯定，苏杨坚持认为这样的陈小红不但漂亮而且时尚，简直就是他的理想。只是苏杨因为心虚一直没敢和理想说话，只能偷偷观看理想那窈窕的背影和健硕的屁股然后躺在床上浮想联翩，然后在感觉来临后颤抖着将右手伸向燥热的小腹下方。

春节前的一个晚上，苏杨的理想陈小红突然主动造访，并且很快将彼此的舌头伸向对方的口腔，运动过后陈小红开始讲述她的异乡求学经历，陈小红说父母不在身边的日子很快乐，因为即使天天和男人在一起也没人干涉。她兴奋地告诉苏杨这两年共谈了15个男友，每人不超过一个月就被她无情抛弃，她说恋爱的感觉非常爽，抛弃男人的感觉更让她兴奋，兴奋得梦里也会微笑，走路都想尖叫。所以接下去的日子她要将抛弃男人这项有益身心的活动进行到底。

听了陈小红滔滔不绝的叙述苏杨的心变得越来越凉，特别是刚刚和她接吻后就听她说抛弃15个男人的故事，苏杨感觉自己即将成为被她抛弃的第16个，其实这还不是苏杨真正在乎的问题，苏杨内心那个疑问变得越来越炽热，最后实在无法控制就小心翼翼问陈小红是否和哪个男人经历了性生活。陈小红立即用奇怪的眼神瞟了苏杨一眼，满脸鄙夷，苏杨看到她轻启朱唇，却欲言又止，最终选择了沉默作为回应。

对于陈小红的沉默苏杨比较满意，他想或许这是最好的回答，如果她说经历了性生活自己肯定会心碎，17岁的苏杨比你想象的上限还要单纯。而沉默既不是肯定也不是否定，就像一首诗歌给人的意境一样充满不可知的动机，作为狂热的诗歌爱好分子，苏杨不管遇到什么事都往诗歌上靠，苏杨想不管她以前如何放荡现在都可以忽略不计，最起码，在这个月黑风高的夜晚能够吻陈小红唇能抚摸她胸膛的男人不是别人，而是他苏杨，所以这一刻他就是主人，是爷们儿，是幸福的上帝。

那个夜晚的确非常月黑风高，高中生苏杨和中专生陈小红的父母正在牌桌上战斗得热火朝天，这从本质上奠定了两人一起鬼混的条件，对陈小红的突然造访苏杨表现出巨大热情，一向笨拙的言语也变得流畅起来，不但思如泉涌而且能言善辩，苏杨和陈小红先是乱七八糟地讨论各自学校生活，然后又讨论了会儿男女知识，最后顺理成章地讨论到了床上，就在那张睡了十多年的木板床上苏杨完成了自己生命中诸多的第一次，对苏杨而言，这么多第一次显然是个强大的暗示，激荡后慢慢平静下来的苏杨大脑里反复闪现无数词句，诸如“白头偕老、生死不渝、山无棱天地合”……一直自诩才华横溢的他突然觉得自己知识贫瘠，他很想立即作首诗讴歌怀里的女人，赞美此刻的幸福，可他什么都说不出，而最后他真正说出的只是：

“请你做我的女朋友吧，我会对你好的。”

很多年以后苏杨还为这样一句话感到震撼，觉得它充满力度、质感，具有朴素原始美，唯一遗憾的只是在这句话开头加了个动词“请”，有画蛇添足的嫌疑，多少破坏了整句话的意境，让苏杨有点儿小后悔。

在听了苏杨这句情深深雨濛濛的诺言后，陈小红斜眼瞅着一脸苦相的苏杨，饶有兴致地问：

“那你能对我好多久呢？”

苏杨认真思考，然后坚定回答：“一辈子，够不够，不够就两辈子。”

“这是你对我许下的诺言吗？”

“嗯，这是诺言。”苏杨点点头，说到“诺言”这个名词时他突然感到自己很伟大，脸上的尊严足以让所有玩弄感情的人自卑不已。

很多年后，苏杨已习惯把这样的诺言当成白衣苍狗当成流星蝴蝶当成狗屁都不是，他可以闭着眼睛轻启红唇想都不用想地对任何一个女人说出比上面动听一千倍的诺言，但无论如何他都忘不了十年前那夜对陈小红说的那些话。那些甜蜜的话，犹如一场真正的春梦，虽然了无痕迹却总挥之不去，萦绕在华灯初上的每一个春意盎然的心田。

那晚两个年轻生命最后的活动，便是一次接一次的性行为，在这个问题上苏杨表现出强大的领悟力，远超过了他对诗歌的敏感，陈小红无法理解这个刚刚连接吻都不会的雏儿怎么一下子变得那么凶悍，那么激情四射，那么富有想象力呢，在一次次撞击中陈小红居然无法自拔地说了句：

“我爱你！”

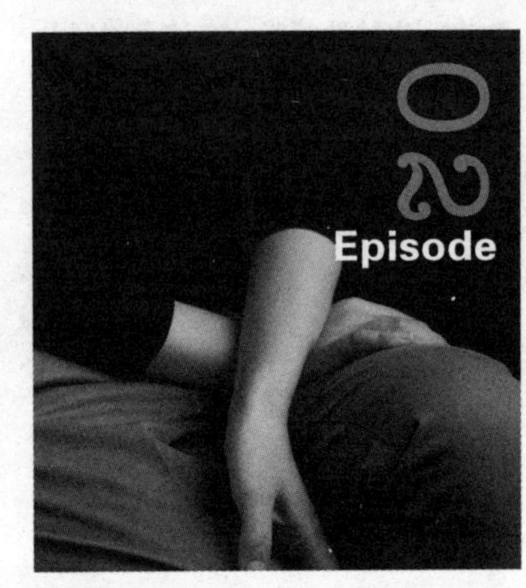

本章插曲

毕业后你不是我的

孙子涵

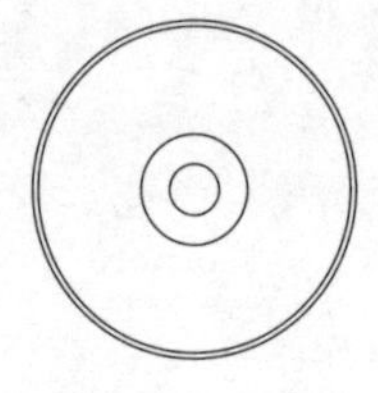

我离开了 拥有过 我们太多的故事的校舍
一个人偷偷看着你们互相祝贺着
我牵强地笑着 失败的人应该隐身的
我知道这一刻主角不是我

照样骑着车 载着你 走过了 走了三年的街道
你手里那录取通知书是红色的
你故意地不说话 突然间气氛有一点尴尬
我说想笑就笑吧考那么好为什么愁眉苦脸的

毕业后 你不是我的
钟声都响了 教室已经空了 (你已经不见了)
偷睡过的书桌 看过的小说 它们都睡着了
毕业后 你不是我的
别再回头了 也该想想以后了 (我们也该走了)
我们的世界开始不完整 再渐渐陌生 心隐隐疼

毕业后 你不是我的
如果回到过去 再翘一节课
上课买布丁然后下课偷偷送给你吃了
你在没有我的城市里 别什么事都逞强
如果有想靠的肩膀 不要不舍得把我忘了

毕业后 你不是我的
别再回头了 也该想想以后了
我们的世界开始不完整 再渐渐陌生 心隐隐疼

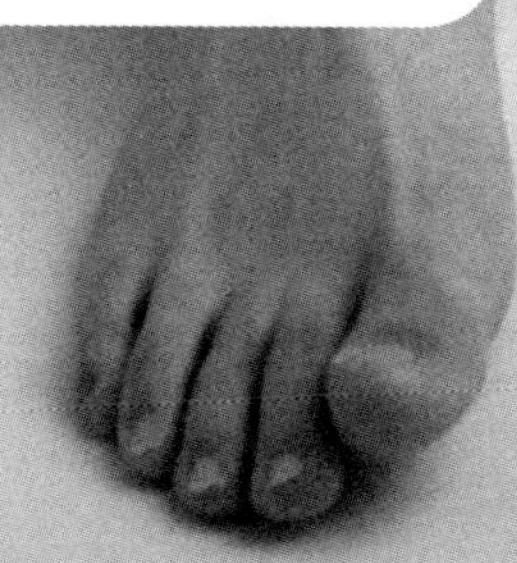

第二章

Chapter

逆光

只有等到了告别的时候
才发现原来有多不舍
几个人用同样的钥匙
打开同一扇门
几个人用同样的目光
跟空荡的寝室说再见

睡在我上铺的兄弟
打了四年魔兽的兄弟
去火车站送行的前一夜
在熟悉到不能再熟悉的烤串摊子边上
用梦想就着烈酒
烧到眼泪都浮成星光
烧一个黎明
照你离去

1

苏杨在F大学的专业是新闻，F大新闻系在全国颇负盛名，在多次学术评比中排名第一，这些既无聊又无耻的评比在某种程度上严重滋长了新闻系师生的骄傲情绪，新闻系学生个个觉得自己是王子公主，看其他专业同学习惯用眼角余光打量，仿佛他们才是F大主人祖国未来。此外新闻系同学一个比一个热爱政治，成天忧国忧民仿佛在思考左右中国进程的重大决策，看上去很是吓人。

其实报考新闻系并非苏杨初衷，苏杨的理想是当名电影导演，高三时曾想过考北京电影学院导演系，甚至准备好行囊试图到北京闯一闯，无论成功与否也不枉费多年热血一场。后来苏家福知道了儿子的不良企图，二话没说从腰间拔出系了三十多年的牛皮腰带对着苏杨屁股猛抽，一顿武力镇压算是把苏杨的导演梦彻底抽没了，苏家福威胁苏杨说你再这样胡思乱想就把你杀了然后再自杀，你小子不想毁了我们苏家就给我本分点儿学习，考个重点大学光宗耀祖，苏杨欲哭无泪只得妥协，后来冥思苦想N天决定曲线救国，衡量再三最终选择新闻专业，在苏杨眼里新闻总归和导演有点儿搭边，一个导演电影一个导演生活，都挺牛B，于是秉着这个听上去有点儿神圣的观点高中最后一学期苏杨把自己往死里学，差点儿没用脑过度变成白痴，最后还真给考上了。

考到上海后苏杨兴奋不已，成天心想我终于来到大上海啦，憧憬了N年的城市居然在自己脚下啦，好神奇啊！这就是南京路吗？哇，人好多！这就是东方明珠吗？哇！好高大好雄伟哦！苏杨如此感慨着，觉得很幸福，苏杨想从小就歌唱幸福在哪里，现在才明白，原来幸福就在上海，幸福就在F大，幸福的理由居然如此简单。

可幸福了没几天苏杨就开始失落起来，原因是在看到金碧辉煌的同时更是看到疮痍满目。F大位于上海东北角，靠近五角场，那里鱼龙混杂，交通混乱，是很多上海人嗤之以鼻的“上只角”。20世纪最后几年，五角场积极响应市政府规划，为成为上海第二个徐家汇而大搞建设，于是你可以看到一些高楼大厦在一夜之间轰然倒地然后废墟上很快又竖立起更为高大的建筑，那些建筑大多造型怪异，但毫无例外都有一个浑圆坚挺的顶端直指天空，犹如男性生殖器官——这是苏杨看到这些建筑时的第一联想，曾经他为这样的发散思维而感到骄傲——此外，五角场四周总是弥漫着巨大噪声，推土机和吊车在苏杨身边穿梭来去，各种来路不明的灰尘和污物总徜徉在他的视线里。街道上到处是一些嬉皮笑脸的民工在竭力兜售各种假冒伪劣商品，一些航空公司的派发员不知廉耻地将打折卡硬塞到你手上，然后这些打折卡很快就被丢弃满地。

如果说这个鬼地方几年后会成为上海又一个经济中心你肯定觉得这是一个泡沫，只可惜那正是一个泡沫盛行的年代，越是光彩夺目的泡沫越有人顶礼膜拜，正如当年有个做门户网站的人对全国人民牛B哄哄说他要融资数亿人民币把他的网站建成世界最大的中文门户网站，所有人都对这个泡沫深信不疑，并高声呼喊他是英雄。这就是泡沫的力量，总有一种泡沫让你泪流满面，没想几年一过，那些英雄就个个灰飞烟灭，连尸骨都找不到半点儿痕迹。

总的来说，苏杨对F大周围环境并无好感，所有景象和他曾经对上海的幻想相距甚远。有时苏杨一个人站在五角场那五条大马路的交界处，看着身边的灰尘和荒芜时他真的很怀疑自己身在上海，苏杨觉得这一切和他生命中遭遇的很多事物一样，只是玩笑一场，生命就是充满了这种玩笑和悖论，而最让人气愤的是，对于这一切你除了愤怒，顶多诅咒，还能怎样？

苏杨想想自己确实不能怎样，就算诅咒也于事无补，还浪费能量，显然不划算。后来苏杨想我惹不起还躲不起吗？于是尽量躲在学校不出来，还用鲁迅先生的“躲进小楼成一统，管他冬夏与春秋”聊以自勉。幸好F大校园还算美丽，不但绿树成荫、花红柳绿，而且美女也不少，虽然不像北大有个什么湖但小水塘还是有几个的，反正都是水嘛，有了那个意思就行，所以每当苏杨在水沟旁边的草地上像模像样捧着诗集眼睛却直溜溜瞅着水沟边戏水的美女时，苏杨还是觉得这一切挺美，接近他理想的本质。

2

正所谓林子大了什么鸟都有，F大学生在高中阶段大多是精英，只可惜精英们进了大学就成了变态。F大是除精神病院外神经不正常的人最为集中的地方，什么样的怪人都有，比如说夏天热到39度还有同学坐在阳光暴晒的石凳上津津有味地看书，一边看书还一边微笑，仿佛他没有发疯而是在乘凉；还有同学把牛仔裤剪下来套在头上然后自我感觉特好地到处游荡，好像他的扮相很酷很时尚——就这些都还算正常的，不正常的有夜里大叫的，上课哭泣的，围绕操场跑100圈不歇气的，还有个大胖子，苏杨不知道这个胖子是哪届哪个专业的，反正经常看到这个胖子提着个红色布包专瞅哪个教室下课了就跑到讲台上向同学宣传自己是个文化名人，会说五国语言，胖子说他有一个梦想，那就是让13亿中国人都学会说英语，哪位同学有兴趣可以到他家和他用英语对话，他还负责介绍女朋友，胖子一边说一边对男生们抛媚眼，能把人给活活恶心死。

对于这些怪人，苏杨一开始还视为民主和自由的象征，认为他们有思想有勇气有魄力，是大学里真正的精英，值得崇敬，看到时有种强烈的冲动想上前去攀亲，后来看多了，自然见怪不怪，每次都从嘴里暗暗骂句傻B，不作多想。

苏杨大学期间结交了两个好哥们儿。一位是睡在他上铺的家伙，此人叫马平志，四川成都人，另外一位叫李庄明，安徽桐城人。这两个浑蛋都是很有意思的主儿。

先说说四川人马平志，首先此人长相很值得推敲，因为他长得像古人，而且是古代文化人。马平志身材修长，皮肤白皙，眼神迷惘像F4里的周渝民，加上一头黄里透红的披肩长发动不动就随风飘荡，单从外表来看很有点儿道骨仙风，然而生活到处充满戏谑和欺骗，往往在你感受圣洁时喷溅你一身粪便。文化人马平志其实是个不折不扣的大色狼，一直以玩弄女人为其终生奋斗目标，从大一开学没多久在学校舞厅骗到的那个黑龙江少女张小燕开始，大学四年来牺牲在此色狼手上的女孩前后一共有七个，加上他自己吃饭正好一桌。这些女孩中有五个差点儿让马平志做了爹，有三个为马平志自杀过好几次，有四个要在马平志脚下长跪不起说要吻他脚指头表达对他永不磨灭的爱，而所有七个女孩最后个个发誓要杀了马平志全家，只是女人的恫吓显然没消磨他的雄心壮志，你能给他讲一千个好好珍惜感情的理由他就立即能给你一千零一个玩弄女人的借口。

总之，对于一个视玩弄感情为人生价值的禽兽而言所有的循循善诱都显得绵软无力。可无论如何，做色狼能做到马平志这份儿上绝对值得别人“景仰”，只可惜，大色狼马平志的人生信仰在大四那年受到最彻底的重创，他前进的步伐最终还是毁在一个名叫陈菲儿的女人手中。

如果按经济基础划分阶级属性，马平志属于先富起来的那一小部分人。富人马平志享受到的不是改革开放的春风而是享受到一个有钱的好老子，有传闻说他老子的职业是贩卖妇女和儿童，也有谣言说他老子其实走私军火和毒品，反正绝对属于资本家加黑手党那种性质。刚到F大时，大多数外地来的学生都比较朴素，穿衣服的观点大体停留在运动服加皮鞋的地步。像苏杨这样的穷苦孩子平时难得买回衣服，就算买也都是去五角场一个专卖廉价冒牌服饰的服装市场，钻在里面游荡大半天花百八十块钱就能买到从头到尾一身衣服看上去还挺美。马平志对这种小市民行径很是不屑，他经常用两个指头捏着苏杨兴高采烈地买回来的那些衣服，然后发出一声重鼻音，很是鄙夷地说："操，这种垃圾人也好穿的啊？大男人穿这种傻不拉叽的假货不怕别人笑话？"马平志鄙视完毕后通常会把自己刚从淮海路太平洋商厦买回的真正名牌放到苏杨眼前晃晃，然后很是得意地小笑两声转身离开，可没少伤苏杨的自尊心。一开始苏杨被马平志打击后很难受，和绝大多数同学一样很想用拳头教训这个狂妄的家伙，不过后来挨打击的次数多了心态反而平和了，每次买衣服回来都战战兢兢的，不接受完马平志同志的批判反而会心神不宁。不过那时苏杨和马平志玩得还算不错。马平志除了在玩弄女人这方面表现出极高的智慧外，其他方面一直胸无城府，比较不会做人，想到什么就说什么，穷苦人苏杨却是老谋深算，想到什么就不说什么，因此两人性格倒能互补，睡在上下铺成天打交道，相处起来太平无事。

说实话能容忍马平志那种财大气粗的德行的真没几个人，而苏杨之所以能够面对马平志的侮辱无动于衷并可以始终如一对他微笑的很大原因是苏杨认为马平志的狂傲是建立在他有钞票的基础上的，有钞票就有资格，有钞票就有理由，这是苏杨心里永恒的真理。苏杨本人没钱也不打算赚钱，但并不妨碍他尊重钱理解钱，马平志这种每双运动鞋不下800元人民币的浑蛋对他的侮辱实在算不了什么，说白了就是活该，有钱人当然要打击没钱人，换个角度说就是没钱人就是应该接受有钱人鄙视，两者都无可厚非，逻辑成立。

当大学二年级时一般同学还在为拥有一部数字BP机而沾沾自喜之际，富人马平志已经买了部爱立信GH398，黑不溜秋的那种，体积足有一小块板砖那么大，就这块板砖当时价格是一万三，照那年的标准能支撑三个大学生读一年大学。而等到四年级时马平志又做了件让所有人瞠目结舌的事——买了辆小轿车，桑塔纳2000，不算太贵，前后花了20万。那时马平志已搬出宿舍，和陈菲儿住在北外滩一幢酒店公寓里，每天早上上课前都能看到马平志把小车停在教学楼前，然后和陈菲儿两人戴着墨镜从车里钻出来，神情冷峻，步履矫健，跟《黑客帝国》似的。马平志没走几步就一个小回头手中遥控锁轻轻一按，“嘟，嘟”两声清脆电子声应势而响，实在潇洒得可以，把旁边刚停好自行车的教授看得直摇头。

3

对自己的另一个好兄弟李庄明苏杨则一直抱着又爱又恨的态度，颇像鲁老爷子对待阿Q之类同志的心态——哀其不幸，怒其不争。苏杨一直坚持认为李庄明活错了年代，这厮压根儿不应该出现在实现了四个现代化的上海，更不应该出现在物欲横流的21世纪大学校园，这分明是对我们李庄明同学的亵渎嘛！你只要粗略判断他那气质就知道他应该活在20世纪80年代中后期的象牙塔，想想那时的大学是多圣洁啊？动不动就是诗歌就是摇滚就是顾城就是失落的青春，沧桑得想让你大哭一场，哪像现在的大学生动不动就和你讨论一夜情、上网骗女人、下海赚钞票之类超世俗的话题。

对苏杨这个观点李庄明举双手双脚表示赞同，桐城人李庄明从骨子里无比痛恨时下充溢大学校园的物质和精神，他坚持认为电子产品的出现是反文明，物质的进步其实是精神的沦陷，而所有的欲望都源于人心变态，他无比神往那个早已消失的20世纪80年代，在他心中那才是青春少年灵魂真正的乐土——或者说，是他李庄明的乐土。无数次，苏杨清晨从睡梦中醒来后看到的第一个场景就是李庄明抓着《海子诗集》站在窗前看着外面的杜鹃悄无声息流眼泪，那种执著和投入让同为文人的苏杨看了后很害怕，他害怕自己有一天也会像李庄明这样走火入魔从而成为公众眼中的大傻B，所以他只能继续睡觉假装什么都没看见。

大学四年李庄明一直作为怪人存活在同学心目中，其他同学第一次领教他的怪异是在大一邓论课上，当授课老头摇头晃脑口水喷射向同学描述理想的美好之际，李庄明突然站起来大声打断老头飞溅的唾液，他的举动获得了同学的掌声，同时也获得了一个留校察看处分。对此李庄明很是不屑一顾，李庄明一直认为他身边的人大多是昏睡者，包括那些自以为权威和英明的老师，而他则是众多愚昧人中的清醒者，所以他瞧不起别人，认为这些人不可救药，当然别人更瞧不起他，因为别人认为他是个疯子。

整个F大李庄明看得起的学生只有苏杨一个人，在李庄明眼中苏杨要比其他人好得多，他虽然不是很清醒但因为失眠睡不着所以还处于亚清醒状态，所以李庄明很愿意和苏杨交流——很多次李庄明会半夜三更把苏杨从惊心动魄的性梦中残忍摇醒，李庄明特亲热地拉着苏杨手使劲往外拽说要和他到走廊上讨论文学，起先两人还不太熟苏杨不好意思拒绝李庄明的热情，于是强打着精神痛苦地从温暖的被窝里爬起来跟着李庄明到走廊，两个人就穿着裤衩站在那里讨论文学，不知道的人还以为两人是同性恋准备进行性行为呢。

李庄明博览群书，学富五车，上知天文下知地理，一开始先是强烈要求和苏杨讨论80年代的朦胧诗，对于朦胧诗苏杨只知道一句“黑夜给了我黑色的眼睛”，却忘记是哪个浑蛋写的，于是当场遭到了李庄明的无情嘲笑。苏杨很自卑，第二天到图书馆借了一大批朦胧诗集躲到教室里猛读，等明白谁是顾城谁是席慕容后，李庄明又说要和他讨论外国文学并要他说说对昆德拉和杜拉斯作品的心得，而等苏杨明白了昆德拉是个老头杜拉斯是个老太时李庄明又要和他讨论老庄思想了，差点儿没把苏杨活活气死，再后来苏杨无比厌恶半夜和李庄明采用这种方式进行学术交流，一旦李庄明再像个僵尸站在他床边，一边摇晃着床一边幽灵一样叫“起床了，起床了”时他要么死猪不怕开水烫地装死不动，要么佯装生气，怒喝一声：“傻B，睡觉啦！”其模样酷似《西游记》里神仙降服妖精时喊的那句：“孽障，不得造次！”说来也怪，每次这招都很管用，遭苏杨怒喝后李庄明保准服帖，一言不发乖乖上床睡觉。

睡在苏杨对床的家伙名叫张胜利，一听这名你就知道此君出生在一个精神热火朝天的革命年代。那个时候张胜利老爹正躲在南方边境一种名叫猫耳洞的建筑里，一边狂吃压缩饼干一边写信询问老家挺着大肚子的老婆生了没有，如果生个儿子就取名叫张胜利，要是生个女儿就扔了。

张胜利他爹写这封家书时正值战争相持阶段，天天磕头拜佛希望战争早点儿结束让他回家种田，或许老天有灵，信到浙江老家时恰逢张胜利来到世界没几天，全家人正为取名字讨论得焦头烂额，差点儿没打起来。张胜利她娘说养个儿子要能发财所以想取名叫张发财，结果这个创意遭到她婆婆的强烈反对，老人受到过旧社会地主老财的毒害，知道人要做官才能发财才能光宗耀祖，所以建议取名张为官，而张胜利爷爷却没什么想法，认为名字随便取个就成，根本犯不着大动干戈，比如叫张狗娃就很不错，听上去好记还很顺口，后来等看到张胜利他爹那封恰到时机的家书后一致认为张胜利这个名字很有概括力，基本上可以浓缩他们刚才所有参选姓名的精华，于是毫不犹豫给此人取名为张胜利，从此埋下祸根。N年后，胜利同学长大成人并来到上海读大学，这个名字给他带来无穷的烦恼，不管谁对他热情招呼“胜利，胜利”时他都觉得对方在嘲笑他。张胜利觉得这个名字不但肤浅而且白痴，应该用在农民而不是他一个高级知识分子身上，痛到最后胜利同学心一狠，牙一咬，背叛伦理道德私自把名字改成了张德明，意示其德高望重外加贤明之意，非常不要脸。张胜利很是欣赏自己的创意并为此沾沾自喜了好一阵，从此以后无论谁再叫他胜利，他保准认真地对对方说："请叫我的新名，张德明。"只可惜好景不长，没过几天，这个智慧的名字就夭折了，因为每次和别人打麻将他都输，渐渐在整个男生楼输出了名气，所有人都叫他"送财童子"，简称"童子"。四年大学下来，童子输掉的钞票差不多能再上一次大学，所幸童子家道殷实，当年他老爹从猫耳洞回到老家后就成了英雄，成天唱着《血染的风采》到处演讲。后来又乘改革开放的春风刮到他们那个小镇时开了家五金厂，做到今天颇有规模，养活几个"童子"之类的败家子没什么大问题。

4

苏杨第一次见到白晶晶是在学校舞厅里。大三刚开学没几天，他们系的领导不知是神经错乱还是在响应谁的号召，突然莫名其妙地在全系发动一场规模浩大的扫舞盲运动，提出"新世纪大学生都要跳国标"这一口号。苏杨不幸名列其中，且因全无一点儿舞蹈技能被列为重点扫除对象，被迫于每星期四下午到学校舞厅接受教育改造，其情形颇类似他老爸当年进牛棚接受劳改一样。

苏杨对这种官方活动一向深恶痛绝，私下里把能想到的污言秽语都用出来问候系领导，并做出一副坚决不服从的顽固姿态。后来随着官方宣传攻势加强，苏杨的信心也微微动摇，他想：操，人家哈姆雷特说活着还是死去是个问题，我他妈的问题却是跳舞还是不跳舞，简直太庸俗。不过气愤归气愤，到最后拿不定主意只能参考同样榜上有名的张胜利的意见，一向没骨气的张胜利在这事儿上表现出坚定的无产阶级风范，很是嚣张地对苏杨说只有傻B才会去学呢，打死我都不去。张胜利豪言壮语后看到苏杨一脸迷惘状，于是反问一句："难道你想去？"张胜利问这话时眼神很怪，仿佛只要苏杨说去就立即骂他是一傻B，苏杨虽然心里顾忌多多但看到张胜利如此勇敢颇为欣慰，于是恶从胆边生，决定积极响应无产阶级战士号召，坚决不去学跳舞。

最初的几次活动苏杨和张胜利都以生病为由拒绝参加舞训班，然后两人躲在宿舍里看黄碟。后来系领导及时洞察了他们的阴谋诡计，当苏杨和张胜利又可怜兮兮地说生病了要请假时领导怒了，领导说你们再不去的话就回家吧，把病养好了再过来上学，一句话把两人吓了个半死，大眼瞪小眼看了半天决定还是向官方屈服，然后又非常阿Q地讨论去的话有很多好处，比如说舞厅女人比较多，而且大多放荡，说不定会有艳遇，还能解决压抑的性生活。想到这一层逻辑后两人都内心大快，屁颠屁颠去学跳舞了。

时值深秋，天气渐冷，落叶甚多，天地间一片萧条景象。舞盲苏杨和张胜利两人耸着肩膀缩着脖子哆嗦着跑到舞厅参加舞蹈培训，看门的老头看到两人模样以为是校外民工差点儿让校警赶他们出去，谈判了半天好不容易博取老头信任可以入场，等进里面后发现舞训班已经开始培训了，舞池里一帮男女正两两抱成一团然后在一个矮胖中年妇女口号下用一种奇怪的步伐来回前进，状似螃蟹。矮胖女人看到苏杨和张胜利就像母亲看到失散多年的儿子一样兴奋地迎了上来，十米开外就能看到她温柔的笑容和黄色的牙齿，等走近后矮胖用洪亮的嗓门说："同学，你们是来学跳舞的吧？"话音刚落，全场螃蟹立即停止移动，几十双眼睛刷刷看着苏杨和张胜利，仿佛这两个人才是真正的螃蟹。

苏杨只得尴尬地说："是。"

矮胖上下打量苏杨和张胜利两眼，然后说："现在没女同学和你们搭伴，你们先坐那边看会儿好了，等有了女同学过来再练，当然，如果你们愿意，你们也可以组成一对练的。"

苏杨当然不愿意了，两个男人抱在一起，还要晃胳膊扭屁股，操！当我们是好基友不是？于是两人就坐在舞厅角落里，一边看螃蟹们移动一边讨论哪个女人的乳房最为雄浑，倒也很有乐趣，就在辩论得不可开交之际从外面进来了一个女孩，看上去小模小样，还染了头发，颇有几分姿色，苏杨立即觉得鲜血上涌，心跳加快，心想莫非这就是我的舞伴？再悄悄一看张胜利早已满脸红润，紧张得说话都打结。矮胖和那女孩子说了几句话后过来让他们两个人中出一个人去做女孩子的舞伴。苏杨一向谦虚，加上对跳舞确无半点儿好感，于是眼观鼻，鼻观心，一言不发装白痴，矮胖看了会儿就指着张胜利示意他去跳。张胜利嘴上还在唠叨心里却乐得不行，跟在女孩后面颠颠地走了，苏杨心里暗骂一句贱人，然后看看时间离结束没多久了，长叹一口气，心想总算又混过一次，可正在欣喜之际就看到门口又走进一个女孩，女孩一进门就问："这里在教跳舞吗？我是来学跳舞的。"

5

如果上天可以给苏杨一次重新来过的机会，刚才他就算拼了老命也要和张胜利争抢做前面那女孩的舞伴；如果上天可以给苏杨一次重新来过的机会，苏杨不吃饭不喝水不手淫也要把国标学好，免得现在到这里接受劳动改造。"人生无常"这句话苏杨听过很多次，但直到那个女孩进门的一瞬间才算有了质的领会。当苏杨看着矮胖领着那个刚刚进来看上去足有100公斤重的女孩朝自己微笑着走来时苏杨真的很想找面墙撞死算了。当然苏杨不会去撞墙，事实上苏杨什么都没说，甚至表情都一如既往地平静，任凭那个热情的矮胖老师将他和那200斤重的女孩组成一对螃蟹，苏杨脑门直流冷汗但却没法擦，他的左手已被女孩肥厚的右手紧紧捏住，而右手就放在女孩腰间那堆丰厚的脂肪上，直到那时苏杨才意识到其实自己的体形是多么苗条，苏杨看着眼前那张足有自己两张脸大还羞涩无比的肥脸时不禁悲伤止步，苏杨想如果这厮等会儿胆敢乘机揩油就算拼死也要捍卫自己的贞洁。那一刻，苏杨内心觉得自己好高尚。

接受了半小时矮胖老师的教导后，一对对螃蟹们开始自由练习，苏杨因为天资愚笨加上刚才惊吓过度所以跳得全无章法，任凭胖女人拖拉牵引，那女人虽然肥胖但热情高涨，加上手脚力大，拉着苏杨像拉着空气一样自由，因此两人动作倒也轻盈，看上去还挺美，苏杨有好几次想控制一下过快的节奏免得人家以为他在享受，但所有的挣扎都显得绵软无力，自己发出去的力好像中了女胖子的吸星大法居然荡然无存，所以跳到最后苏杨干脆闭上眼睛，任凭胖女人摆布算了。

等停下来时胖女人早就累得气喘吁吁臭汗直淋，那味儿熏得苏杨恨不得栽一大跟头，胖女人朝苏杨抛了个媚眼热情地说等会儿还要和你做舞伴，和你跳舞简直太享受了。苏杨想：操你妈的，等会儿要是再和你跳我自杀算了。等一坐到椅子上他就四下搜寻新的舞伴，只可惜别人大都舞兴正浓，忽略了这边惊魂未定的苏杨，就连张胜利都沉浸在愉悦中，和他舞伴热情似火地交流心得体会。苏杨眼看休息时间一点点消失，矮胖又开始召集大家起来继续练习，那个胖女人又开始面带微笑地朝自己走来，不禁眼前一黑，心里突然冒出一句很久以前看到的话：生活犹如强奸，若无力反抗，不如闭眼享受。苏杨觉得自己终于理解了这句话的深刻哲理，或许这就是天意吧，想我苏杨一世英明却始终不走桃花运，罢了，胖子就胖子吧，胖子也是女人，胖子也有灵魂，总比没有强吧，苏杨如此阿Q了一下后，倒也觉得内心坦荡，可就当他决定无耻地把自己交给胖子时，说时迟，那时快，苏杨突然看到门口又走进一个女孩，因为距离甚远苏杨看不清楚女孩模样，但可以肯定的是她绝不是胖子，所以苏杨想也没有想就朝那女孩奔了过去，走到跟前毫不犹豫地伸手拉住女孩然后不由分说就往舞池里拉，整个过程是那样迅捷、坚强，充满了力度，让人无法质疑和反抗。

6

所有事实都再次证明“人生无常”这个永恒不变的道理，在没有任何思想准备的前提下白晶晶就这样进入了苏杨的世界，并且在随后的三年内和他如胶似漆地相爱外加翻天覆地地做爱。三年内两人一起看过月亮数过星星对着太阳流过眼泪，三年内两人进行过N次高质量的性生活憧憬过要养十个孩子，三年内两人说过上千次要永远在一起的誓言，两人说过今生今世最浪漫的事是可以和彼此一起慢慢变老，人世间最大的幸福是“死生契阔，与子成说”，两人还说山可以无棱，天地可以闭合，但他们的爱情犹如长江之水连绵不绝，永不枯竭。

生命中的种种奇迹都将因其独一无二性而无法复制，现在请把思路放回那个深秋的下午，放回那个充满欢歌笑语的F大舞厅，如果你让苏杨再来一次如此勇敢执著地拉一个陌生女孩跳舞，你就算再借给他三个胆子他也不敢，同样如果你让F大女魔头白晶晶遭别人强行索舞时再无动于衷那更是不可能完成的任务。

说实话，苏杨当时的动作其实很粗野，粗野得有点儿像在实施性骚扰，性骚扰白晶晶倒不怕，从小到大美女白晶晶不知道遭遇过多少男人意图性侵犯的阴谋，但所有的阴谋诡计都被她一一瓦解，在长期斗争中早培养了丰富的战斗经验和大无畏的革命精神，对待这种不怀好意的男人白晶晶通常采取的手段就是迎面一巴掌，然后朝对方下体一个蹬脚，用她那最起码四厘米高的皮鞋和对方生殖器官做亲密接触，让对方瞬间丧失繁衍后代的天赋神权。

可那个深秋的下午，白晶晶在面对苏杨的粗野时居然表现得很麻木，只是浑浑噩噩地被眼前那个瘦不拉叽的男生牵引着，脚步不由自主地随着他移动，白晶晶可以清晰地看到这个男生彼时正微闭着眼，脸上肌肉很有规律地在抖动，其模样虽然不雅倒也有几分可爱，这个男人接下去的动作轻柔全然不似刚才那么野蛮，托在自己腰间的手若有若无仿佛并不存心揩油，再加上他目光游离从头到尾都没正眼看自己一眼，身经百战的白晶晶实在想不出这个男人的意图到底为何，她突然发现这个世界上居然还有自己无法理解的男人，白晶晶顿时感到很受伤。

随着矮胖最后一声令下，当天舞训终于结束，苏杨立即松开自己的手然后出乎意料地朝白晶晶毕恭毕敬鞠了个90度的躬，接着无比真诚地说了句谢谢，然后掉头拉着张胜利匆匆离开，白晶晶愣在原地眼睁睁地看着这个瘦子的背影，不由联想起看过N遍的《大话西游》里的至尊宝，这个男人的背影和至尊宝何其相似啊！都是那么羸弱、摇摆不定，善良中还透露出寂寞和哀怨。白晶晶想长这么大可从来没有男人敢对自己如此无礼却又如此置之不理呢，按照她的惯常思路，这个生猛的男人肯定会在跳完舞后请自己去喝咖啡，那样的话白晶晶肯定会鄙视他，然后用脚踢他下体让他终身后悔。不过现在一切都和她的想象无关，面对这个匆匆出现又匆匆消失的男人，白晶晶突然感到很失落很委屈，白晶晶甚至感到自己眼角有点儿发酸似乎就要哭出来了，而为了掩饰自己的慌张，白晶晶故意用力跺了跺脚，然后冲苏杨消失的背影大骂一句：“神经病！”

从本质上说白晶晶天生多情，擅长见异思迁，仗着做区长的老爹对她溺爱纵容，从小就养成了蛮不讲理的习惯。世上的万事万物对她而言只分她想要的和她不想要的两种。白晶晶打小养成一坏毛病——对任何未知事物或人物都好奇，好奇后就想尝试，尝试完又想拥有，拥有了就想抛弃——这个毛病在对待男人时最明显，只要她觉得哪个男人好玩了她就要研究一番，如果研究下来发现这个男人还比较有意思她就要和对方谈恋爱，等厌烦了再Pass掉，然后投身下一场恋爱，如此反复，乐此不疲。

这年头男色狼不少，女色狼却不多，像白晶晶这样的女色狼更是精品中的极品。在这里，我们可以把男色狼马平志和女色狼白晶晶作一个横向比较，两人都是玩弄感情的高手，但细细比较后你会发现两人本质其实不同，色狼马平志玩弄感情玩得很理性，因为他把这当成事业一样去专注追求，非常具有职业道德，每次恋爱最起码还有一段甜蜜期让对方拥有美好的憧憬再温柔地干掉；白晶晶则不同，白晶晶的所作所为完全出自内心喜好，也就是说玩弄得很感性，她有兴趣了就要拥有，没有兴趣了就抛弃，动机单一，而且恋爱保质期大多只有两星期，让你还没感受到生就要面对死，恋爱对她而言不是事业只是游戏。所以就这点而言，女色狼白晶晶的性质更为恶劣，更值得所有珍惜情感渴望地久天长的人鄙视和批判。

而为了避免重蹈覆辙，第二个星期四下午苏杨和张胜利早早赶往舞厅。上次跳舞时张胜利打着跳舞的幌子成功摸到了女孩的小手，算是实现了上大学后零的突破，回去后天天磕头烧香期盼星期四早点儿到来，以便进一步实施淫秽手段。在去舞厅的路上苏杨心想等会儿跳舞时一定要先下手为强，看到顺眼的女孩就上，以免再和那个胖女孩狭路相逢、遭遇不测。

可等到舞厅时发现其他人还是早早到了，男男女女混在一起正厚颜无耻地吹嘘自己舞技如何了得，苏杨站在门口摇头晃脑朝里打量寻找合适的跳舞对象，很快就发现不远处一个女孩看上去有些与众不同，首先是她的身高，一般女孩身高不超过一米六七，但这个女孩的海拔比她们高出一头，看上去要有一米七六；其次是身材，一般女孩光看身材你会误会她们是男人，最起码不会认为她们是女人，但这个女孩前凸后翘，一波三折，该小的不大，该大的绝对不小，完全达到横看成岭侧成峰的境界；最后是穿着打扮，一般女孩穿得五颜六色，不但晃眼而且庸俗，更有几个女孩很傻B地穿了校服来跳舞，但那女孩披了件褐色风衣，风衣大敞，里面是玫红色的低胸紧身衣，“事业线”浑然天成，且将她丰满的胸部修饰得恰到好处，风衣下部是她裸露在空中的小腿，雪白的小腿正向世人宣布她并不寒冷，女孩脚上穿着双修长挺拔的紫色皮靴，在脚尖处有一些褶皱犹如展翅的蝴蝶等待飞翔。

女孩脸颊消瘦，略显苍白，绛紫色长发显然经过所谓离子烫折磨，顺从地遮住一片容颜，不过依然可以看到她的剑眉和挺拔的鼻梁。女孩既不和身边人说话也丝毫没有跳舞的欲望，就一动不动地站在原地，双眉紧蹙，嘴角上扬，很是不屑地看着众人，那神态仿佛是神话里的观音姐姐打量她的子民。

苏杨很是佩服自己的观察力是那样犀利，不但全面而且透彻，有力度也有深度，理性和感性并存，显然不是一般俗人可以为之。如此傻傻地看了会儿后，苏杨突然觉得观音姐姐有点儿眼熟，可实在想不起在哪里见过。就在苏杨托着下巴搜肠刮肚正疑惑是不是上辈子就曾相识或在梦里幽会过时，观音姐姐发现了正在研究她的苏杨，大眼睛立即对这个偷窥者狠狠瞪了两下以表明她的厌恶，可显然这个偷窥者并没有读懂咧嘴，他以为观音姐姐在和他打招呼呢，为表示友好苏杨对准观音姐姐龇牙咧嘴就是一笑，心里还激动地喊了声："Hi，你好啊。"却没想到观音姐姐接受到这个温情的微笑后就像生吃苍蝇一样满脸厌恶地把头转了过去。这让苏杨很郁闷，苏杨发现原来自己纯属自作多情，于是叹了口气决定到里面继续寻找目标，可他脚步还没来得及移动时观音姐姐突然又转过头，并对他灿烂一笑，那一笑风情犹如春风拂面，犹如梨花带雨，犹如改革开放，犹如世界和平。

总之，苏杨是被这一笑彻底惊蒙了。

这一笑威力如此强大，以至在苏杨脑海中永远挥之不去，苏杨并没做出什么明显反应，只觉得天地一片肃静，刚才混乱嘈杂的人群忽然变得井然有序了，面目狰狞的胖子们也变得温柔美丽了，冬天不那么冷夏天也不热了，世界大同人类共产主义了，所有有意义没意义的事都不重要了。

苏杨木然地穿过人群走到舞厅一角，静静坐在椅上，犹如一个中了邪的傻瓜。这个傻瓜紧闭双眼可还是觉得观音姐姐在对他微笑，无论如何躲避都无能为力，于是这个傻瓜在心里作了千万次斗争后终于鼓足勇气穿过人群走到观音姐姐面前，红着脸，哆嗦着手，结结巴巴地说："同学……你好……我叫苏杨，我……我可以和你一起跳舞吗？"

7

多日以后，在一个充满情欲的夜晚，苏杨和白晶晶云雨后躺在床上边大口喘气边畅想未来，白晶晶柔情似水地问苏杨当初在舞厅看上她哪一点了，怎么就会对她一见钟情呢？鏖战后苏杨非常憔悴，他什么都不想思考就想好好睡觉，于是就"嗯嗯"应付白晶晶，白晶晶一看苏杨答非所问，于是改拍为打，握着小拳头对苏杨胸膛一阵猛捶，但很可能力道不够，苏杨感觉那是在帮他按摩，非常舒服。于是白晶晶又改打为掐，两个指头捏着苏杨胳膊里侧最脆弱的肥肉，苏杨被捏得疼死了只好采取缓兵之策，苏杨说："那你先说你看上我哪点了，怎么我让你跳舞你就不拒绝呢？"

白晶晶一听此问更是精神抖擞，当即来了个180度翻滚趴在床上，双手托着下巴一副天真无邪状，她冥思苦想后一口气说了十个成语赞美苏杨当时给她的感觉，差点儿没把苏杨吓坏。说实话，在此之前，苏杨一直视白晶晶为文盲，平时说话从不见用形容词，现在居然能说出这么多成语中间还不打岔，简直不可思议，顿时双眼放光睡意全无。白晶晶说完后又来了个转体360度，翻到苏杨身上，她用细长的胳膊紧紧缠绕苏杨脖子说该你讲了，然后做了个美妙造型准备接受苏杨的赞美，没想等了半天就见苏杨白了她一眼，然后没好气地说："我就是觉得你笑得好看，人又高，胸也大，所以就看上你啦，别的其实也没有什么。"一句话差点儿没把白晶晶给活活气死。

当时大四学生苏杨和白晶晶已成功恋爱一年多，正勇敢地在学校附近一所小区的老公房内进行着同居行为。相比其他恋爱男女而言这样的举动无疑具有极大震撼力，世纪末大学生谈恋爱的不少但同居的不多，苏杨和白晶晶的英猛行为很快得到其他恋人的赞扬和效仿，新闻系很快就刮起一阵同居风，苏杨就这样头一回站在潮流的前沿，感觉不错。

其实苏杨和白晶晶同居实在有些难言之隐，主要是因为在学校谈恋爱什么都好，就是性生活得不到保障，自从有了第一次后，他俩的性欲均犹如黄河决堤一发不可收拾，每次都要想方设法找地方过性生活，宿舍、草坪、电影院黑暗角落、教学楼天台、KTV包房甚至附近公园的石头上都留下了他们的战斗痕迹。这种野战最大的弊端就是不安全，因为他们能找得到的地方也是其他需要解决性生活的人同样中意的场合，不免有撞车嫌疑，每次做事时两人都神态诡异，一边运动一边还要东张西望，在这种状态下双方实力发挥都会大打折扣。野战还有一大缺点就是不卫生，本来这不应该作为理由，因为在苏杨看来卫生不卫生根本不重要，重要的只是能不能成功“联通移动”。然而白晶晶可不这样想，这个女人有严重洁癖，草地作战时她一边提醒苏杨温柔点儿别把刚买的名牌长裙弄脏了，一边还要担惊受怕野花野草蚱蜢小虫之类的东西钻进她体内，而等苏杨收工后立即来个弹跳从地上蹦起，原地拼命抖动N下，等回宿舍立即进行长达两小时的擦洗，一边冲洗一边大骂苏杨祖宗十八代，并狠狠发誓再也不和苏杨在外野战。可事实总是不以人的意志为转移，下一次依然只能在荒郊野外度过，一如往常，毫无变数，痛定思痛，痛何如哉，最后实在没办法，两人只好孤注一掷，到外面租房同居。

苏杨快毕业前F大附近房价还不算高，一平方米才3000元出头，谁都没想到两年后上海房价飙升，特别是2002年春节前后房价简直是天上人间，像F大那种离市中心还有段距离的房价都冲到每平方米7000元，至于市中心每平方米过万的房子比比皆是，就连外环那种荒凉的地方房价都过了4000元，让无数人目瞪口呆高呼无法理解。

三年后，苏杨贷款30万人民币在学校附近买了套二手两室户，建筑面积不过50平方米，还是毛坯。苏杨曾经很后悔为何毕业时没智慧一点儿，如果那时智慧了就算借钱也要买套房子等抛出去就发了，事实上像苏杨这样后悔的上海人不在少数，可也只是后悔罢了，该发财的早已经发财，没发财的只能继续憧憬下一次机会。所幸，新世纪的上海总有它的奇妙之处，这个城市永远不缺少一夜暴富的奇迹，先是20世纪90年代初人民热衷炒股，最后连证券所门口卖茶叶蛋的老太婆都开了户头，再后来是炒房地产，随便买什么样的房子放上一两年，少则十几万，多则上百万就到手，现在又流行各种彩票，就在前不久一个外地人一下中了5000万，光税就缴了1000多万，你想想5000万是什么概念？一沓沓地往你脸上砸的话砸死几个你没什么问题，所以说发财并不是什么天方夜谭，苏杨无数次告诉自己这个观点，并且常常在大街上为此手舞足蹈、连声尖叫，让路人以为遇到了一个不折不扣的疯子。

还是回到多年前的那个深秋，幸福男人苏杨魂不守舍地抱着美女跳了一下午国标，跳得心如鹿撞，跳得风情万种。最后当矮胖宣布散场时苏杨深深感受到什么叫时光荏苒，光阴似箭。

回到宿舍后苏杨花了整整一晚做白日春梦，嘴里咬着笔试图写诗但始终无法下笔只是趴在桌上时不时傻笑两声，状如智障分子。马平志首先发现苏杨神情诡异，赶紧过来询问，其他宿友也纷纷凑热闹，在众人关切的目光及口水四射下，苏杨用幸福小女人的口吻说出下午艳遇，口水流下三尺长，却只见色狼马平志面色严峻，过了半晌才黯然说："和你跳舞的那个女孩该不会是白晶晶吧？"马平志说这话时语气怪异，仿佛说"和你跳舞的不会是白骨精吧？"然后不等苏杨说话他又补充："肯定就是白晶晶，完了，哥们儿你死定了。"

那时苏杨还不知道下午和他跳舞的就是白晶晶，甚至不知道上个星期他强行索舞的女孩也是白晶晶，后知后觉从来都是他的强项。整个下午苏杨幸福得不行，白晶晶什么都没说只是静静地和苏杨跳舞，充分满足了他的大男子主义，而一贯孤陋寡闻的苏杨根本不知道叱咤F大的风云人物白晶晶的光辉事迹，如果他知道白晶晶就是那个人见心寒鬼见发愁的女魔头，而这个女魔头玩弄过的男人数目超过一个加强排苏杨肯定连哭都来不及，可他什么都不知道，他只知道自己春心萌动，知道自己幸福无比，现在通过马平志之口他又知道原来那个女孩名叫白晶晶，所以那晚，苏杨宿舍全体男生都听到一向沉默寡言的苏杨说出了一句石破天惊的话：

“我决定了，我要追白晶晶。”

本章插曲

喵了个咪的回忆

王熹蛮

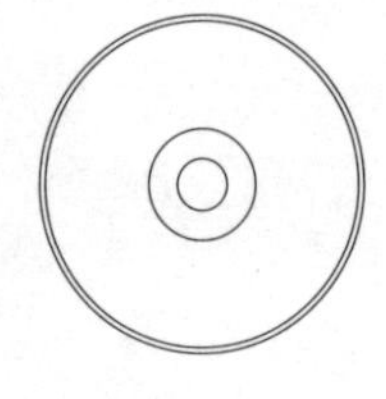

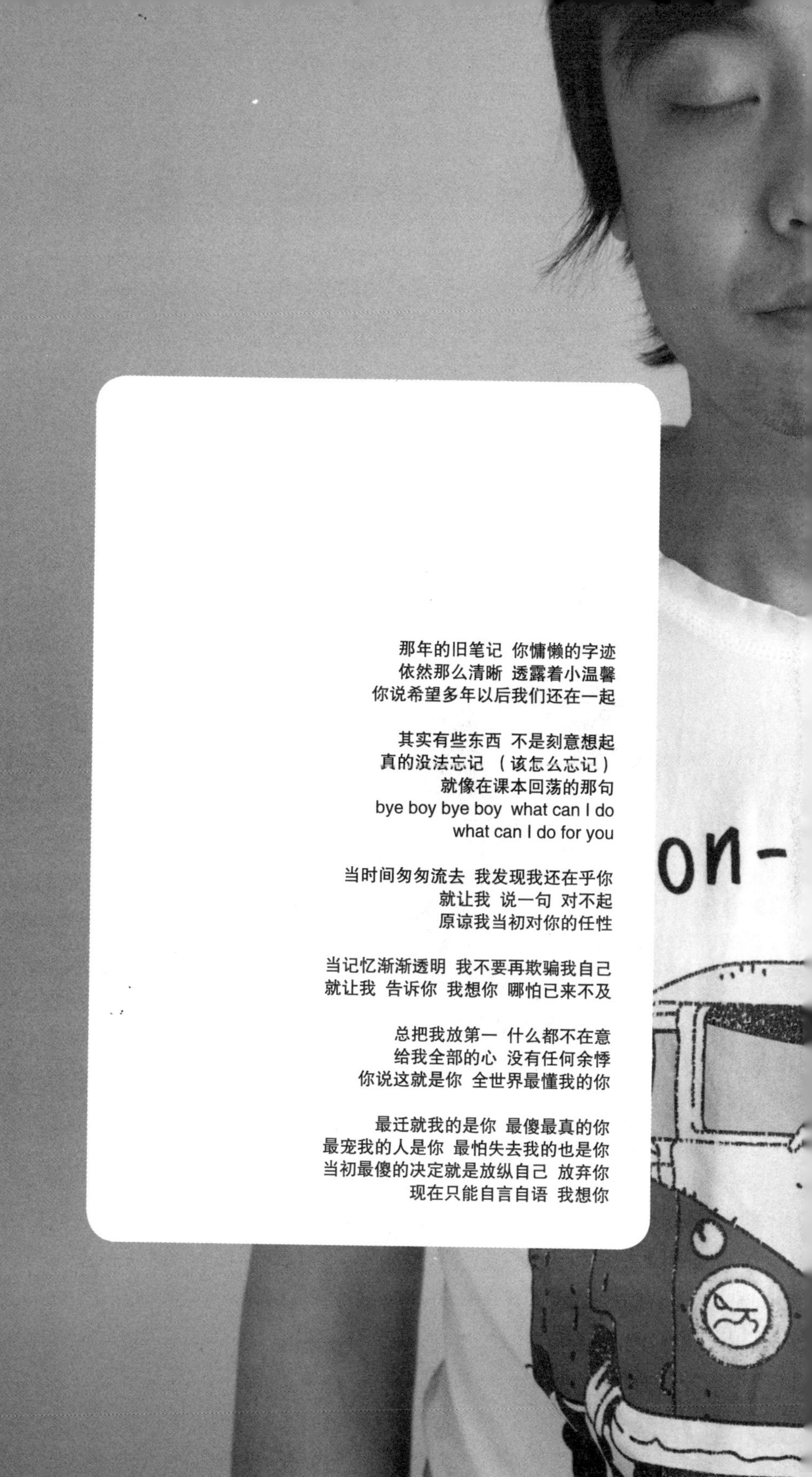

那年的旧笔记 你慵懒的字迹
依然那么清晰 透露着小温馨
你说希望多年以后我们还在一起

其实有些东西 不是刻意想起
真的没法忘记 （该怎么忘记）
就像在课本回荡的那句
bye boy bye boy what can I do
what can I do for you

当时间匆匆流去 我发现我还在乎你
就让我 说一句 对不起
原谅我当初对你的任性

当记忆渐渐透明 我不要再欺骗我自己
就让我 告诉你 我想你 哪怕已来不及

总把我放第一 什么都不在意
给我全部的心 没有任何余悸
你说这就是你 全世界最懂我的你

最迁就我的是你 最傻最真的你
最宠我的人是你 最怕失去我的也是你
当初最傻的决定就是放纵自己 放弃你
现在只能自言自语 我想你

第三章

Chapter

执迷

还记得和你商量未来孩子的名字
还记得说过要留在这座城市一起奋斗
还记得陪你走遍整个人才市场那天硕大的夕阳
却不想记得
那天你泪眼蒙眬地对我说
对不起
但我们也只能到这里了

女生楼前的白杨树
听惯了那五花八门的呼喊
那些呼喊的男生站在树下
日复一日地呼喊着一个个女生的名字
喊过的名字，他们还会记得吗

而那些梦
至少我从未放弃

1

这个世界有很多人光说不练，也有很多人光练不说，还有很多人不说也不练。而苏杨却属于那种说得比较少，练起来就更少的人，凡事都懒字当头，动不动就觉得人生没意义，活着就是浪费资源，不如直接还给大自然更靠谱。

话虽如此，其实这种懒人才最可怕，因为他们一旦较起真来就会焕发出无穷动力，执著精神会让你崩溃。比如在追白晶晶这事儿上，懒人苏杨就充分发挥了一不怕吃苦二不怕牺牲的革命精神。这里很多细节可以忽略，男人追女人的法子数来数去无非那么几套，再怎么折腾也脱离不了“威逼利诱”四字真言。苏杨在追女孩这事儿上虽然缺少实战经验，但他并不缺少天赋，而且他很敬业，更难得的是他还有点儿小坏，动不动就想出个馊主意逗女孩开心，所以前期取得的成绩还算令人欣慰。

而身为一个美女，白晶晶从刚发育时就频繁遭遇男人性骚扰，高中三年和各种各样的男人打过交道，这些男人中有孔武有力的，也有蛮不讲理的，有长得像F4的，还有风情万种像娘儿们的……多年实战中白晶晶练就一身上乘武功，自以为铜墙铁壁、刀枪不入，等考进以盛产学术牛人和流氓闻名天下的F大后开始接受更为残酷的性骚扰，所幸几年下来依然保持金刚不坏之身，深受F大众流氓们尊敬爱戴。

在白晶晶眼中只有她不愿征服的男人而不存在她不能征服的男人，白晶晶有句经典名言就是“对待男人要像流氓一样流氓”，你说能讲出这种话的女人有多可怕？就这样在F大流氓了N个男人后这个女流氓突然醒悟了，觉得恋爱只是一场游戏一场梦，梦里花落知多少，梦外却是了无痕，既没乐趣又没有意义，大可不为之。所以大三后白晶晶就没再谈过恋爱，白晶晶以为这种状态会一直延续下去直到终老，为此她曾感到很绝望，强烈谴责上苍许给她千万男人却得不到真正爱人，如果上天给她一个重来的机会她宁愿舍弃容颜换取一次真爱，听上去巨沧桑。

虽然阅男无数，可白晶晶从没遇到过像苏杨这种看上去没脾气摸上去没个性的男人，此人一天到晚强烈要为你奉献他的全部却对你别无所求，看你的目光还特别纯洁仿佛一天使。再有就是这个男人还很黏糊，鬼似的总在你面前晃来晃去，形如一摊高密度鼻涕粘附在你身上，不知羞耻，只要你别拿棍子赶他走，他保准可以累死累活地跟着你，让你无路可退。

2

在苏杨追求白晶晶的前期，白晶晶骂过他，打过他，也侮辱过他，就差跪拜叫他爸爸了，可不管恐吓还是哀求，苏杨都不为所动，不管你什么态度，他始终就用无比温情的目光看着你，对你微笑，让你彻底崩溃。就这样一次次挫折后白晶晶知道想甩掉此人纯属徒劳，你总不能杀了他吧，于是也就听之任之。

在取得初步成功后苏杨开始向白晶晶展现自己横溢的才华，白晶晶差不多每天都能收到这摊鼻涕的情诗，用毛笔毕恭毕敬地抄在宣纸上，每天一封，风雨无阻，其内容涉及天文地理人文历史，差不多就是“十万个为什么”的诗歌版。白晶晶虽不会写诗，但读着那些如梦如幻的语句还是能够感到节奏欢快、言语优美，知道和儿童文学大有区别。

通过这些诗歌白晶晶还能够体味到诗的作者是一个富有爱心的好人，不但生活充满情趣而且尊敬小动物爱护花花草草还不随地吐痰。白晶晶自打用上电脑差点儿连汉字都不会写了，在白晶晶的观点中毛笔字只有古人才能写，所以看到毛笔字时她是又蹦又跳觉得这玩意儿真他妈不简单。于是白晶晶开始对此人有了点儿兴趣，一打听知道此人原来还是校文学社一名悍将，校内校外颇有名气，曾写过不少让女孩流泪的文学作品。文学对白晶晶而言其实是风马牛不相及的范畴，就算她考虑过出家当尼姑也没考虑过和搞文学的人做朋友，但这一切都不妨碍她现在去欣赏懂文学的人。事先交代过，白晶晶最大的毛病就是对什么都好奇，所以从这个角度而言苏杨是占尽了优势。

苏杨除了每天一诗表达才华外，也会给白晶晶写点儿情书什么的，确保每天都能让白晶晶读到他的内心还能反复回味，苏杨的情书也比较独特，除了竭尽所能讴歌白晶晶外，还不厌其烦地诉说自己的理想，仿佛读他情书的对象不是女人而是尊师。苏杨写小说般交代自己的成长背景然后告诉白晶晶自己渴望成为一名伟大的电影导演，他要让张艺谋、陈凯歌之流觉得自己生不逢时，知道以前拍的那些电影其实是自作多情，现在他正朝这个目标奋斗相信不久就可以有所作为。苏杨倾诉的口气带点儿埋怨色彩，他怨恨命运不公，自己空有冲天才华宏伟抱负却只能在傻不拉叽的F大文学社做个小头目，苏杨说如果按照达尔文进化论现在就应该是他来当文学社社长。苏杨还抱怨说如今社会太稳定世界太和平，如果回到半世纪前那个戎马年代，他一定会成为风云枭雄，甚至被载入史册，供后人顶礼膜拜。

所有这些虚实莫辨的话语都强烈地刺激着白晶晶的神经，这个一直认为自己早就看透天下男人的女孩的所有童心爱心好奇心都被激发了出来，苏杨在她的概念中一会儿清晰一会儿模糊，一会儿片面一会儿立体，那种无法掌握的感觉给白晶晶带来了前所未有的快感。对恋爱早已厌倦的白晶晶突然产生了强烈的欲望想要和这个神秘男人好好爱一次，主意拿定后白晶晶不再拒绝苏杨的诗歌和情书，甚至还主动把他约出来探讨人生，于是在F大花前和月下经常可看到苏杨和白晶晶坐在一起窃窃私语，仿佛一对交往久远的闺中密友。

苏杨擅长写诗歌，但是他更擅长讲故事，尤其擅长讲悲剧故事，每次苏杨都变着法儿给白晶晶讲特煽情的爱情故事，讲得白晶晶痛哭流涕，追问苏杨是不是这个世界上真的有那么美丽的爱情。或许是听故事听上了瘾，后来白晶晶每天都要听苏杨讲故事，否则就会心神不宁、茶饭不思。当她和苏杨在一起时也是温柔倍现，发嗲渐渐成了家常便饭，手脚也开始不干净起来，动不动就对苏杨施加暴力，苏杨就算再没经验也知道那意味着什么，脸上继续装傻心里却乐得不行。

一次讲故事时苏杨瞅准时机加重剂量，把罗密欧、朱丽叶、梁山伯、祝英台这四个情圣的事儿掺杂到一起，感动得白晶晶最后哭得呼天抢地。老奸巨猾的苏杨见时机成熟于是伸手搂住白晶晶颤抖的双肩，然后用无比诚恳的口吻说愿意把自己并不宽广的胸膛借她依偎，苏杨说我的胸膛虽然单薄但很安全虽然很瘦小但很坚挺，白晶晶并没有验证此话逻辑是否成立顺势就躺进苏杨怀里，并把眼泪和鼻涕统统擦到苏杨衣服上，算是两人爱情最强有力的见证。

3

自打苏杨追求白晶晶开始，无数有良知的人都给苏杨讲过癞蛤蟆吃天鹅肉的故事，想以此来点化苏杨。在任何一个有理智有思想有情操有自尊的健康人看来，苏杨追求白晶晶无疑是痴人说梦以卵击石，自取灭亡那是肯定的，很有可能就尸骨无存。

只可惜人算不如天算，上帝整出来的玩意儿没人看得懂，当那些咧着大嘴等着看好戏的浑蛋们看到白晶晶和苏杨越来越亲热，看到两人出双入对荡漾在F大马路上并开始打情骂俏卿卿我我时所有人都开始叩问人生，一部分人慢慢接受了这个现实，还有一部分人坚持自己的观点认为苏杨即将大祸临头，白晶晶这招是欲擒故纵，先给苏杨点儿小甜头让他幸福幸福，等时机成熟了再灭了这个傻小子到时让他哭去吧。只可惜事实再次证明了这些人目光短浅，当某天是个人都能看到苏杨搂着美女白晶晶那一尺六的小蛮腰屁颠屁颠地在F大招摇过市时，谣言停止了，猜测消散了，弥漫在空中的只剩下无穷无尽的嫉妒，好色的男人们开始反思：如果当初自己也能大胆出击，是不是执子之手的人就是自己？

可就在全F大的人都认为美女白晶晶和一个叫苏杨的浑蛋好上时，只有一人不这么认为，这人就是苏杨自己。

一直以来，苏杨觉得自己够明察秋毫的了，不但狡猾而且老谋深算，在追白晶晶这事儿上更是花费N多心血，走得是一步一个脚印，能走到今天实在太不容易。眼看成功的小红旗就在眼前飘荡可想去摘取时才发现那只是一个虚假的镜像，真正的红旗指不定还远在天边呢。就在苏杨自以为成功俘获白晶晶的芳心时才发现此人远要比想象中可怕得多，苏杨一直认为自己智商很高，高一时就达到120，可现在就算他智商210他还是无法真正明了白晶晶到底在想什么，这个女人是如此反复无常，今天可以微笑着对你说你是天使，第二天却可以打你咬你侮辱你说你根本就不是天使只是一坨大便。直到这时苏杨才相信F大关于她的传闻绝非危言耸听，虽然苏杨已成功抚摸她的胸膛甚至偷吻过她的脸庞，但那并不能代表已得到她的爱情，因为很可能在你心中珍贵无比的一吻在白晶晶眼中只是垃圾一堆，只要她愿意她可以让天下男人都来吻她。世人都以为苏杨走了狗屎运抱得美人归，却没人知道他一直徘徊在沼泽边缘而且越陷越深，苏杨深深明白如果现在停止进攻不但前功尽弃，而且会被那帮等着看戏的孙子们笑掉大牙，从此自己苦心经营的英明形象全都毁于一旦，以后还得夹着尾巴做人。可如果继续前行，苏杨又看不到方向更看不到希望，现在的白晶晶像雾像雨又像风，和她恋爱就像跟自己做游戏，到头来是自己在逗自己乐，其性质形同自慰，虽然进行时快感无穷，但结束后终归有点儿失落，还有点儿负罪感，觉得人生空空。

就在这种反复折磨中苏杨快崩溃了，他恨不得把这个可恶的女人压在身下暴打一顿再强奸100遍方能泄心头之恨，可苏杨不敢，革命尚未成功，同志仍须努力，国父的谆谆教诲苏杨铭记于心时刻不敢忘记，所以白晶晶只要快乐了苏杨就跟着她一起微笑；白晶晶伤心了，苏杨就和她一起哭泣；白晶晶发怒了，苏杨就说自己是大便；白晶晶无聊了，苏杨就学乌龟在地上爬来爬去。

总之，作为一个男人能做到的苏杨都做到了，做得很优秀，而一个男人不能做到的苏杨也做到了，同样做得很优秀。白晶晶本来对苏杨已开始厌烦，他的那套玩意儿已无法再吸引自己，再有文采的鼻涕终归还是鼻涕，白晶晶所要做的是怎样才能把这摊鼻涕甩掉自己还不受污染，但在面对这种强大黏劲时白晶晶迷惘了，她从没看到过一个男人可以这样不要脸，也从来没感受到过一个男人对自己如此言听计从忠心耿耿，白晶晶不知道该何去何从，一向恋爱时头脑清晰思维敏捷的她这回彻底蒙了，后悔当初不该对此人好奇弄得现在进退两难。

就这样苏杨和白晶晶表面风和日丽波澜不惊，心中却各怀鬼胎，这绝对是一场斗智斗勇的战争，作为作战双方苏杨和白晶晶两人都铆足一口气，不置对方于死地绝不罢休。

事情的转折点发生在半月后的一个傍晚，两人在食堂吃完饭后苏杨提议到校外刚建成的商业街逛逛，白晶晶却说要回去看《蜡笔小新》。苏杨本想坚持可看到白晶晶对他吹胡子瞪眼赶紧屈服，一脸委屈地送白晶晶回宿舍。在食堂大门口有一些水泥柱，直挺挺地竖在空中用来防止汽车通过，看到这些水泥柱时白晶晶这个歹毒的女人突然心生一条恶计，她推推苏杨然后指指那些柱子说："你看那是什么啊？"苏杨傻傻回答："那是水泥柱哦。"白晶晶奸笑两声点点头说："是啊，那是水泥柱。"弄得苏杨很是莫名其妙，心里正嘀咕白晶晶又有什么坏水时只见白晶晶款款伸出兰花指，对着柱子轻启朱唇："苏杨，如果你真喜欢我的话，你现在就绕这些柱子各转100圈。"

听到白晶晶这话，苏杨当场有一股强烈的想晕倒的愿望，苏杨渴求这只是梦一场，或者说根本就不认识这个叫白晶晶的女人，但那只是幻想，只是那个秋天里的一个巨大肥皂泡。现实是白晶晶趾高气扬地看着苏杨，嘴角流露着微笑，气焰十分嚣张，苏杨恨不得跪在这个不可一世的女流氓面前然后吻她的脚趾叫她姑奶奶，只要别让他在这么多人面前绕水泥柱转圈，操！那不是驴是什么啊？苏杨试着看了一眼白晶晶，发现她明亮的眼眸里写满了挑衅，苏杨知道那意味着什么，自古华山一条道，他现在面对的是成王败寇的生死抉择，走过这道坎儿从此他苏杨就是大爷，走不过就是孙子，就会尸骨无存遗臭万年。苏杨深吸一口气，勉强支持快要破碎的心，暗自问候数声白晶晶的母亲，然后眼睛一闭，头皮发麻，大叫一声，冲那些大柱子奔了过去。

第二天，全F大学生都在议论说昨晚吃饭时看到一个男人跟头驴似的围着柱子转圈。也就是第二天，差不多全校人都知道，兴风作浪为恶多端的女魔头白晶晶终于名花有主，从此百姓安宁，天下太平。

4

苏杨读高中时班里有一同学绰号叫麻秆，顾名思义此人是脑袋大脖子粗身体细如柱，远看是畸形，近看是发育不良，反正左右是一残疾少年。不过麻秆身残志不残，仗着他在上海做装潢生意的老爹有几个臭钱成天在学校为非作歹，不是聚众打架就是调戏良家妇女，把社会主义学校当成自家开的私塾使。因为作恶多端麻秆一直是学校的重点打击对象，经常在开全校大会时作为阶级敌人接受人民群众集体批斗。在长期挨斗中麻秆坚持“勇于认错，死不悔改”的斗争路线不动摇，久而久之养成了忍辱负重的好习惯，颇有点儿主席笔下“黄洋界上炮声隆，我自岿然不动”的大将风范。

麻秆为人仗义，热爱打架，每次组织校内好战分子和校外混混儿们打架时都一马当先，遗憾的是虽然其个高但缺乏攻击力，往往成为重点挨打的目标。不过麻秆攻击力虽不强但防御力非常出众，被打后满脸鲜血还能微笑看着敌人，这一招其他人总学不来，因此深得混混儿们崇拜，后来这些崇拜者对麻秆挨打的惨烈场景产生了审美疲劳，于是一个个装白痴问麻秆敢不敢玩刺激点儿的活动。麻秆白眼珠一翻问：“有什么刺激活动？快说快说。”混混儿们一看有戏，赶紧说：“强奸女学生啊，绝对够酷够刺激哦，就是难度系数大了点儿，不晓得英雄你敢不敢呢？”麻秆一听觉得果然刺激，心想这世界上还真他妈没我麻秆不敢做的事情呢，不怕做不到就怕想不到啊！于是一个月黑风高的夜晚他在学校附近小弄堂拦住个上晚自习的女同学准备实施性侵犯，可最后连女孩的小脸都没摸到就让校警给逮住了，为以儆效尤，校领导开了整整三天会决定放弃对麻秆进行义务教育将他驱逐出校，关键时刻还是麻秆老爹大发神威，一次性捐了好几万人民币给学校换了个铝合金大门才得以保全麻秆小命。求学道路上多难多舛的麻秆不思悔改依然甩着膀子在学校作威作福，该无赖时继续无赖，该流氓时依然流氓，小日子过得十分逍遥。

苏杨和麻秆相交甚好，苏杨虽然成绩优异是人见人爱的好学生，但从不排斥和麻秆这样的败类做朋友，有时还会充当狗头军师出点儿馊主意让麻秆实践实践，像上次怂恿麻秆强奸女生的幕后分子之一就是好学生苏杨。苏杨这人打小心眼儿就多，胆子却很小，本来很多龌龊古怪的想法只敢闷在心里，现在有了麻秆这名勇夫就可以在生活中实践实践，自己看得过瘾又毫发无损，感觉非常不错。而麻秆虽然学习不好却喜欢和成绩好的同学做朋友，以此标明他也是一个积极向上的好人。所以苏杨和麻秆经常扎堆玩到一起。那时他们的娱乐活动还比较有限，唯一的共同爱好就是手淫，当时人小爱攀比，手淫时都要集体行动然后看谁的马力更为强劲，每天晚自习结束后都要成群结队到厕所比赛，如此快活一阵后社会上突然流行手淫有害论，所有报纸杂志都吓人说手淫多了会得癌症，可把苏杨这帮傻孩子给吓着了，于是纷纷金盆洗手，每当热血沸腾之际痛苦地用身体压住双手然后躺在床上对着林青霞的照片进行性幻想，那种感觉痛苦无比，苏杨甚至想如果脚也能自由伸展的话人们肯定会脚淫。相比苏杨这帮胆小鬼而言麻秆在此事上表现出一如既往的大无畏精神，丝毫不为手淫有害论所恫吓，依然每天津津乐道从事该项活动，屡试不爽。

高二下学期几乎所有同学都明白要是考不上大学就得回家种田，等到25岁左右繁殖后代当爹当娘。明白这个可怕逻辑后大家一个个开始玩命似的学习，往往早上五点半就起床，眼睛都没有睁开就开始背书，晚上疯子一样学到午夜一点半，中间共睡了四小时还觉得罪孽深重。课间十分钟用一半时间解决大小便剩下一半时间还要抓紧做道数学题，变态得让你觉得可怕，个个都用哀怨无力的眼神看着对方，仿佛彼此不是同学而是敌人。

在学习这个问题上麻秆再次表现出脱俗气质，别人像疯子一样学习，他像疯子一样休息。高二结束后分班，苏杨之类的主流群众顺应校方意愿报了理科，麻秆却选择去考体校，每天围绕400米跑道狂跑20圈，晚上也不上自习而是到隔壁初级中学去摸小姑娘刚刚发育的乳房，摸得双手发烫后回宿舍睡觉，基本上苏杨中午吃饭时就看到这个浑蛋睡眼蒙眬地从宿舍出来蹲在下水道边刷牙，边满口白沫地对苏杨说他昨夜又在梦里玩弄了女人，说得苏杨心里很伤感，苏杨想手淫会得癌症，那么不手淫了还可以做春梦吧，可梦里从来没出现过女人，出现的光是英语单词和化学方程式，这算什么啊？你看人家麻秆，人长得不咋样却活得如此潇洒，自己玉树临风、满腹春秋怎么如此窝囊呢？每次苏杨想到这里都气得咬牙切齿，恨不得也放纵一把，一口气强奸十个八个少女作为对万恶高考制度的亵渎，但显然这是最绵软无力的臆想，当看到其他人埋头苦读时，苏杨只能长叹一口气继续唧唧复唧唧地学习。

苏杨读高中时教育制度远没现在健康，那会儿还流行会考制度，作为高考的开路先锋，凡会考不过的同学就没资格参加高考，因此通往高考的道路更显残酷。麻秆就是会考制度的牺牲品，因为会考九门科目总分加起来不到200分，所以只得提前解甲归田。高考事件对麻秆打击甚大，暑假里看到同学一个个欢天喜地上大学这浑蛋就躺床上一边手淫一边思考如何结束自己的生命，麻秆老爹看到这情形吓傻了，连忙掏出10万人民币把他宝贝儿子送到上海一家中澳合办的大学，这所学校以收费吓死人不偿命闻名全上海，号称每个学生在上海读两年书后都能到澳大利亚数袋鼠，等再回到中国后就成了“海归”，只要嘴皮子一动说两句洋文就能当什么CEO，到时侯就算躺在马路上睡觉都有人往你怀里塞钞票，从此荣华富贵是挡也挡不住！

5

这些美好的意境都是麻秆告诉苏杨的，高中毕业后苏杨没再见过麻秆，也没他任何消息，仿佛这个无法无天的大混混儿已经人间蒸发。等苏杨来到上海差不多有三个月，有一天麻秆突然出现在他面前，着实给苏杨来了一个意外惊吓。麻秆看着张着大嘴瞪着小眼一副白痴样的苏杨还以为他惊喜过度呢，立即上前一个深情拥抱然后巨淫荡地说：“哥们儿，我来上海和你一起抗战啦。”

当天晚上两人抗战到学校附近的小饭店，苏杨穷，又小气，所以只给麻秆点了一荤两素，外加两瓶啤酒，吃得麻秆非常不过瘾。麻秆一边数落苏杨抠门一边把嘴里的红烧鸡腿嚼得噼里啪啦震天动地，骨头都不吐出来全部吞到肚里，看得旁边食客个个目瞪口呆感慨原来鸡腿还可以这样吃，实在太有想象力了。麻秆吃完鸡腿后对苏杨讲述他现在的生活多么惬意，他说他们老师全是风骚的年轻女老外，看着中国小伙的目光很淫荡跟妓女似的，上课时动不动就把巨大的乳房压在他身上。另外学校里女孩个个倍儿开放，走在路上会主动上前挑逗你要摸你的胸膛，只要你请她喝一杯可乐铁保她肯跟你上床——这些事对刚上大学的苏杨而言无疑是天方夜谭，苏杨刚到上海时曾对这方面抱有幻想，后来残酷的现实慢慢灼伤他那颗萌动的春心，现在麻秆的话犹如一剂强力兴奋剂，让本已死灰的心再次激发出饱含春意的火焰，于是苏杨赶紧奉承麻秆给他倒酒，让他老人家悠着点儿慢慢讲，菜不够他可以再点一个。

麻秆喝得兴起就问苏杨有没有玩过上海女人，苏杨听了吓了一大跳，他满脸自卑地说：“我没有，不过听老大这口气，敢情您尝试过？”麻秆不以为然地白了苏杨一眼：“不要尝试太多哦。”然后绘声绘色描述他到上海后的种种艳遇，麻秆说上海女孩看到他如此玉树临风个个想做他女朋友，只是他太忙了没时间和这些女孩恋爱只有时间和她们做爱，就这都还是他对这些女人的恩惠，不是每个追求他的女人都有资格得到这种恩惠。麻秆说那些上海女孩个个热情似火，技术娴熟，和她们做爱感觉妙不可言！听了麻秆的描述，苏杨心里堵得越来越厉害，最后只得不停仰天长叹，痛苦得像刚死了亲娘。麻秆很是惊讶，问他这么沧桑干吗，只见苏杨长叹一口气悲伤地说：“哥们儿我真失败！你现在算过上小康生活了，可我这儿连温饱都没着落呢，这不性生活还要靠双手来解决嘛。”

麻秆一听这话立即悲天悯人地看着苏杨说：“这哪行啊，都什么年代了，这是人过的日子吗？好说好说，明天哥哥就带你去玩，我那里女人多，没问题。”

看到麻秆如此义气，苏杨心中大热，也顾不得省钱，当下豪气万丈对老板说：“再来两个菜，量要多点儿哦。”

然而麻秆光说不练，两瓶老酒下去他爹是谁都不知道了，更不要说还记得带苏杨去淫荡，而苏杨虽然隐隐觉得这个浑蛋是个活骗子，不过因为对那事儿期望太大，因此在心中还留了点儿希望，只得忍受麻秆骗吃骗喝。

麻秆差不多每过两个礼拜就要到苏杨那儿吃上一顿，然后再到其他同学那里继续行骗，苏杨高中同学考到上海的人不在少数，只是到上海后大多没了联系。麻秆神通广大，把每个同学的地址都打听得一清二楚，然后制定了张详细作战表，从此挨家挨户上门蹭饭，间或借点儿小钱零花零花，完全一副无赖腔调。麻秆每次到苏杨那儿都要吹嘘他新交的女友身材多么魔鬼，乳房多么澎湃，床上动作多么淫荡，然后在苏杨的郁闷中获得充分快感。

苏杨对麻秆是又爱又恨，那时苏杨没女朋友，所以只能从麻秆的故事中获得快感。可每次听完后又很受伤，觉得自己不是男人连个女朋友都找不到实在窝囊。这种情况直到大三才有改变，苏杨追到白晶晶并顺利上床后才知道真正淫荡的并不是上海女孩，而是麻秆那张嘴，他以前讲的风花雪月很可能是他在意淫，明白这个道理后苏杨不禁长出一口气，然后看看身边如花似玉的白晶晶觉得自己其实还是很男人。

有一次麻秆兴冲冲找到苏杨准备向他吹嘘最新战果，突然看到苏杨牵着一高个儿女孩微笑着向自己款款走来，那女孩长相之美他连做梦都没梦到过，不但天生丽质而且气质超群，此外这个女孩穿着时尚，一双大眼睛时而含情脉脉时而冷若冰霜，举手投足间尽显雍容华贵。麻秆粗俗了半辈子，可第一次看到白晶晶时心里不由自主冒出一句诗：此女只应天上有，人间哪得几回闻。反正麻秆是彻底蒙了，原先编好的故事怎么也说不出口，等一起吃饭时不但绝不轻言女人这一名词，甚至和苏杨说话都和风细雨，脸做羞涩状，弄得苏杨特别不适应。

吃完饭上厕所时麻秆在苏杨旁边憋了半天都没把尿成功分离出来，就在苏杨酣畅淋漓之际，麻秆突然怒吼一声，吓了苏杨一跳，苏杨侧头发现麻秆红着眼睛盯着自己恨天恨地说：

“操，如果能让我找到这么漂亮的女人做老婆，就是被尿憋死也愿意啊！”

那次以后一直到毕业麻秆都没再找过苏杨，据说这个浑蛋大三结束后就去了澳大利亚，苏杨想：好耶，从此太平啦，不料才过了两年麻秆再次出现在他生活中，并极大地影响了苏杨的生活质量和喜怒哀乐。

两年后的一个星期六中午，苏、白两人在厨房做饭，做着做着就来了性欲，正决定趁势战斗一把时，门铃不争气地怒响起来，苏杨和白晶晶立即屏住呼吸装作屋里没人，没想按门铃的人异常坚挺，长按不放，最后把白晶晶的性欲都吵没了，白晶晶用脚猛踢苏杨说都是他不好，气得苏杨穿了条裤衩骂骂咧咧就去开门。

开门后就见一头高大肥胖的猪人站在门口对自己友好微笑，此猪人油头粉面，西装革履，腰间还夹着一个公文包，看上去像政府行政人员，苏杨左想右想也想不出此人是谁，最后想莫非收电费的？可这个月电费早交了啊！

猪人看苏杨半天没回过神，收起笑容露出满口大黄牙说：“操，哥们儿不认识我啦？我是麻秆啊！”

苏杨看着眼前这个最起码150公斤的大胖子想：疯了，都他妈的是谁创造出“面目全非”这个成语啊？简直太形象了。

6

苏杨缓过神后热情招呼麻秆吃顿便饭，在餐馆里苏杨和麻秆热情回味了会儿过去的生活，苏杨努力把眼前的胖子和记忆中的麻秆对应起来，可无论如何努力都觉得上帝开的这个玩笑还是大了点儿，找来找去都没感觉。此时麻秆言谈举止和以前大不一样，不但言语犀利，而且思维敏捷，颇有领导风范。苏杨觉得和他交谈倍儿有压力，苏杨总觉得不是在和玩了六七年的哥们儿聊天，而是在向领导汇报工作，心中无比压抑，最后连话都不会说了，只能不停呵呵傻笑掩饰内心慌张，总之那顿饭吃得很是压抑。最后两人又到洗手间小便，苏杨看到麻秆一边酣畅淋漓排泄一边打着饱嗝，过了半晌突然红着眼睛喷着酒气趾高气扬地对自己说："告诉你，我发啦，赚了1000多万。"

面对红光满面的麻秆，苏杨坚持这只是他无数牛皮中微不足道的一个，体态胖了不代表生活富了，这个道理苏杨明白。苏杨想：你就这样出国逛了一圈就赚1000万？当我小孩不是？当下脸上挤出两滴笑容表示祝贺。从洗手间出来麻秆说："时间不早，我得回公司开会，明晚我请你吃饭。"扔下这句莫名其妙的话后，麻秆夹着公文包就走了，若不是那满桌残杯冷炙，苏杨几乎不相信消失了两年的麻秆居然化身为一个完全陌生的大胖子又来骗了顿饭，苏杨顿时觉得生活实在有趣。

第二天傍晚苏杨还真接到了麻秆的电话，当时苏杨正为一篇小说的构思痛苦得龇牙咧嘴，白晶晶则从昨晚一直睡到现在还不想起床，实在睡不着了就躲在被窝里看电视，然后让苏杨煎荷包蛋给她吃。苏杨看着手机上麻秆的号码暗骂：这傻B又来蹭饭了，拎着手机跑到阳台，手机刚接通就传来麻秆急吼吼的声音：

"操，准备好了没啊？"

"好什么啊？"苏杨糊涂。

“Shit，这也能忘？不是说好今晚我请你们吃饭的吗？”

“哦——那么客气干吗？我看算了吧，我们都吃过了。”苏杨想也没想就撒谎。

“那不管，我事先打过招呼，你们不来就是不给我面子。”麻秆佯装发飙。

“我再想想，要不我先问下白晶晶，她还在睡觉呢。”

“哎呀，我说你事儿还真多，快把她叫起来，我就在你们楼下。”

苏杨头往外一伸就见麻秆倚在一辆奔驰车门上脸朝天举着手机，麻秆看到苏杨后伸出另外一只手朝他小摆两下：

“快下来，我朋友都在和平饭店里等着呢。”

苏杨有点儿不相信自己的耳朵：“在哪里等？”

“和平饭店！” 麻秆掷地有声地重复一遍。

“外滩那家？”

“废话，上海还有第二家和平饭店？”

“哥们儿，你强。”

“好了，你快下来，我挂了。”

“别忙。”

“干吗？”

“你身后那奔驰是你的？”

“是啊，怎么了？”

“没什么，我这就下来。”

苏杨挂了手机，回到房间毫不犹豫地把白晶晶摇醒了，然后把脸埋在白晶晶胸膛里一脸悲伤，苏杨不等白晶晶有什么反应就喃喃自语：“看来这浑蛋真发了，奔驰都买了，奔驰S350！130万啊，这他妈的是一般人开的吗？”

作为苏杨人生最奢侈的梦想之一，奔驰在他梦中出现的频率甚至超过裸体女人。苏杨无数次骑着破单车看着街上穿行的奔驰一边狂叹气一边幻想里面的洞天是如何美丽，有朝一日自己坐进去是不是会很幸福？现在十几年的理想一旦成为现实反而有点儿不适应——苏杨坐在麻秆的奔驰车后座上颇有点儿坐立不安，双眉紧锁，冷汗直流，犹如一个刚进城的乡下孩子。

白晶晶丝毫没注意到苏杨的这些不良反应，只顾伸着头和开车的麻秆热情交流如何发财致富。苏杨正襟危坐听了半天才明白这个浑蛋的发家史，原来两年前麻秆到澳大利亚后闲得无聊，袋鼠数腻了就到处游荡，一不小心遇到个走私团伙正打算往中国走私笔记本，此团伙不甚了解中国国情正打算找个中国土著了解市场行情，麻秆和走私客一拍即合，义不容辞放弃学业回国从事走私行业，凭着自己的大无畏精神加上对走私事业的热爱，麻秆很快发了，用行话说就是挖到人生第一桶金。成为有钱人后麻秆一反常态没把这些钱用来吃喝玩乐，而是买了好几幢高档物业，结果前脚刚买好后脚上海房价就疯涨，一年后麻秆把那几幢房子抛了出去，轻轻松松赚了好几百万。接着麻秆又在南京路投资了家咖啡店，摇身一变从走私客变成了文化人，每天只要喝喝咖啡看看报纸就有万元收入。讲这些故事时麻秆很激动，对白晶晶颤抖着肥脸说："晶晶你知道吗？走私完第一批笔记本那些澳大利亚人分给我80万人民币，疯了，80万啊？都是现钞，堆在我面前有半人高，我数都数不过来！"

白晶晶听后哈哈大笑，前仰后合仿佛她眼前不是麻秆而是那80万，她也可以从那80万里获得快感。苏杨一看这情形心虚得要命，用一种警惕外加哀怨的目光侦察着面前这对快乐男女，仿佛看的不是自己兄弟和女友，而是一对正策划谋乱的奸夫淫妇。只是苏杨目光非常绵软无力，麻秆和白晶晶不但丝毫不为所动甚至讨论得更加热烈。特别是麻秆，看白晶晶的时间比看路的时间还长，基本是后脑勺朝前脸朝后开车，说到激动之处还双手脱离方向盘要和白晶晶握手。苏杨一看苗头不对赶紧用力捏了一把白晶晶的手，又吹胡子又瞪眼睛，暗示白晶晶不要这么淫荡。结果白晶晶满脸怒容斜了苏杨两眼，一把甩开苏杨的手然后在上面狠掐两下，武力镇压苏杨后继续热情似火地和麻秆交流起来。

麻秆聊得正痛快时手机不合时宜地响了起来，他一个朋友打电话问他们到哪里了。苏杨听到麻秆很不耐烦地回答："快了快了，还有一刻钟就到，你们就在上次我和刘德华吃饭的那间包房等好了。"

苏杨听了又是一怔，内心无限悲凉，心想这厮不单单发了，社会层次也上去了，快成贵族了，你听刚才那口气，哪像说一个万众瞩目的天王巨星啊！整个他一小哥们儿似的，疯了！这到底算什么事儿啊？

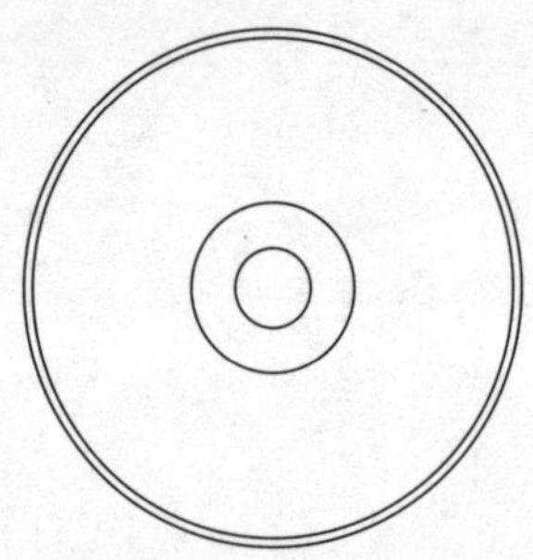

本章插曲

这是爱了

常定晨

只借到一半的爱 还有多少存在
每天遇见的事情 终有成和失败
想象 你和天使一样
静静待在身旁 我会好好欣赏

你还我一半的爱 自己留下一半
你知道我不懂爱了 会比较伤感
现在 你让我习惯爱
知道 你在身旁 会不一样

这是爱了 这是爱了
看不清楚爱情的颜色
我学会了爱 我不想分开
要怎么说怎么做才能不放下我

就是爱了 就是爱了
看不清楚爱你的资格
我选择了爱 我不会放开
要紧紧地抱着我才不会放下我

你还我一半的爱 自己留下一半
你说怕我不懂爱了 会比较伤感
现在 慢慢地习惯爱
而你不在身旁 我傻傻假装还一样

当这感觉已不见了 除了寂寞会陪着我
找不到真的适合

这是爱了 这是爱了
看不清楚爱情的颜色
我学会了爱 我不想分开
要怎么怎么做才能不放下我

就是爱了 就是爱了
看不清楚爱你的资格
我选择了爱 我不会放开
要紧紧地抱着我才不会放下我

第四章

Chapter

怦然

相逢，
不是恨晚，
便是恨早。
太早遇上你了，
我还不懂得爱你。
太早遇上你了，
我还不懂得珍惜你。
太早遇上你了，
我们的世界还有一大段距离，
需要用时间来拉近。
太早遇上你了，
我还有很多梦想要实现，
你不会理解，
也不可能接受。
后来，
我才觉得遗憾，
你出现得太早了，
如果能够晚一点，
我们的生命都会不同。
为什么我不晚一点才遇上你？

1

作为苏杨生命中的第一个女人，陈小红在苏杨心中的地位显然举足轻重。十年前那个寒冷的冬夜，16岁的苏杨在一遍遍冲击同样16岁的陈小红时突然听到那句石破天惊的“我爱你”后居然一下子阳痿了。

此前文学爱好者苏杨曾无数次想象着这个美丽的短语究竟会在什么样的场合下被自己拥有，是在蓝天之下还是在花丛之中？是在阳春三月田野长满油菜花的季节还是在深秋天空中飘满落叶的时令？而世界会不会因为这三个字变得更加和平更加繁荣昌盛呢？这些疑问都曾刺激着苏杨快乐的神经末梢，仿佛这三个字牵引着他一生的幸福和美好，只要一有时间苏杨都会在脑海里反复思考，别人看上去以为他在犯傻，其实他是在快乐、在享受、在暗自高潮。现在这三个字居然出现在自己面前，而且是从自己热恋的对象口中说了出来，那么嘹亮、那么清晰，想忽视都不行，苏杨觉得接受不了这个现实，原来因为这三个字引发的所有快感荡然无存，所以他很快阳痿了，虽然保持进攻的姿势却无冲刺的实质就愣在空中，苏杨突然觉得很想放声大哭，可他酝酿了好久都没流下眼泪只是紧紧将陈小红拥抱，苏杨把脸埋在陈小红肩头，牙齿轻咬陈小红的白嫩肌肤，全然不顾身下早已筋疲力尽的陈小红被他咬得龇牙咧嘴，苏杨紧紧闭着眼睛拼命对自己说：

“梦，你刚才听到的只是梦。”

两人如此摇晃了一阵子，没任何言语，慢慢苏杨就从失落中走了出来并开始享受这种拥抱和安静，苏杨突然明白了所谓“此时无声胜有声”的意境，这种感觉真他妈不错。摇了一会儿后苏杨又来了斗志，心想管他妈是梦不是梦，办正事要紧啊！想到这里身下又有了反应，全身又充满了激情，瞄准方向准备继续冲刺，可还没达到目标就听到墙上挂钟发出一记沉闷响声，紧接着是11下同样沉闷的响声，这12声闷响标志着午夜彻底来到，一开始半睁着眼嘴里正哼哼哈嘿的陈小红突然双眼暴张，一下子清醒过来，然后一把推开身上的苏杨，接着一个翻身下了床很快穿上衣服对还保持着进攻姿势的苏杨说：

“他们打麻将快结束了，我要回去了。”

陈小红说完转身就走，那种干净利落的气势犹如一个建筑工人离开工地，一点儿留恋之意都没有，陈小红没走几步苏杨叫住了她，苏杨说：

“红，你刚才说的那句话是真的吗？”

陈小红显然没反应过来这句话的意思，她皱了下眉头，满脸疑惑问：

“你说什么？什么真的假的？”

“你刚才说你爱我，是真的吗？”

“哦，这个啊。”陈小红脸上出现一抹诡异的笑容，没有回答到底是真是假，只是回到苏杨面前然后蜻蜓点水般吻了下苏杨的前额，接着用足够深沉的口吻说：

“你还是小孩子呢，别乱想了，好好睡觉吧。”

陈小红说完这句意味深长的话就真的走了，那个花样年华般的夜晚开始呈现出另一种斑斓色彩。陈小红走后苏杨父母并没回来，事实上那些中年人的身心完全沉迷在麻将中，如果可以他们很想在牌桌上打三天三夜，打到生命结束为止，他们没意识到自己子女正在进行的行为，就算知道了也肯定无动于衷，因为牌桌上的麻将才是他们的生命。所以那夜苏杨有足够的时间思考一些问题。

陈小红走后苏杨并没起床收拾凌乱战场，他感觉到自己丧失了所有的欲望和能量，于是就那样赤裸着斜躺在床上，犹如一个刚被奸淫的女孩万分沮丧，苏杨满脑子都是陈小红临走前的那句话，任凭他大脑再发达，思维再跳跃，联想再丰富也无法猜出这句话到底什么意思。苏杨思前想后得出的最后结论就是无论如何自己都是真心爱陈小红的，爱，没错，以前对陈小红的爱是发散的、含糊的，现在有了肌肤之亲后就变得很理性也很实在，苏杨觉得自己可以为陈小红付出一切，哪怕是鲜活的生命。苏杨一想到爱情和生命就觉得自己伟大起来，据他所知，古往今来真正能够做到为爱情放弃生命的人并没有几个，现在他苏杨可以做到这一点，显然要比绝大多数人都牛B，完全可以被称为情圣，苏杨觉得自己很了不起。

如此愉快了没多久苏杨又暗自神伤起来，苏杨心想自己愿意为陈小红付出生命可她是不是也一样爱自己呢？答案好像很明显，否则何以她会主动跑过来和自己做爱？否则她干吗那么情深意长地说“我爱你”？可她真爱自己吗？苏杨又觉得可疑，并很快否定了这个想法，无论如何他都隐约感到刚才那个娇艳的女人其实是一个婊子、一个荡妇、一个人尽可夫的淫娃，苏杨又为这个想法悲哀不已。

苏杨一下子觉得自己离幸福很近一下子又觉得很远，那种感觉让他很受伤。

苏杨躺在床上受伤了好久，突然揭开被子蹦了起来，那一刻他觉得热血沸腾，浑身都奔腾着灵感想要爆发，苏杨急匆匆地从抽屉里拿出笔和纸，试图写首诗表达内心的火热，他的笔在纸上急剧游动却没写出任何字符，但他依然孜孜不倦地写着。也不知过了多久苏杨终于感到累了，于是推开窗户，院子里洒满了月光，十年前的月光是那么寒冷，整个世界远不如现在热闹喧嚣。大院一片寂静，除了偶尔传来的麻将声和零星的欢声笑语，整个苍穹是那样落寞和陌生。

2

那个冬夜后的日子并没有因为那夜的疯狂而有任何改变。寒假剩余的日子里苏杨继续埋头学习埋头做梦，然后静静等待陈小红联系自己，身为男人的他在感情这方面表现出令人惊讶的矜持和懦弱，他完全不敢主动联系自己喜欢的人，因为他害怕被拒绝，所以他唯一能做的只是竖着耳朵躲在家里听外面的动静，苏杨渴望陈小红能出现在自己面前对自己微笑，就像那晚一样，可事实总是让他失望，陈小红不但没有再找过苏杨，甚至在院里遇到时也只是默然打声招呼而已，仿佛完全忘记了那夜的点点滴滴和轰轰烈烈。这让苏杨无法接受，每次都难过得想哭，躲在墙角暗自发誓不要再为这个薄情寡义的女人心痛，可每次都是没过几分钟又变得柔情似水，并暗暗决定要用更大的能量去爱陈小红。当然再柔情似水苏杨还是不敢约陈小红，他唯一能做的只是躲在家里继续偷听陈小红的脚步声，并且祈祷何时上帝能网开一面让陈小红再出现在他的面前，对他笑靥如花，对他呈现圣洁的裸体，对他轻轻说：“我爱你。”

苏杨16岁的那个冬天就在他的祈祷和伤心中悄然而逝，风化成永恒的坐标存留在他的内心深处。冬天过后苏杨开始了百无聊赖的高一下学期，学习压力变得越来越大，日子也越来越无聊，那些可怜的孩子个个变着法子愉悦自己，有人上课傻笑，也有人整夜不睡觉，还有人喜欢在别人都在安静学习时放声尖叫，一种极度烦躁的气息在所有学生中无声无息地弥漫。苏杨心态健康，不会傻笑也不会大叫，只会一个劲儿写诗写小说，把所有激情和压抑都写在纸上，倒也自得其乐。

陈小红周末偶尔会回Y市，那是苏杨最为快乐的日子，回家后陈小红会约苏杨出去走走，找个恰当的机会和苏杨亲热亲热。陈小红始终不承认自己是苏杨的女友，却总对苏杨说她需要他对她的爱，这句话听起来很拗口，但表达的意思却很清楚，最起码苏杨听明白了，所以两人在一起时苏杨扮演的角色基本上和男友无关，说好听点儿是情人，说不好听就是性伴侣，苏杨对这点也很明白，所以很多时候苏杨总显得心事重重，性伴侣——苏杨心中一凛，眼泪顿时充塞眼眶，引发一阵酸痛。

苏杨想过逃避，更想过放弃，经常红着眼睛哀怨无比地对陈小红说："不爱我，就放了我。"可陈小红并不打算放了他，和苏杨交往很有成就感，她还没玩够。所以她总会说："爱是自私的，如果你真爱我就请你对我好，如果你真爱我就不要强迫我也一定要去爱你，如果你总是逼我，那么我只能离开。"

从某个角度而言，十年前陈小红这席话很具杀伤力，不但回绝了别人，又最大限度维护了自己的利益，属于得了便宜还卖乖的性质，非常无耻，但苏杨就吃这套，只要陈小红不离开自己，苏杨就觉得生活还能继续美好，人生仍然存在希望，苏杨知道陈小红就是他的天他的血他的母亲他的月光女神，无数次苏杨对自己咬牙切齿说：

"只要你别离开我，我怎么痛苦也值。"

当然有时陈小红也会温柔无限，特别是每次从苏杨那里得到生理满足时都会对苏杨说："你真傻，不爱你我能和你睡觉吗？"

其实爱和睡觉之间并没有任何必然联系，很多年后苏杨深刻明白了这个道理，苏杨知道没有爱两个人也能睡觉，也能性交，也能高潮，可是很多年前苏杨不明白，苏杨想来想去认同了陈小红这句话，苏杨心想无论陈小红是不是自己的女朋友，他都要坚持奉献自己的爱。

苏杨将这个想法保持了整整一年不动摇，直到高二结束才知道原来自己实在傻得可以，如果说陈小红爱自己那简直是开国际玩笑，其实他和陈小红之间根本没什么感情，纯粹就是性伙伴，就这么简单。

"她会爱我，骗鬼去吧。"一个深夜，苏杨突然从梦中惊醒，瞪大眼睛看着天花板好一会儿，愤愤说出这句话，然后发现自己早已潸然泪下。

3

苏杨还清楚地记得最后一次和陈小红见面的情景，在自己即将升高三的暑假，作为一名准高三学生苏杨正在学校接受校方强迫的补课，这些可怜的孩子虽然满腹怨言可一点儿办法都没有，每天早上醒来的第一件事就是问候校长他妈，然后耷拉着脑袋去上课。

记忆中那个暑假的白天总是那么冗长沉闷，天气炎热外加世态炎凉。一天中午苏杨吃完午饭后跑到教室，准备把上午数学老师布置的习题做完，一到教室发现教室坐满了人，个个瞪红眼睛唧唧复唧唧在努力学习，顿时感到压力骤增，心中涌上负罪感，赶紧坐到座位上做题赎罪。苏杨埋头做了两道计算题后眼皮沉重、头脑发晕，强行抵制无效后终于趴在桌上美美睡了过去，没过多久就听到教室里的男生们发出阵阵欢呼，中间还夹杂着淫笑，几个男生放声大叫："美女啊美女！"苏杨一听美女来了精神，抬头朝门口看去，就看到门口还真站着一美女，美女身穿绿色吊带衫，一对丰硕的乳房在狭窄的抹胸下呼之欲出，下身的紧身裤将丰满的部位衬托得异常显眼。因为美女的出现，班里所有昏昏欲睡的男性个个睡意全无，全都流着口水暗自惊叹是不是上帝看到自己学习累了就派一美女来伺候自己？而所有女生看到陈小红的打扮顿时自卑得不行，一个个恨不得把美女那件风骚的小吊带抢过来套在自己身上。

苏杨看到美女的第一反应就是流着口水淫笑着跟在人群中一起起哄，苏杨的第二反应是这个美女怎么那么像陈小红呢，苏杨最后的反应是：玩笑开大了吧，这他妈的不是陈小红是谁？她来这里干吗？

陈小红站在门口，探头对教室里的人扫视，最后对苏杨招了招手，表明她要寻找的目标叫苏杨，接着苏杨就犹如一具中风的僵尸不由自主地走出教室，刚走到门口教室里突然爆发出一阵雷鸣般的掌声，不管男女个个发疯似的鼓掌，麻秆等人更是动物一样嗥叫起来。所有人都认定这个美女就是苏杨的女朋友，所有人都觉得在他们眼中一个犹如白痴的家伙能找到这样的性感女人绝对值得大肆渲染，而能在高中最后一年那种恶劣环境下做出这种离经叛道的行为更是值得崇敬。这是一种非常奇怪的心态，事实上这些因过度学习而心理扭曲的家伙只要一有风吹草动的快乐就会犹如核反应一样爆发。

苏杨在掌声和嗥叫声中获得充分的满足感，当然更加满足的还是陈小红，她知道这些人如此疯狂到底是为了什么，为了给这帮傻B继续制造快感，陈小红没等苏杨走出教室就上前挽住苏杨的胳膊，很是亲热地对苏杨发嗲：

“你们班的同学怎么那么傻的啦？”

苏杨把陈小红拉到教学楼后的空地上，埋怨陈小红怎么不事先通知他一声好让他打扮打扮，苏杨一个劲儿地解释说现在自己这种落魄的气质邋遢的外表绝非他真实面目，他每天其实都会洗脸两天刷牙一次平均一个月肯定能洗一次澡总之他其实非常干净。苏杨废了半天话后才问陈小红突然来找他干吗，陈小红说：“我想你了，想让你陪我出去逛逛，到哪儿都可以，只要和你在一起，就是不知道你愿不愿意。”苏杨斗争了一秒后决定下午旷课陪陈小红，苏杨乐滋滋地说：“当然愿意啦，我们现在学习特轻松，一天到晚没啥事，我正闲得慌呢。”

那个下午两人手拉手肩并肩到处游荡，出现在Y市每一个开放的公园和游乐场，陈小红比以往任何时刻都更为温柔，不但不停地对苏杨发嗲撒娇，而且紧紧拉着苏杨的手死活都不肯松开，一向被虐待惯了的苏杨显然承受不了这种礼遇，只觉得大脑眩晕双眼发花，渴盼了多日的幸福居然活生生地摆在眼前，苏杨把自己所能表达的一切甜言蜜语都用来赞美陈小红，而先前所有的痛和郁闷全都忘得一干二净。

那个美好的下午苏杨充分享受到爱情的甜蜜，苏杨强烈渴望天永远不要暗下来他们永远不要回去，为此他可以放弃父母，放弃高考，放弃尊严和呼吸。没错，那个下午苏杨的确就是这样想的，他一点儿都不觉得这很可笑。

那天两人一直逛到暮色四合才坐车回去，天热得厉害，车上人人都伸长脖子在冷气口下吹冷气，苏杨紧紧攥着陈小红的手，一路无语，陈小红看上去有点儿疲惫，也不顾苏杨身上的汗臭味是否熏鼻就把头枕在他肩膀上。公车晃晃悠悠行驶着，没过多久就到站了，苏杨心中突然又悲伤起来，他知道这个下午所有的幸福并不能延续到明天，更不要说永远，所有的快乐均犹如那个冬夜的激情一样只存在于消失的刚才，这是残酷的，也是无奈的，只是苏杨不会再像一年前那样还对陈小红充满希冀，他无力争取什么，唯一能做的只是回忆这消失的美丽然后忧伤此刻的心情。但是苏杨不想就这样无言告别，一如那个冬夜在陈小红离开时那么无助，他想证明点儿什么，作为所有即将风干的情感的纪念碑。就在车快到站时苏杨突然把嘴凑到陈小红耳边说：

“问你件事。”

“你问好了。”

“你今天穿的什么颜色的内裤啊？”

陈小红抬起头，瞟了苏杨一眼，表情平淡，分辨不出是喜是忧，接着又环顾四周，发现车上人东倒西歪根本没人注意他们，于是悄悄伸手把紧身牛仔裤拉链拉开。

陈小红嘴角飘着诡异的笑容，对苏杨说：

“看到了吗？”

“看到了。”苏杨满足地闭上了眼睛，如释重负，“很清楚。”

陈小红将头重新靠在苏杨肩膀上。车子继续颠簸向前，车厢前端液晶显示屏显示再过一站，他们就得下车了。

很多年后，当苏杨回忆起陈小红时，他唯一还能清晰记得的便是在公车上陈小红把内裤掏出来给他看的场景。很多年后苏杨非常成熟，成熟到可以用无耻形容，他已悉数忘记那场漫长的暗恋带给他的伤痛，只会用一种调侃的口气对他后来的朋友说：

“真想不到，她就掏出来了。”

4

千算万算也没人算得到李庄明竟是他们屋六人中第一个谈恋爱的，比大流氓马平志还早两个星期。

在经过为期三年的青春压抑后，一般人早就丧失了恋爱的能力，光剩下恋爱的冲动，虽然上了大学，警报解除，可以自由恋爱甚至自由做爱，但却因做惯了奴隶，所以很是不能适应自由生活，总觉得它不真实，充满陷阱和洪水猛兽。

这道理就好比把你关在黑暗的房子里关上三年再放出来，你就无法习惯光明一样。从这个意义上讲，第一个谈恋爱的人和第一个吃螃蟹的人极为类似，具有很大的可比性，不仅是向导，更是灯塔，是别人争先效仿的劳动模范，值得尊敬。

关于爱情，在刚进校的一次睡前卧谈会上，六个小伙子都抒发过懵懂情怀。

大色狼马平志第一个发言，马平志说他大学里要谈100个女朋友，把自己的全部精力都奉献给泡妞事业。

苏杨第二个发言，苏杨说他想找个老实姑娘，漂亮不漂亮不重要，但一定要解风情，能谈多久也不重要，只要在一起大家开心，末了还文绉绉地来了句：“我知道这样的女孩很难找。得之，我幸；不得，我命。”

接着发言的是张胜利，张胜利坦然自若地说他压根儿就没打算在大学里谈恋爱，因为谈恋爱又花钱又浪费精力，还不如打麻将有意思呢。第四个发言的是福建人刘义军，刘义军咂咂嘴，喷出一口浓郁的臭气，乐呵呵地说他做梦都想找个胖女人做老婆，因为胖女人摸上去有肉，会很爽，而且不容易生病，谈了不操心。

第五个发言的是重庆人石涛，石涛个子只有一米六，平时很自卑，只见他嚅动了半天嘴唇都没有发出声响，继而长叹一口气，无比悲哀地说："我矮，又没钱，估计这辈子都找不到老婆了，大学里谈恋爱？太奢侈了吧！"

李庄明最后一个发言，在听了前面几个哥们儿的畅想后，李庄明突然一脸严肃地训斥众人："大学谈恋爱，肤浅，父母花血汗钱把你们送过来就是谈恋爱吗？不是，是读书，是上进，你们的，明白？"

那时几个人还不熟，李庄明的发言震惊四座，立即引起公愤，马平志更是从床上蹦起来准备和李庄明格斗，幸好苏杨眼疾手快，拉住行凶分子，及时避免了一场流血事件。马平志在苏杨怀里像猴子一样挣扎，兰花指伸到李庄明脸上大骂："孙子，我抽死你，让你丫放屁！"李庄明虽惊吓过度，但嘴上依然坚强："你打，有种对这里打。"李庄明撅起肥嘟嘟的左脸："打能打出真理吗？你少吹了，还谈100个呢？无耻，你倒是谈一个给我看？"

苏杨实在看不过李庄明这副死猪不怕开水烫的无赖德行，就冲他骂了一句："少说两句死不了你，人家爱谈多少关你屁事，有本事你别谈。"没想到李庄明一听这话，立即右手指天，恶狠狠地发誓道："不谈就不谈，打死我都不谈，我要在大学里谈恋爱就是你们孙子。"

一场格斗风波很快因这个誓言宣告流产，两个猛男又互相问候了一会儿对方母亲，然后很快进入梦乡。说梦话的开始说梦话，磨牙的开始磨牙，有夜游嗜好的朋友也开始精神抖擞地下床活动筋骨，宿舍里一片欣欣向荣的景象，那时大家都那么年轻，所有的恩怨情仇都微不足道。

5

正所谓天有不测风云，第三天晚上，打死都不谈恋爱的李庄明就遇到了张楚红，并与之很快坠入爱河，彻底忘记了那晚自己冒生命危险立下的誓言，光荣地成为了别人的大孙子。

那还是2000年的秋天，上海的秋天总显得那么与众不同，空气中都充满爱的细胞。入校没几天的李庄明早就向世人表明了他的特立独行，几乎所有刚进大学的人都成天疯玩嘻嘻哈哈，除了对付一下每天少得可怜的几节课，其他时间都在寻欢作乐。可李庄明却表现出疯狂的求知欲，每天雷打不动地到自修室从七点自习到凌晨一点，等学校保安熄灯关门后才唱着歌拎着水壶回去睡觉，第二天早上六点准时起床，到操场跑5000米，然后到食堂买两个包子，一碗稀饭，痛痛快快吃完后回宿舍梳洗一下再和其他人一起上课，充实得要命。

第一学期没开几门课，基本上就没作业，老师更是神龙见首不见尾，想讨教问题都不能。很快李庄明就发现这些课程远不能满足自己的求知欲，没课可上简直要了他的老命，于是决定报几门选修课，再三研究后，报了中文系的《文字史》、哲学系的《资本论》、历史系的《隋唐史》，还有一门世界经济系的《国际营销学》，这样基本确保每天都有八节课的学习量，李庄明对自己的安排非常满意，因为他终于有事做了，然后每天像赶场一样从这幢教学楼奔到另一幢教学楼，胳膊里最起码夹十本书，还一脸幸福状，别人看得目瞪口呆，没几天整个男生楼都知道新闻系出了个疯子。

《国际营销学》被安排在每周三晚八点，差不多有七八十个同学上课，教室小得要命，每次上这门课都像打仗，提前五个小时就有人占位置，坐不到前五排基本看不到黑板上写什么东西。周三是李庄明最忙的一天，从早到晚要上十节课，因此没空提前占位，每次只能坐最后一排，耷拉着脑袋瞅着黑板，可恨的是讲这课的老头是个娘娘腔，声音只在一米范围内有效传播，用扩音器都没用，每次都听得李庄明七窍生烟，恨不得上去把这个娘娘腔的头捻下来塞到裤裆里。

2000年10月的一个星期三，李庄明晚饭没顾上吃就奔到教室占位，一进门发现第三排靠过道处居然还有两个空位，顿时心花怒放，情不自禁地说了句：“发财了，发财了！”赶紧冲过去把书齐刷刷地摊到上面，然后从怀里掏出根火腿肠，就着带来的白开水，津津有味地大快朵颐。

没过多久教室里同学多了起来，都在疯狂地找座位，一片乱哄哄的景象，男男女女异口同声用脏话问候学校领导给他们安排这种烂教室，李庄明吃完火腿肠心情好得很，趴在桌上边打饱嗝边看书，有人过来问他旁边的位置有没有人，他头也不抬只顾拼命点头，跟得了打摆子病一样，然后心想：老子辛辛苦苦占来的位置，凭什么给你？

第一节下课后，李庄明到厕所小便，因害怕位置被别人抢去，尿撒了一半就赶了回去，继续趴在桌上打盹儿，结果刚闭上眼就感到面前一阵强烈的风吹过，而且是香风，风势强劲，打在脸上生疼，李庄明赶紧抬头，见一背着双肩包的女孩正飞奔过来，跑到自己面前一个急刹车，然后喘着粗气，瞪着大眼睛四处打量。瞅了半天后对李庄明说：“哎，同学，你旁边的位置有人吗？”

“有人！”李庄明一边打摆子一样拼命点头一边下意识地看了女孩一眼，然后低下头慵懒地说。不懂怜香惜玉向来是他的强项，莫要说是一般女孩，就算林青霞过来，他还是会说有人。

女孩一听李庄明这话顿时火冒三丈：“什么有人，不明明是空的吗？人在哪里？”

“去上厕所了，马上回来。”李庄明第一次对异性撒这么长的谎，脸有点儿发烫。

女孩立即用一种洞悉一切的目光看着李庄明，像审视敌特一样威风凛凛，在女孩的逼视下李庄明越来越心虚，只得又把脸搁到桌上，让木头带走一点儿温度。

女孩站在原地瞅了三秒钟，突然气鼓鼓地对李庄明说："让开，我要进去！"然后也不管李庄明有什么反应，强行挤了进去，然后把桌上的书一把扔到抽屉里，从自己包里掏出书放了上去。

"哇，这也可以！"李庄明看得眼睛都直了，脑袋一下抬到半空中，张着嘴说，"同学，你也太猛了吧？"李庄明满脸认真，表情活像周星驰。

"这有什么，大不了那人过来我和他吵一架就是了，他要不服气打架也可以啊，群殴单挑我都无所谓，谁让他去厕所那么久的，我怎么知道他是不是掉里面了？再说了，他要不乐意，就去找学校啊，这可不能怨我，我们都是受害人！说到这个我就来气，你说这学校缺德不缺德？我们交了那么多钱，连个大教室都没有，什么破玩意儿，还重点大学呢，真他妈操蛋……喂！我说你别老看着我好不好，信不信我揍你啊？别以为你是男的我就不敢动手，我一拳头打过去你就得躺在地上信不信？"

这个女孩就是张楚红，一个不折不扣的北京太妹，一个热衷于骂人、打架、喝酒、抽烟、旷课、醉生梦死的女人，鬼晓得当年她是怎么以全校第一名的身份光荣考进F大的，反正自打她考上F大后，全校99.9%的人都认定我国的高考制度非常不合理，并且翘首盼望这个女魔头会在大学里闹出什么事来。到了F大后，张楚红的行为收敛了很多，两个月来，除了抽了一个爱用别人洗衣粉的山东女生两耳光，踢了三脚班上一个和女孩说话时手脚不干净的辽宁男生外，基本上没犯过什么恶行。而自打认识李庄明后，这个女人的身份就变得复杂起来，她是李庄明的第一位女朋友，也是李庄明这辈子最爱的女人，还是李庄明的第一个性爱对象，更是伤害李庄明最深的仇人……

6

N天以后，李庄明和张楚红成了F大一对最不可思议的恋人，回忆起第一次相见时的情景，两人都会感到很快乐。张楚红一再强调自己其实很温柔，那天让李庄明看到她的怒容，只是因为她没有座位上课，她是那么爱好学习所以情不自禁动了怒。李庄明说其实你根本不要解释，因为你发火的样子一点儿都不可怕，相反还很可爱。

“可爱你明白吗？”李庄明用手把自己的嘴拉得老大，然后伸出血红的舌头，眼珠子一翻，扮了个鬼脸，“看，这就叫可爱，你就是这么可爱！”

张楚红在李庄明脸上“吧嗒”亲了一下，然后把头埋在李庄明胸膛上，手紧紧搂着他充满脂肪的肚子，暗自感慨：“你这个呆子，我怎么就喜欢你呢！”

我怎么就喜欢你呢？偶尔夜深人静时，张楚红也会问自己这个问题，然后很快给出N个答案，诸如此人好学上进，放荡不羁，大智若愚，有正义感，生活态度积极，看似白痴，其实连白痴都不如……“放眼整个F大，还有比他更怪的吗？”

确实没有人比李庄明更怪的了，这个人可以一个星期就把英语四级单词全部背完，然后考了三次才勉强通过；这个人说他精通老庄思想，洞悉康德的“二律背反”和尼采的超人哲学，可说出话来总一惊一乍跟农民似的；这个人还说他尊重女性，热爱贞节绝不会在婚前发生性行为，可和张楚红谈了没一星期，就匆匆结束了自己的处男生涯；还是这个人，口口声声说女人如衣裳，想穿就穿，想脱就脱，男人就应该拿得起放得下，却在张楚红离开他时痛哭流涕，说自己再也活不下去了，然后不顾一切地要去跳黄浦江。

现在还是把注意力重新放回到10月的那个晚上，张楚红在李庄明身边坐定后就开始抱怨，先是骂学校然后骂老师，最后实在没东西骂了就骂上海人。

李庄明很耐心地听张楚红抱怨，认真的态度让张楚红都无法接受，最后情不自禁问了句：“同学，你听得那么投入干吗？我讲得很有趣吗？”

“是啊，太吸引人了。”李庄明忙点点头。

“操！”张楚红拍了拍李庄明的肩膀，“我怎么都觉得你有点儿不一样！哪系的？”

“新闻。”

“新闻系的人都变态，对不对？”张楚红很豪迈。

“差不多吧，在某个时刻我也这样认为。”

“真费劲，说话跟古人似的！”张楚红白了李庄明一眼。

“想不想知道我的真实身份呢？”李庄明捅了捅张楚红，笑嘻嘻地问。

“你不是新闻系的吗？还有什么真实身份？”

“实不相瞒，其实我是一个作家，一个先锋作家，一个心忧天下的作家，一个以后现代意识流为主要创作手法的作家。”李庄明很认真地对张楚红说，“你，明白吗？”

“哈哈，我明白啦。”张楚红哈哈大笑。

“呵呵，明白就好。”李庄明跟着乐起来。

“我明白了——原来你不但是变态，还是个白痴！”张楚红脸色突然一变，然后把头转了过去，再也不理会李庄明了。

本章插曲

路灯下的徘徊

孙子涵

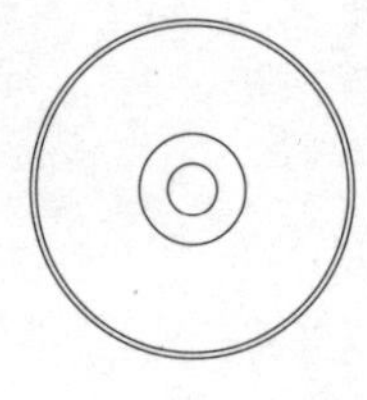

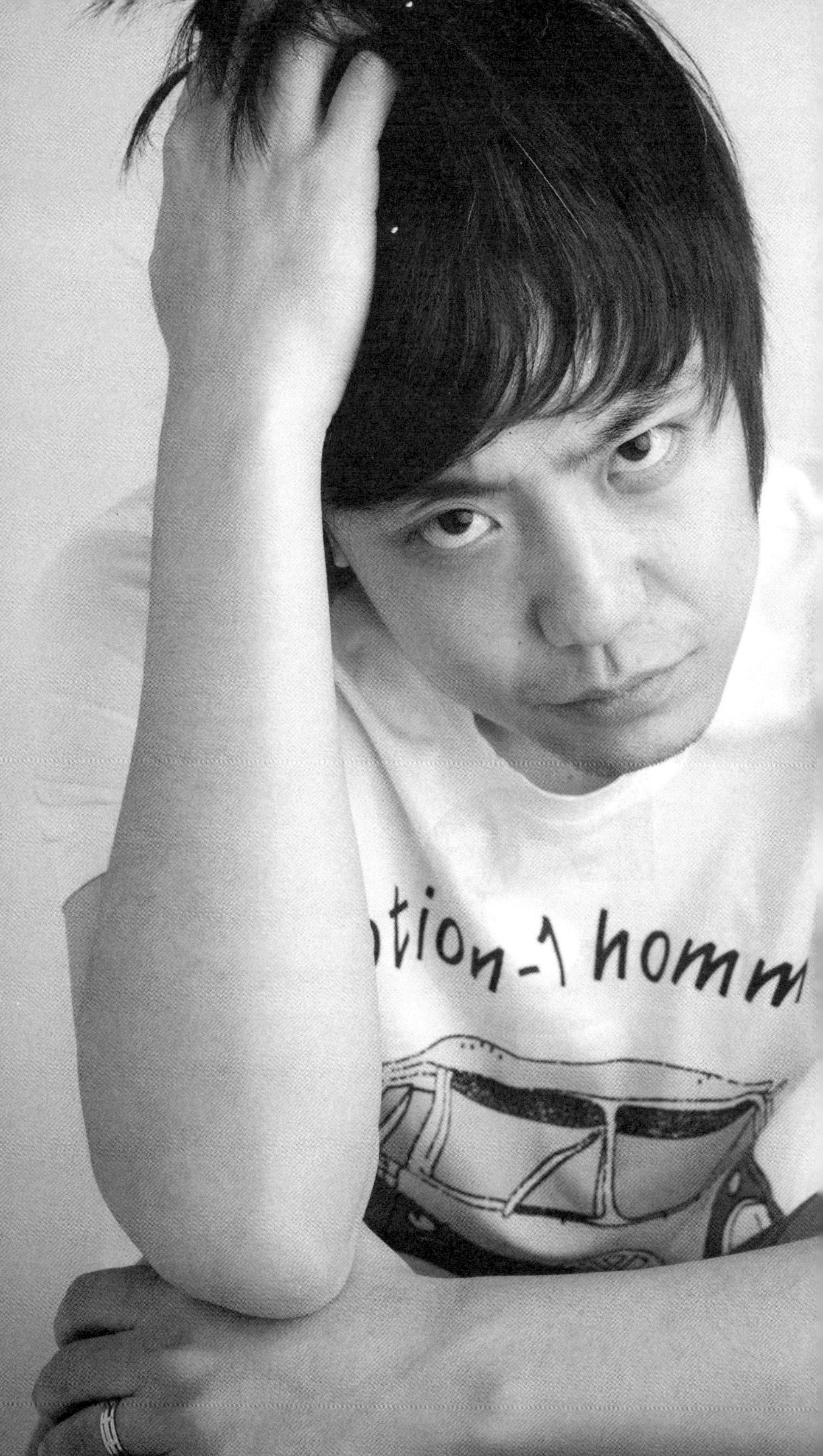

第五章

Chapter

执念

一个人走，一个人睡，一个人思索，一个人沉醉。
一个人忙，一个人累，一个人烦躁，一个人体会。
从希望到绝望，盼望到失望。从梦想到狂想，妄想到别想。
我很想你，想念过去的你，
想念那个有无瑕笑容的你，
想念那个肯为我付出一切的你，
想念那个用充满爱意的眼神凝视我的你。
错过是人们经常上演的戏码，
我们总是经历着一次又一次的错过。
人物对了，时间不对。
时间对了，地点不对。
地点对了，可是在身边的人却又不是心里想的那个。
然后总是一次又一次地埋怨。
要是再早一点点的话，
要是再多走一圈的话，
要是再多待一会儿的话。
可怕的轮回，
却又是始终逃脱不了的宿命。
如果沉默是一种伤害，请选择离开。

1

作为一所全国著名的重点学府，F大有各式各样的学生社团。光有名有姓有领导班子并在团委注册过的正规社团就不下百个，其中大社团的成员能有几百人，研究人生研究政治研究天文地理，看上去很牛B，小的社团才两三个人，研究花花草草蚂蚁飞蛾什么的，也自得其乐。

苏杨刚到F大时就对这些社团产生了浓厚的兴趣，因为高中三年压抑得太久，所以渴望能在大学社团里好好展现自己冲天的才华，开学伊始，各大社团拼命扩充成员，各式各样的联谊会和座谈会接二连三地召开，一个个社团负责人笑容可掬、敲锣打鼓号召新生加入他们的组织，欺骗这些跃跃欲试的新生说他们的社团不但可以展示才华锻炼才能，而且对以后找工作有莫大好处，更有机会拥有美丽的爱情……说得比传销都动听。

刚入学时，苏杨成天奔波在这些社团的座谈会上，忙得不亦乐乎，最后觉得自己实在才华横溢，能够施展才能的地方太多了，就算同时参加十个八个也没什么问题，只可惜基本上所有社团都以收会费的名义向这些新加盟者狠狠宰一笔，如果每个社团都交会费的话，那么苏杨很可能会饿死，所以思考再三，他决定只加入话剧社，并自告奋勇担当导演助理。

对这个职务，苏杨兴奋了很长时间，一度认为接近了自己的导演梦想，苏杨暗下决心，要在大学期间好好写几个牛B剧本，导演几场牛B话剧，成为校园张艺谋。苏杨把这个想法对话剧社社长说了，得到了社长大人的高度赞扬。话剧社社长是个瘦高的天津人，戴着一副高度近视眼镜，看人喜欢把眼睛贴在对方脸上，此人脸颊消瘦，终日苍白，看上去鬼气腾腾，说话也阴阳怪气，整体给人的感觉形如西方吸血鬼，按理说，这种破坏校园形象的人应该被校方藏起来的，却不知何故，居然做了话剧社社长。吸血鬼听了苏杨意气昂扬的描述后对苏杨大为欣赏，认为是可造之材，当场拍着胸脯说要好好培养苏杨，只要他肯听话好好为话剧社出力，过两年这个社长职位就传给他。这个许诺强烈刺激着苏杨，让他更加认定话剧社是实现梦想的所在，于是成天跟着吸血鬼，人前人后端茶倒水也心甘情愿。

就这样混了整整一学期，苏杨发现话剧社完全是群乌合之众凑合起来的草台班子，一大帮男男女女个个号称爱好话剧，可一天到晚什么都没做，一学期下来不但连场像样的话剧没搞出来，就连小品相声也没有，成天聚在一起完全就是吹牛，吹牛后就是寻欢作乐，男人发情，女人发骚，好好的话剧社弄得像“相约星期六”。

那个吸血鬼也不检点，身为领导不注意形象，成天乱搞男女关系，利用社长的职务之便，勾搭话剧社里一些不谙世事的小姑娘，女朋友接二连三地换，行为极度恶劣。大一时，苏杨还比较正直，也很固执，对这些不良现象很是看不惯，于是几次冲动地找了吸血鬼谈心，希望他能收起花心把精力放在事业上，好好领导众人大干一场，以振话剧社雄风。没想到苏杨的一片良苦用心，却遭到吸血鬼的尖锐批评，吸血鬼告诉苏杨，话剧社是校团委管辖的社团，其实就是用来充充门面，如果没有团委布置任务就不需要表演节目，就算自己排练了团委也不让演，所以无须白费心机，还是享乐为妙。吸血鬼回答完工作问题后，话题一转说到个人作风问题，吸血鬼强烈表示男人如果不玩弄女人那就不是男人，风流不是他的错，怪只怪他过分美丽，现在有便宜不占那简直就是王八蛋，要是你看不惯只能说明你心胸狭隘在嫉妒他的强悍。

苏杨对这种解释很不满，觉得这样做是在玷污他的理想，是猥琐和逃避，多次交涉之后深感无望，终于有次忍无可忍，当面把吸血鬼臭骂了一顿，奉劝吸血鬼小心点儿，别让女人把撒尿的玩意儿割掉，然后拂袖而去，退出了话剧社。

2

从话剧社出走之后，苏杨开始考虑参加其他社团，思来想去决定参加文学社，高中时苏杨就是校文学社社长，对文学社大小事务管理颇有心得，可让人沮丧的是名扬四海的F大居然没有文学社，这在苏杨看来简直是奇迹，对这个奇迹苏杨的第一反应是悲哀，苏杨捶打着胸膛对天高喊：“我好恨！”并认为这是文学在当今大学校园没落的真正标志，而他的才华终将被无情埋没，从而成为一个永远无法弥补的遗恨。

如此悲哀了好一阵后，情绪又演变为愤怒，苏杨认为所有的错完全是因为校领导不重视文学，真不晓得那帮孙子一天到晚到底在想什么，放着这么大的事置之不理，那个主管校园文化工作的老师应该被暴打一顿，然后拉出去枪毙，方能泄他心头之恨。等愤怒达到高潮时，苏杨突然灵机一动，很快意识到这个缺陷其实是一个绝好的成名良机——既然学校没文学社，那么干脆自己创办个文学社好了，自己拉旗搭灶做老板，感觉不要太好啊！这简直就是上帝看到自己郁闷了这么久，才给自己这个扬名立万的好机会，真是天助我也，天助我也啊！想到这里不禁哈哈大笑起来，当时苏杨正在教室自修，他的举动把身边的同学吓了一跳，还以为这位同学突发羊痫风。

主意拿定后，苏杨再没心思学习，卷起书就往宿舍奔，李庄明正在宿舍里背《海子诗集》，背得满头大汗泪流满面，苏杨连叫他几次，说有重要事情商量他都不予理睬，最后气得苏杨一巴掌拍在李庄明的脑袋上，然后把自己的想法说了出来，很快就得到李庄明举双手双脚的赞成，两人一拍即合决定共同创业，建立真正自由、民主、激情的文学社，两人说到最后颇为开心，于是转战到学校附近的小饭店边喝酒边规划宏伟计划，小酒一喝就是一夜，最后还真整出一套颇为像样的创业计划。

随后的几个月，两人按制订好的计划有条不紊地实施着。大二下学期结束前，在新闻系创办了“听风”文学社，并打出宣传语“不是我，是风”，酸掉人大牙，而为扩大“听风”文学社的知名度，苏杨千方百计托关系找人请了一位颇有名气的作家题了词，又在上海找了几位风头正劲的青年作家来系里开了两场文学讲座，号召新世纪大学生应该爱好文学，文学能够拯救人类尚未堕落的灵魂，效果很不错，没过两星期报名参加的人就超过个位数。一个个文青在座谈会上动不动就高喊“不是我，是风”，很是沧桑。

又过了一段日子，苏杨看时机成熟，决定把“听风”文学社的规模扩大到全校范围，只要团委批准就算取得合法地位，以后活动就可以轰轰烈烈地在全校范围内开展，让全校文学爱好者都找到最为温馨的心灵家园，到时自己接受所有文青的顶礼膜拜将不再是梦想。想到这点，苏杨睡觉都在微笑，于是准备好资料屁颠屁颠地到校团委给“听风”文学社报备，可等到了团委，才发现其他系的学生居然早一步创办了校文学社，一看简介发现那家文学社规模比“听风”还大不少，不但人数众多，而且资金雄厚，还有自己的编辑室和平面设计人员，而最为关键的是这家文学社和团委关系非常暧昧，从团委老师介绍时脸上的笑容就能看出来。

苏杨顿时傻了眼，开始怨恨自己平时只顾开展活动却忽视了信息的重要性，现在是起了个大早，赶了个晚集，导致满盘皆输算是活该，痛定思痛了好半天，苏杨哭丧着脸问老师，学校可不可以有两个文学社，大家各干各的，相安无事。结果那个主管学生社团的老师白眼一翻，反问苏杨一个脑袋上能不能长两张嘴，也各干各的互不相干？苏杨听了这话心一沉知道不妙，从嘴里生生挤出两个字：“不能！”老师又翻了下白眼：“既然知道还废什么话？你刚才说的不是太自以为是了吗？”苏杨一听老师口气不对，赶紧点头哈腰检讨认识错误，谦虚的表情让那老师也觉得有点儿不好意思，于是换了种谆谆善诱的口气对苏杨说：“你们这些学生搞个文学社不容易，但连上厕所都讲究先来后到，人家在你之前成立，活动接二连三地举办了好几次，在校内外都取得了良好的口碑，我们应该对这样的社团加以扶持，而不应该打击人家的积极性，你说对不对？”

苏杨赔着笑脸说：“对对对，您说得太对了，可我们‘听风’文学社怎么说也成立了有段日子，也有很多同学支持和喜爱，总不能就这样解散吧！”苏杨说这话时表情悲哀，看上去很恋恋不舍，主管老师状似思考，眯了会儿眼，然后指点迷津：“这样好了，你和对方负责人好好沟通，看人家愿不愿意和你们合并，这样对他们有益，对你们也没什么坏处嘛！”老师说完抄了个号码递给苏杨。苏杨听了心里恨得要死，嘴上却不停地感谢。最后告别时，那老师又恢复了凶恶嘴脸，再次警告说学校只能有一个文学社，让苏杨不管用什么办法都要把事情处理得当，否则学校就会铲除“听风”文学社，到时可别怨学校太心狠手辣。

苏杨心里问候了一下这个爱翻白眼的老师老母，揣着那张纸走出团委办公室，走到垃圾桶旁时，直接把纸扔了进去。苏杨心想：吓谁呢？让老子去找他谈门儿都没有，管你学校承不承认，反正以后我们就在本系搞活动，还真不信你把我吃了。回到宿舍，苏杨跟李庄明说了这事儿，结果又得到李庄明的热烈支持，李庄明先是慷慨激昂地批判了那位白眼老师的思想素质，然后又批判了F大校园的文化，最后结论是，无论如何都不能向敌人投降。两人随即又到那小饭馆喝酒，喝到高潮时拍着胸脯表示就算拼了老命也要保住“听风”文学社，小饭馆老板娘不知详情，就看到两个长相凶残的人不停说要拼命，还宁死不屈，就像土匪行凶前的宣言，差点儿就打了110。

3

苏杨没找对方，没几天人家反倒找上门来了。一天中午苏杨正趴在床上思考如何壮大“听风”文学社的宏伟计划，突然进来一人自称是校文学社社长，说要找苏杨谈谈，苏杨看那人一头金黄的长发，穿着件稀奇古怪的黑色长袍，瘦骨嶙峋的，走路像在空中飘，显然道行不浅。苏杨心想：“得，来了个摇滚兄，看来今天要武斗才能解决生存问题了！”当即暗暗作了准备，以防摇滚兄暗中偷袭。摇滚兄上下打量着苏杨，面部表情复杂，观察了一会儿后，突然把手伸到怀里，苏杨吓了一跳，以为摇滚兄要掏武器，没想摇滚兄只是掏出一包“中南海”，递了根烟给苏杨说：“哥们儿，我想请你到我们文学社做副社长，以后日常事务都归你管，有没有兴趣？”

生活的乐趣就在于你永远无法想象它即将上演怎样的风景，苏杨曾发誓过N遍，无论如何都不妥协，不逃避，要坚持自己的梦，无论付出多大代价都要把“听风”文学社发展壮大，可现在这样一句轻描淡写的话就收买了苏杨同志。苏杨假装痛苦挣扎了很久才勉为其难接受，心中却乐得不行，性质类似宋江先生被朝廷招安时的心态，认为以后自己就是朝廷的人了，说什么话做什么事都名正言顺理所当然，哪怕是打着文学的幌子追女孩也理由充分，正所谓识时务者为俊杰，搞文学社又不是打仗，没必要搞得你死我亡。

苏杨并不担心李庄明会怒骂他是叛徒，苏杨知道以他的智商还不能完全明白其中的是非曲直，在被招安的那个晚上，依然在那个小饭馆，两人边喝酒边感慨人生无常，可不管如何他们都成功了，毕竟能当上一校文学社的老二那也是很体面的事，苏杨甚至想到了一句类似阿Q先生说过的话：老二是什么？

放到古时候地位仅次于状元，一人之下，万人之上。想到这里他不禁心花怒放，小酒又下去一瓶。

光荣成为苏副社长后，苏杨的管理和策划才能很快得到充分发挥，先是成功举办了好几次诗歌朗读会，将F大所有爱好写诗的同学召集到了一起。苏杨又以文学社的名义将上海调频立体声的几位女DJ请到学校做讲座，这些女DJ大小也算是上海市娱乐圈的腕儿，一直以来都是苏杨这类光棍学生的意淫对象，虽然个个长得实在不敢让人恭维，属于那种“听了想自慰，看了想自卫”的性质。这些女DJ做的演讲主题也比较搞笑，诸如什么“大学生如何谈恋爱”、“香港流行音乐二十年”什么的，和文学八竿子都打不到一块儿，但却造了不小的声势，文学社开始受到F大师生前所未有的关注。

大三上学期，苏杨发动另外几所高校的文学社，联合举办了上海第一届大学生文学大赛，结果大获成功，上海多家媒体都介绍了这次文学比赛，也介绍了策划人苏杨，至此苏杨在F大变得小有名气，加上平时创作了一些特煽情的心情故事，在网站上有着不俗的点击率，渐渐地苏杨开始受到学校里一些天真稚嫩女孩的青睐。这些女孩会给他送上一些小玩意儿表示对他的好感，每当苏杨挥着瘦胳膊在篮球场上追篮球时，也有女孩会对他尖叫呐喊，就这样苏杨发现自己的生活开始多姿多彩起来，往往白天浪漫，夜晚实在，虽然还没有哪个女孩明确表示愿意投怀送抱献身给他，但苏杨相信那一天只是不久的将来，自己辛苦奋斗的成绩总有一天会给自己的爱情添砖加瓦。

事实也是如此，正是凭借大学前两年辛勤培养起来的这一亩三分地，三年级时苏杨追美女白晶晶才显得很有底气，并且大获全胜，让人瞠目结舌，觉得上帝的安排实在过分。

4

苏杨追到了白晶晶，不管你相不相信、承不承认、接不接受，这都是既成的事实。所谓事实者，就是你要面对、要尊重的事儿，反正绝不可以无动于衷。

有人说这个事实对苏杨而言是幸福的源头，他祖祖辈辈做牛做马做牲口积的德全被这小子捞去了；也有人坚持这个事实只是一场噩梦的开始，将来有的是刀山让他爬火海让他下，理由是白晶晶是F大出了名的物质女孩，物质女孩就是能吃能喝能闹能折腾，让你为她劳财伤命花光所有的钱后还觉得是天大的荣幸，所谓杀人不眨眼和吃人不吐骨头说的就是白晶晶这种人。

事实也确实如此，白晶晶在学习上一向比较白痴，除了英语超强，大一英语六级就考了92分，最为擅长的就是吃喝玩乐外加Shopping，白晶晶什么都不心疼，特别不心疼花别人的钱，在她的观点中吃别人的喝别人的花光别人的钞票是天经地义的。

大一刚进校时，一个广东小伙仰慕她的姿色，仗着家里有钞票，一天到晚要请白晶晶吃饭，动不动就买花送礼品，简直把白晶晶当祖宗养了起来，白晶晶却不为所动，一边心安理得地花广东小伙的钱一边继续和别的男人风花雪月。广东小伙看在眼里痛在心里，又是嫉妒又是心疼，痛定思痛后认为是自己下的本钱还不够，于是决定大放一场血，1999年瞅准刘德华到上海开演唱会的机会，用3000大洋买了两张VIP票，当天晚上，先是请白晶晶到外滩一家以贵得吓死人不偿命而闻名的饭店吃了顿烛光晚餐，然后打车到15公里外的万体馆。路上白小姐突发灵感说要给刘德华献花，广东小伙得到指示后立即下车买了500元的鲜花，然后狗一样捧着比自己人还大的鲜花跟在白晶晶身后，一脸贱样。

那个晚上，广东小伙花了4000多元人民币，是普通学生一年的学费加生活费，本以为这下总该能镇住白晶晶，让此恶女臣服，回家路上一个小冲动想和白晶晶拥抱，没想白晶晶白了他一眼从嘴角蹦出三个字——神经病，骂得广东小伙云里雾里想不通这算怎么回事儿，看着绝尘而去的白晶晶，他差点儿没晕倒在地，回宿舍后大病一场，差点儿活活伤心死。

类似有广东小伙这样的悲惨遭遇的人不在少数，奇怪的是，无论白晶晶如何残忍地对待这些男人，让他们伤心让他们绝望，可总有人兴冲冲地加入战团，乐此不疲，仿佛觉得被白晶晶折磨是人生乐趣，个个跟奔小康一样积极，于是一批倒下，一批死掉，又上来一批更生猛的，场面颇为壮观。

白晶晶不但感情玩得转，其他娱乐活动同样是十八般武艺样样精通。白晶晶最擅长蹦的，江湖传言此女可以不歇气地摇一个小时头，完全不用靠摇头丸。你可以想象在灯光蛊惑、旋律震天的舞厅里，一个一米七六的女孩，穿着镂空紧身衣，露出白花花的肚脐，一手叉着小蛮腰，长发在空中疯狂舞动，眼睛紧闭，香汗淋漓，你说这是怎样的景象？

显然这景象一般人无法想象，反正苏杨是想象不出，所以苏杨第一次和白晶晶蹦的时，被白晶晶吓得不轻，苏杨看到平时还算文静的白晶晶只要一听到Disco音乐，双腿就像安了弹簧似的急剧抖动，然后头和屁股跟着晃动起来，整个人就像得了打摆子一样无法自拔，白晶晶一边扭动一边拉着苏杨，让他也跟着跳。苏杨一开始拒绝，后来怕被白晶晶骂就努力尝试扭扭屁股，不过全无感觉，又不敢停下来，感觉像在遭人调戏，最后难受地闭上眼睛，如此扭了一会儿就听到白晶晶突然哈哈大笑起来，白晶晶一边继续疯狂扭动一边笑得眼泪都出来了，苏杨很奇怪为什么她会笑成这样，于是也跟着傻傻笑了两声，表示志同道合，白晶晶一只手捂着肚子另一只手指着苏杨，白晶晶的话语因笑得太厉害而断断续续，苏杨听到白晶晶对自己大声说：“你跳得太难看啦……像小丑一样哦……实在太难看了……你怎么那么可爱的啦……”

苏杨听了白晶晶的嘲笑后不但没生气，反而跳得更起劲了，动作也更夸张，干脆扮起了鸭子，夸张地摇摆屁股还把头前后伸来伸去，白晶晶看到苏杨这样笑得更厉害了，最后实在控制不住就双脚朝地猛跺，就差躺到地上打滚了，苏杨等白晶晶笑完后把嘴凑到她耳边，很是暧昧地说：

“只要能够让你开心，我做什么都愿意。”

5

那时苏杨和白晶晶恋爱还没多久，感情正处于高潮期，两人在一起觉得做什么都有意思，成天打打闹闹，犹如两个小疯子一样嘻嘻哈哈，连上厕所都要抢着先去，全无半点儿正经。在没和白晶晶恋爱前，苏杨一直认为白晶晶是观音姐姐，等恋爱后才知道她说白了就是一小孩儿，这个小孩不但头脑简单，而且善良天真，绝对不是外表给人那样冷酷无情，对于苏杨这种老奸巨猾的狐狸而言，哄骗白晶晶是小菜一碟，损耗不了几个脑细胞。

有一天白晶晶突发奇想，追问苏杨会不会把她写到小说里，苏杨说：“不知道，你要我写我就写，你不让我写我一个字都不写。”

白晶晶说：“那你就写吧，最好是越悲伤越好！”

苏杨问白晶晶为什么要悲伤，白晶晶想了一会儿说：“因为悲伤的感情更让人觉得美丽！”

苏杨一听不乐意了，阴沉着脸说那我不写了，白晶晶问：“为什么？”

苏杨说：“我可不要我们的感情也悲伤，我要我们永远在一起。”

白晶晶听后大为感动，立即抱住苏杨不停地道歉，表示刚才的表达纯属失误，然后再表明心迹，告诉苏杨其实她也很希望可以陪他到天荒地老。

值得交代的是：白晶晶的歌唱得也非常好，从小就接受正规声乐训练的她天生有副好嗓子，唱起彭丽媛的歌都绰绰有余，至于那些流行歌曲更不在话下。白晶晶经常强迫苏杨去KTV和她飙歌，对苏杨这种连顺畅说话都有难度的人而言，让他唱歌无疑是要了他的命。但苏杨爱她，要哄她、疼她，把她当成宝贝一样呵护，不管是真是假反正得让白晶晶有这种感觉，所以苏杨只能屈服，还装得很享受。

F大附近有一钱柜，两人隔三差五就往那儿跑，白晶晶越去越开心，越去越想去，觉得那是天堂，苏杨则去一次哭一次，去一次心疼一次，认为那鬼地方简直就是地狱，苏杨心想钱柜可真他妈贵！两个人一间小包房，唱两小时就要100多，这不是抢钱是什么？

一开始白晶晶问苏杨，敢不敢和她比看谁唱得好，苏杨特嚣张地说：“比就比，谁怕谁？”白晶晶一看苏杨虚怀若谷的表情心想敢情遇到高手了，就追问苏杨到底唱得怎么样，苏杨始终含笑不语，白晶晶被苏杨的气势吓得没底，心想先来个难度高的吧，于是跑上来就点了首《青藏高原》，然后气运丹田，一路高歌，从头到尾不用半句假声，差点儿没把苏杨耳朵震聋。白晶晶唱好后看着苏杨说该你唱了，苏杨耷拉着个脑袋趴在电脑前，找了半天都没找到合适的歌，好几次想唱《朵朵红花向太阳》却因害怕会被白晶晶杀死而作罢，最后把歌单翻来覆去搜索了好几遍，才点了首是人都会唱的《中华民谣》，然后把伴奏放到最大才磕磕碰碰唱了下来，因为这首歌旋律简单伴奏声又大，所以听上去还挺不错，苏杨唱完后美滋滋地看着白晶晶，表情很是挑衅，白晶晶心想，小样歌唱得那么垃圾还嚣张，姑奶奶今儿个不来点儿难度高的还真治不了你了，于是又点了首顺子的《回家》，深吸一口气，引吭高歌，唱得百转千回，哀怨动人，苏杨听着听着就怀疑原音没有消掉，偷偷拿遥控器按了半天才知道人家这是实力体现，不禁暗自惊讶白晶晶唱功着实了得，心想原以为找了个女流氓，没想到却碰到一歌唱家，显然超值，犹如中了头彩后发现能兑换两次，不禁大喜，觉得自己太有福气。等白晶晶唱完后，苏杨拼命鼓掌，躺在沙发上不停地打滚表示内心的喜悦，然后一把将白晶晶抱起来原地转了七八圈，情意绵绵地看着白晶晶说：“晶晶，你实在太强了，我简直爱死你了！”

为表示对白晶晶的爱，苏杨很是潇洒地让白晶晶点歌，苏杨说不管你点什么歌我都为你唱，因为我唱的歌就是我对你的爱，如果现在我不会唱，我就回去学，如果现在学不会我就学一辈子，因为我一辈子都要很爱很爱你。

毫无疑问，苏杨说的要比唱的好听，白晶晶听了苏杨这段真情告白后大为感动，话筒一扔一个小跳就骑在苏杨身上，白晶晶举起拳头对苏杨狂打一通，然后撅着小嘴想了半天说：“那你给我唱王菲的歌吧，我很喜欢她的歌。”

很多日子以后，每当苏杨回想起在KTV里的情景时他依然会觉得很温馨，苏杨想那时候可真逗，白晶晶什么人的歌不好找，偏偏找个女人的歌让他唱，简直太幽默了。苏杨想着想着就笑了起来，仿佛又看到白晶晶在自己面前俏皮可爱的模样。今天的苏杨已经能够把王菲所有的歌倒背如流，而且唱得惟妙惟肖，和朋友去KTV时苏杨坚持只唱王菲的歌，唱前总对着话筒细细呢喃，没人知道他在说什么，一曲完毕后往往双眼含泪，场景极度煽情。

和白晶晶分手后，苏杨经常会回F大逛逛，看那些熟悉无比的风景，也会经过留下他们无数甜言蜜语的钱柜，每次路过那里苏杨总会一个人傻笑两声，然后叹口气，摇摇头转身离开，心中留下无尽伤感。走着走着苏杨抬头看着天空，苏杨看到空中飞舞的落叶就知道秋天到了，白晶晶已离开自己大[illegible]自己就这样失魂落魄地过了半年，这落叶还是这落叶，这路还是这路，可这一切究竟真实吗？白晶晶真的离开自己了吗？

苏杨不知道这到底真不真实，他知道的只是自己还爱着那个名叫白晶晶的女孩。

6

如果你够务实，你就得承认有些人的天赋对他取得成功的意义远大于他的勤奋。如果你够务实，你还得承认这世界上有人活着就是为了谈情说爱，理想情操对这些人而言纯属扯淡。

毫无疑问，马平志就属于这种人，你要问马平志他爸叫什么名字，他都有可能不知道，但你要问他怎样和女朋友分手，他能一口气告诉你100种方法。在所有方法中，马平志最擅长的是“突然死亡法”。

具体步骤是这样的：首先你要对女友态度发生180度的大转弯，你无须直接说分手，什么都不要讲，只要不再和她约会不再和她调情，对她不理不问，对她熟视无睹，就像世上根本没这人一样，就算有也和你没什么关系。通常你女友遇到你这种态度时会有两种截然不同的反应，一种是装作无所谓，和你搞冷战，对这种女孩大可放到一边置之不理，你继续玩你的，过不了几天她就会控制不住伤痛，放下矜持哭哭啼啼地跑过来找你，到时再好好收拾她不迟。还有一种反应就是你女友发现你不理她了就会发疯似的成天粘着你，告诉你她爱你胜过她的生命，对这种女孩更好办，你一定要对她客客气气的，用看观音姐姐的眼光看着她，用对财神爷的口吻向她问好，然后你说你没空陪她是因为你要在宿舍洗内裤，你不能和她约会是因为刚买了两只小乌龟你要照顾小乌龟不让它们饿着，反正就是要让她明白她对你而言已经不如内裤还有乌龟了。她要是发怒你就对她微笑，她要是哭泣你就给她面巾纸，她要是逃跑你就让她慢走，就这样让她伤心让她绝望让她不知道这个世界到底怎么了，在挣扎一段时间后，她会主动要和你谈个明白，你看她越激动你就越冷静，面对她的质问你也不说分手也不说继续，就这样漠不关心，仿佛你是上帝你不需要爱情，这样过不了几天你女友肯定会崩溃，不等你说分手她都要离开你，然后骂你是疯子是变态说永远都不要再见到你，而你要做的只是稍加防范，确保她拿硫酸泼你时找不到你就成。千万别以为，世界上会有哪个人非你不嫁，要一辈子跟着你，没那回事，谁离开谁都照活不误，那些所谓痴情的姑娘头脑发热几天自然会回到现实，过不了两天又会和别人恋爱，到那时你就彻底安全了。你如果累了就歇会儿，你如果还有精力就继续下一场爱情，开始下一场背叛和遗忘。

“直接死亡法”最大的好处是非常刺激，有成就感，而且这种快感不会一下子涌上来，而是阵阵暗涌，在最后一刻才完全爆发——当你看着深爱自己的女人一步步走向绝望，看着她们的眼泪在空中飞洒，看着她们捂着胸口摇头后退，眼中写满凄凉，你一定会像马平志这种变态的人一样获得高潮。

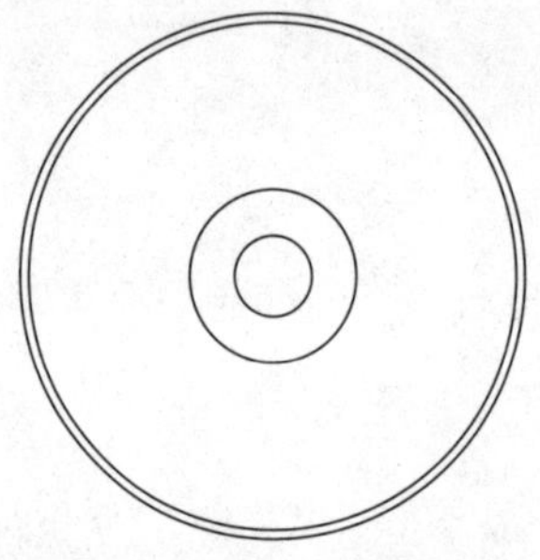

本章插曲

亲爱的时光

Xun

沙发衣柜互相转移
冰箱还在大口喘气
时光像患上了洁癖
换了位置换不了你

多么想能不期而遇
再给时光一个惊喜
然而日子不徐不疾
谁消失都不介意

可是回忆是冷色系 穿着沉默的保护衣
时光我竟然这样害怕想起你
既然城市人潮拥挤 为何还会颠沛流离
是你失去我还是我在失去你

信纸上决裂的话题
情绪上的歇斯底里
好像是年少的标记
现在想起 不甚可惜

他们说成长的课题
是对时光说对不起
然而日子乐此不疲
不准谁道歉赔礼

可是回忆是冷色系 它报复得合情合理
时光我竟然这样害怕想起你
如果城市人潮拥挤 你已开始新的记忆
是你失去我还是我在失去你

你失去我而我也失去了你

第六章

Chapter

栀子花开

今天天气不错
明天没有课
以后都没有了
校门口看自行车的老伯
看着我们套上黑色的学士服
一会儿排成千手观音
一会儿排成哈利·波特
嘻嘻哈哈地拥着妹子合照
张牙舞爪地搂着兄弟合照
我们笑得露出后槽牙
让芙蓉凤姐集体逊色
再亲密的人
也许以后也都见不到了
再心生芥蒂的对手
此刻也真心恭祝彼此前程似锦

我们都是即将远航的孤独的猎手
不知前方是否暗潮汹涌
只愿停在此刻万里晴空

1

公元2000年的那个春暖花开的季节，马平志正在和他大学的第七任女友闹分手，这是一场异常艰难的拉锯战，战斗了一个多月还没有取得实质性的进展，这让马平志感到很没面子，觉得有损他禽兽的身份。本来马平志预计用5天时间结束这段为期四个月的感情，就像前六次分手一样用他惯用的“突然死亡法”结果了这女人，却没想到这次遇到了有史以来最棘手的对手，任凭他使出浑身解数也无济于事，痛苦之余他对人生又加深了点儿理解。

马平志的第七任女友叫陶丽丽，蒙古族人。陶丽丽身材颇为雄壮，身高一米八，腰围二尺九，是学校女子铅球纪录保持者。在恋爱这件事上，陶丽丽充分发挥了脾气暴躁、凶猛好战的特点，以为谈恋爱就是你打打我，我再打打你，越打越恩爱的干活，直到现在马平志还深深纳闷当初怎么就那么不小心和这个悍妇好上了呢？陶丽丽和马平志谈恋爱时，往往话说不到两句就发怒，看马平志的眼光像看阶级敌人，冲动起来更是会暴力侵犯，哪儿肉嫩攻击哪儿，又掐又咬，打得马平志痛不欲生，好歹我们马平志也是堂堂一米八几的男人，虽有满身的蛮力却不能对女流发起反击，只能默默忍受肉体和心灵的双重伤痛还得强装潇洒。四个月下来，马平志终于知道陶丽丽的祖先当年为什么能统一世界，也难怪我们马平志那么坚定不移地要和陶丽丽分手——再这样下去不被活活打死才怪。

马平志开始对陶丽丽不理不睬，陶丽丽让他陪她逛街，马平志说要睡觉；陶丽丽说一起去自习，马平志说要打牌；陶丽丽说自己痛经需要安慰，马平志说自己没吃饭没力气安慰；陶丽丽说学校附近刚开了家小吃店要去尝尝味道，马平志掏出一块钱说："给你钱，自己去买吧！"陶丽丽还想说什么，结果马平志白眼一翻，没好气地说："烦死了，跟事儿妈似的，哪儿那么多事啊？就算有事儿也别找我，我忙着呢！"

马平志说这话时是在电话里，当着陶丽丽的面说这么男人的话还真需要点儿勇气，反正马平志不敢，那些日子为躲避陶丽丽的骚扰，马平志整天躲在宿舍不出来，两人对话基本上都是通过电话完成，当陶丽丽察觉情况不妙又见不到马平志人时就把全部希望压在电话上，每天起码打100个电话给马平志，开始马平志还愿意接电话，胡扯几句不着边际的话完事，到后来实在受不了了就把电话线拔掉了，结果陶丽丽又打隔壁宿舍电话，导致不停有人过来叫马平志接电话，害得马平志得了幻听，老觉得有人在喊他名字，不管哪里电话响他都紧张，最后马平志实在受不了了只好打电话给陶丽丽要谈个清楚，电话里陶丽丽一边大哭一边号叫，痛问马平志到底还爱不爱她？马平志听着话筒里传来女人疯狂的哭泣声，突然觉得自己采取这种消极分手法对待这个女人简直太愚蠢，不禁恶从胆边生，对着电话破口大骂："你他妈有病，以后别再烦我了！"骂完后他把电话愤怒地挂上，顿时觉得心中爽了不少。

挨骂后，陶丽丽果然不再打电话来烦他了——改成直接到宿舍楼下堵他，回首那段日子真是惨不忍睹啊，每天早上五点钟陶丽丽必定准时出现在马平志住的宿舍楼门口，站在门边的花圃前，瞪大眼睛看着每一个进出宿舍楼的人，坚决不让马平志从眼皮下溜走，就这样一直站到晚上十二点宿舍熄灯了才回去，饭不吃，水不喝，强得和钢铁侠一样。

对陶丽丽的举动马平志一开始还很不屑，马平志心想大不了我不下楼就是了，反正有人给我打饭，上课有人给我点名，再不行老子我夜里出去溜达，小样看你能坚持几天？可没想到陶丽丽一坚持就是十天，而且看上去精神抖擞，士气高昂，大有将堵截进行到底之态，这下马平志慌了神，马平志倒不担心自己会被陶丽丽逮到，他只怕陶丽丽万一累死在宿舍门口那他怎么办？可虽然担心，但他还是坚决不下楼，马平志心想不管她会不会累死，现在下楼肯定会被她砍死的，坚持就是胜利。

就这样又坚持了一星期，最后管宿舍的老头实在看不下去了，一天中午马平志正蒙头大睡时就听老头在走廊大叫："哪位是马平志？"

马平志赶紧从床上蹦起来，对着门口大叫："我是，我是，什么事？"

老头一看马平志，激动得满脸通红，手脚乱颤，心脏病差点儿发作，老头义愤填膺地说："你这人怎么这么没良心？多好的女孩子啊！不吃不喝在门口等了你半个月，你见都不见人家一面，怎么这么没良心？我说人家多好的女孩……"

马平志忍受着老头对着自己喷了半天唾沫，总算明白了怎么回事，马平志心想：你个死老头多管什么闲事，多好的姑娘你和她谈谈看，看你有几条老命让她折腾？马平志对老头翻了个白眼然后一声不吭继续回床睡觉去。

老头看到马平志执迷不悟，嘴里一边继续谴责此人没良心，一边唠叨说要到系里告状，让学校处置这种禽兽不如的浑蛋，老头这招起到了立竿见影的效果，马平志天不怕地不怕就怕被学校知道，F大校风严谨，好长一段时间没出现如此恶劣的事情了，校领导正闲得无聊，天天摩拳擦掌找违纪分子开刀，如果知道这种有伤风化的事，保准乐开怀，到时他马平志得吃不了兜着走，马平志禁不起老头恫吓，只好骂骂咧咧地跟老头下去见陶丽丽。

2

正所谓仇人相见，分外眼红，陶丽丽看到马平志时眼睛一下子就红了，然后泪如泉涌，眼泪流了老半天哭声才传出来，嘹亮的哭声绝对能传遍整个F

大，不一会儿她身边就围聚了不少好事者，闲人们一边看陶丽丽哭一边指指点点，觉得非常好玩。

本来马平志准备见到陶丽丽时先下手为强，怒骂她几句，没想到事态如此发展，眼看人越聚越多，只好强压怒火，采取怀柔政策，上前递给陶丽丽一张纸巾，然后小声安慰几句，意思是你现在不要哭，有什么话我们一边去说，安慰了几句陶丽丽倒真不哭了，只是眼泪还一个劲儿往下流。马平志看到安慰有效，心中松了口气，可就在他以为事态已得到控制时，陶丽丽突然双眼露出凶光，马平志意识到不好赶紧想跑，无奈两人距离实在太近，脚还没来得及移动，脸上就严严实实地挨了陶丽丽一个大耳刮子，清脆的响声久久回荡在空中，马平志白皙的脸上应声出现了四条清晰的红印，周围的看客本以为没什么意思正准备离开，突然看到这一巴掌，顿时精神抖擞，知道即将上演一场男女大战的好戏，一个个高声呐喊，鼓励马平志还击。

马平志让这巴掌给打蒙了，这种情形他小时候在琼瑶小说里看到过，却万万没想到今天会发生在自己身上，虽然脸上火辣辣地痛可还是觉得梦一场，好半天没回过神来，听到别人起哄倒也有几分想还击的冲动，可又觉得光天化日下打女人有失男人尊严，更何况自己能不能打得过陶丽丽还是个疑问，一时间竟然不知道如何是好，傻愣愣地站在原地。就在马平志犹豫时，陶丽丽又举起手照着马平志另一边脸又是一巴掌，然后左右开弓，说时迟，那时快，没几秒钟马平志脸上就挨了十几巴掌，看得闲人们无比过瘾，一个个嗷嗷乱叫大呼精彩。

马平志一看情势不妙，陶丽丽越打越高潮，掌掌生风，力大无比，威力快赶上降龙十八掌了，再这样挨打下去肯定会血溅五步，当场毙命。想来想去还是逃为上策，当下撒腿就跑，陶丽丽一看敌人逃跑立即追了上去，于是在众目睽睽下，一向不可一世的马平志被一个女人追着到处狂跑，狼狈不堪。

记忆好的同学显然还清楚地记得几个月前有个叫苏杨的家伙为了女人像驴子一样绕着柱子转圈，丢尽了F大男人的脸，现在这位仁兄比起苏杨有过之而无不及，于是有好事者将两人纳为F大有史以来十大恶心男人之列，供后人唾骂。

马平志逃跑时很后悔平时不锻炼身体，现在跑了没几步就累得气喘吁吁，腿脚乏力，胸口疼得要命，再这样下去不被打死也会被累死，而身后的陶丽丽却越跑越快，眼看就要追了上来，心想左右都是死，还不如死得男人点儿，于是来了个急停，然后用悲凉的口吻对迎面扑来的陶丽丽说："丽丽，别闹了，你到底想怎样吗？"

陶丽丽也一个急停，咬牙切齿地对马平志吼叫："我要你爱我，我要你永远不离开我，只要你答应我，我就不闹。"

"那不可能，我俩根本不适合。"

"你骗人，你说过要永远爱我，给我一辈子幸福的。"

"以前的事不要再说，一切都过去了。"

"我不管，反正我不会让你离开我。"

"你干吗一定要找我呢，我又不是好人，我是贱人啊。"

"我就是爱你，其他什么我都不管。"

"如果我一定要和你分手怎么办？"

"那我就死给你看——不过我会先把你杀死的！"

"##￥￥%%……"

如果当时不是春天而是秋天，如果在马平志和陶丽丽对话时天上有落叶飘下，如果在他们身后再飞出几只白鸽，那么整个场景一定很悲壮，如果他们身上都披着风衣手里端着AK-47，那么就成了《英雄本色》，可是那天没有落叶没有鸽子什么都没有，有的只是一个虎视眈眈的女人，马平志一边狂喘气一边内心长叹，感慨这就是生活，这就是报应，这就是我们真实的人生。

“要我不缠你也可以，只要你答应我最后一个要求，我就同意和你分手。”就在马平志一心求死时，陶丽丽突然口风大松。

“随便什么要求我都答应你。”马平志作好放血准备。

“今晚你在老地方开房，我想和你再做一次，最后一次。”陶丽丽看着马平志，一把眼泪一把鼻涕地恳求。

3

马平志一生遭遇过各种各样的女孩所提出的各种各样的要求，有要求爱她一辈子的，有要求给他生100个孩子的，有要求像蹂躏牲口一样蹂躏自己的，有要和他私奔到热带丛林过原始人生活的，可马平志从来没遇到过陶丽丽提出的这种要求，无论从哪个角度判断，似乎都没拒绝的理由，毫无疑问马平志认为陶丽丽之所以提出这个要求，仅仅是因为她太爱自己了想拥有最后的温存，想到这里马平志不禁暗自得意起来，全然忘记刚才的狼狈，真恨不得全天下男人都听到陶丽丽的这个要求，算是挽回刚刚丢失的尊严。马平志想想自己也有一段时间没过性生活了，又联想起陶丽丽在床上的生猛举动，心中窃喜赶紧点头答应。

那天晚上，在F大附近一座四星级酒店里，白天还形如生死仇人的马平志和陶丽丽展开一场比白天更惊心动魄的战争，马平志在行将崩溃时，赶紧暂停战斗进行安全措施，结果被陶丽丽强烈制止住，陶丽丽说自己大姨妈刚走，现在肯定在安全期，陶丽丽又说这都最后一次了，你还那么谦虚干吗？

陶丽丽说：“亲爱的宝贝，请不要让任何东西阻止你爱我。”

在陶丽丽的劝阻下，马平志很快放弃了坚持，马平志抬手一扬将手中“杰士邦”扔到空中，然后低吼一声冲向陶丽丽。马平志心想不会那么倒霉中招吧，今儿个老子豁出去陪你玩，不给你点儿颜色你还以为生活多美好呢。

有位前辈说得好——男人不管在什么地方犯错误都可以原谅，唯一不能原谅的就是在床上犯错误。马平志就是这句话的明证，也亏马平志英明一世却因这个低级失误给自己带来无尽伤痛，当一个月后陶丽丽再次找到他，然后指着肚子说里面有他马平志的儿子时，马平志真恨不得从地上拾块砖头把自己结果了。

马平志目瞪口呆地问陶丽丽想怎么样，陶丽丽说："不想怎样，就打算把孩子生下来然后告诉天下人他爹叫马平志，反正我什么都不在乎了，得不到自己爱的人能为他生个孩子也好！"

马平志听后倒吸一口凉气，知道这次遇到了大麻烦，小脑袋瓜飞速转了几圈后决定采取缓兵之计，马平志立即用无比诚恳的口吻说其实他一直都深爱着陶丽丽，经过这段时间的挣扎，他才知道这辈子无法离开的女人就是陶丽丽，现在他终于明白一个男人最大的幸福莫过于遇到真爱自己的女人，所以他想和陶丽丽重归于好，只要陶丽丽愿意，从此以后他愿承担起男人的所有责任，和陶丽丽共创美好未来，马平志一口气说完这些话后，自己都觉得牛B，心想陶丽丽听后肯定会感动得流泪，只要骗她把肚里的孩子打掉就万事太平，到时再好好修理这个可恶的女人也不迟。

没想到陶丽丽听了马平志的真情告白后突然冷冷一笑，陶丽丽说："你少放屁了，你以为你是什么东西？你真的以为所有人都那么爱你？少恶心了，告诉你马平志，要不你现在给我一万块青春损失费，要不就等我把孩子生出来，到时再告你强奸罪，看你他妈的怎么死。"陶丽丽说这些话时凶恶无比，直到这时马平志才知道自己早就落入别人设计的圈套里，上次她说的最后要求就是一个诱饵，自己不但浑然不知还自我感觉良好，看来这次不损失点儿钱简直天理不容。

幸好马平志有的是钱，陶丽丽倒也说话算话，收到马平志给她的青春损失费后，很爽快地到医院把肚子里的孩子打掉了，没过几天又找了个男人继续她的风流生活。风波过后马平志把这件事视为人生一大耻辱，从此在心中留下了阴影，一时间竟对女人失去了兴趣，再没心思寻花问柳，每天不是打游戏就是看碟，实在无聊就埋头呼呼大睡，日子倒也过得安稳。要不是后来遇到陈菲儿，马平志甚至以为自己在大学里不会再谈恋爱了。

4

马平志和陈菲儿第一次相遇是在T大舞厅，基于苏杨同志和白晶晶小姐的第一次邂逅也是在舞厅内，我们似乎可以推断出舞厅是孕育爱情的美好摇篮。因此建议那些渴望爱情的男女没事儿多往舞厅跑跑，说不定会有意外收获。

现在把视线放到马先生和陈小姐相遇的那个季节，时值2001年春天，正是万物苏醒、大地回春的好时节，世纪末的大学生兴趣爱好发生了根本性的变化，不再崇尚花前月下、一心读书，到迪厅蹦的成了很多自诩时尚的大学生的最爱。白晶晶就是蹦的一族的中坚力量，最疯狂时一个月连着去迪厅30次，每次都跳得七荤八素，欲罢不能，白晶晶的这个爱好，充分奠定了苏杨痛苦的基石。苏杨倒不反对蹦的，年轻人摇摇脑袋也不是什么过分的事，苏杨只是想不通，为什么有人把摇头看得比吃饭还重要？只是他敢怒不敢言，每次白晶晶一吆喝只得乖乖地跟着走。一开始两人都是到上海一些很有名的迪厅，诸如衡山路的“真爱”、淮海路的“玛雅”和“罗捷”。每夜消费不下百元，这对还处于工薪阶层的苏杨而言实在无法承受，经四下打听终于寻得一处“价廉物美”的地方，那就是T大舞厅。

T大舞厅在上海几十所高校负有盛名，不像其他大学的舞厅一样净放国标舞曲，而是以时下最酷最In的Disco舞曲为主，虽然硬件条件很差，舞池其实就是一间大教室，灯光也只有两三种，但因为价格超低，只有六块钱，加上舞曲新潮所以人气极旺，每到周末就有大量打扮性感的女孩拥进T大舞厅，给人以无限想象的机会。

T大舞厅每星期营业三次，分别为周五、周六和周日的晚上。星期五和星期六人气最旺，星期天去的人则寥寥无几，因此苏杨和白晶晶基本上都是这两天去蹦的。四月的一个星期五傍晚，苏杨在宿舍里足足打扮了一小时，愣是把自己由一介白面书生打扮成了流里流气的小流氓，在镜中看着自己的全新造型苏杨很是满意，连说几声“Very good”后准备接白晶晶去T大。马平志那天晚上没活动，躺在床上翻来覆去觉得人生好无聊，看到苏杨在宿舍里活蹦乱跳的样子心理非常不平衡，愤愤地对苏杨说：“哥们儿，要不晚上我跟你们去跳舞吧！”苏杨一听正中下怀——每次白晶晶蹦的他都要陪着摇头，在摇头这方面1000个苏杨加起来也不是白晶晶的对手，每次蹦的归来他都得变成二级伤残，要休养一个星期才能恢复健康，因此听到马平志这话自然求之不得，心想今晚让你好好见识白晶晶的摇头神功，让你做她陪练，自己好趁机休息，想到这里苏杨暗自得意起来，看着马平志直想笑，暗想：孙子啊，可不要怪我苏某人太无情，这痛苦可是你自找的，看今晚不摇死你丫才怪。

为了能在舞厅独领风骚，白晶晶那晚穿得特别色情，上身穿了件黑色镂空吊带衫，前面露了一半后面露出全部，丰满的胸部张牙舞爪地挺在空中，而性感的小肚脐更是无比流氓地在你眼前晃来晃去，非常挑衅。至于下身更是春光乍泄——修长的腿上套着黑色渔网袜，一件浅黄色带流苏的超短裙半遮半掩地裹住臀部，时刻都有掉下来的可能，四月天是乍暖还寒，看到白晶晶这身打扮只能得出一个结论：该遮的不遮，不该遮的更没遮。而除了穿得春光乍泄外，白晶晶化的妆更是妖艳无比，首先是脸上涂得万紫千红，深蓝色眼影黑色嘴唇，睫毛硬得能当刷子，其次是离她三丈远就能闻到她身上的Chanel 5号浓郁的香味。

看着白晶晶一步三摇踩着小碎步走来，马平志小声嘀咕：“真淫荡啊！”然后往苏杨肩膀上重击一下说：“你他妈太有福气了，这种女人中的极品能被你捞到，老天无眼啊！”

自从和白晶晶谈恋爱以来，苏杨每天都要受到N个人类似的攻击，所以早就麻木了，咧开嘴干笑两声：“运气，运气。”然后上前挺胸收腹手一伸，白晶晶顺势挽住他胳膊，整个动作一气呵成，看得马平志艳羡不已，又是一阵狂叹。

以往每次去T大跳舞，苏杨都要为白晶晶的身高心烦意乱，白晶晶不穿鞋有一米七六，穿上鞋得有一米八，足足比苏杨高半头，因此两人抱在一起跳舞时，别人都看怪物似的看着苏杨，虽说苏杨脸皮比较厚，但还是有廉耻之心，脸也会红，而那晚有马平志同去，腰杆直了不少，马平志个子一米八七，用高大威猛形容毫不为过，苏杨想当然地觉得自己女友和兄弟都长得人中龙凤显然很有面子，走进舞厅时都觉得很光荣。

5

出乎苏杨意料的是，那天晚上T大舞厅的主角居然是马平志，似乎从马平志踏进舞厅那一刻就开始了他的无限风光，N个正尽情摇摆身体的女人因为马平志的英俊潇洒而心花怒放，甚至停止动作开始发春，前面我交代过：马平志长得仙风道骨，颇像F4里的周渝民，看到一个帅成那样的男人出现在自己面前，似乎没有几个女人能控制住不尖叫，可就在这些女人鼓足勇气准备对马平志抛媚眼时，她们又看到了白晶晶，于是所有的冲动和幻想都灰飞烟灭。毫无疑问，在所有人眼中白晶晶和马平志完全是天作之合，无论气质还是长相都无比般配，完全可视为神仙眷侣，至于他们后面那个貌不惊人的男人或许是帅哥的小弟吧，反正肯定是给帅哥美女端茶倒水的角色。正因为所有人都认定了这样一个组合，所以过了一会儿他们发现美女居然紧紧搂着那个小弟还一副无比幸福的模样时，所有人都觉得人生太无常了。

苏杨早知道马平志舞跳得不错，但没想到会跳得这样好，在贫下中农苏杨眼中，马平志这种富家子弟顶多也就是跳跳国标、走走探戈什么的，至于蹦的摇头或许还差那么一点儿，但当马平志随着音乐扭动第一下屁股时，苏杨就知道自己错了，而且错得很厉害。苏杨自己不会跳，但他一直看别人跳，看多了就成了鉴赏家，知道简单的扭屁股其实也包含无上玄机，没一定功底根本无法将屁股扭出美感。苏杨跟着白晶晶扭过N次，扭到现在都没把屁股扭好，这个事实除了说明苏杨在跳舞方面比较白痴外，也表明这个动作确实有难度。可苏杨看到马平志只那么随意一扭，就透露出说不出的好看，那一刻苏杨觉得发现了新大陆，恨不得上前亲几下马平志，表示内心激动。

马平志确实跳得很好，这一点连白晶晶也佩服，三个人先是聚在一起跳，没多久变成马平志和白晶晶对摇，马平志头发虽然没白晶晶长，但摇起来也小成气候，加上两人都技巧纯熟，花样又多，既能前后摇，上下摇，左右摇，还能八字摇，简单的摇头经他们演绎就成了技术活，散发出迷人风采，很快其他男女就被两人精湛的摇头表演吸引，渐渐围成圈将两人包围，一边拍掌一边尖叫。

刺激的Disco过后是Hip-Hop音乐，这时往往是整晚最为高潮的时刻，一些跳街舞的家伙会在这个时候秀他们的舞技。马平志和白晶晶摇完头后坐在舞池边的椅子上休息，苏杨买了几瓶饮料，三个人正说笑着回味刚才摇头的快乐时，突然听到内场爆发出一阵阵高分贝的喝彩声，苏杨不看也知道有人在表演街舞，马平志不知道发生了什么事，问苏杨要不要过去看看。

“不去，小孩跳街舞有什么好看的。”苏杨总觉得别人都是小孩子。

“白晶晶，你去吗？”马平志转而问白晶晶。

“我老公不去，我也不去。”白晶晶紧紧搂着苏杨的胳膊。

“去吧，我跳街舞给你们看？”

“你跳街舞？少吹牛了。”苏杨一脸不相信。

“跟谁吹也不跟您吹啊，看了不就知道了。”马平志说完拉起苏杨就往里走。

舞厅里早就里三层外三层围了个水泄不通，几个十七八岁的少年正在里面跳街舞，那些家伙随着音乐不断做出各种夸张的造型，动不动翻个跟头，来个倒立什么的，食指不停朝向地面晃来晃去，意思让别人和他们斗舞，只可惜无人应战，于是那帮家伙更是狂妄地发出嗷嗷怪叫。苏杨推了一把马平志说："你倒是跳啊！"

"跳就跳！"马平志把手中的饮料递给苏杨，接着蹦了进去，那帮家伙看来了个眉清目秀的高个儿，很不以为然，心想这种傻B也来献丑简直自讨苦吃，正准备做个有难度的动作羞辱羞辱这个傻大个儿，却没想到马平志在蹦了两下后突然手撑地轻轻松松就来了两个托马斯，紧接着又一个UFO加大风车，差点儿没把那几个小伙子吓死，因为这些动作属于街舞里的绝对高难度，就算他们练一辈子也不见得能练成，知道遇到高手了，他们只得乖乖地坐到一边给高手呐喊助威，或许是好久没表现的缘故，马平志显得很兴奋，接连做了好几套高难度动作，又是打滚又是翻跟头，引发无数女人嘶声尖叫，最后舞曲结束、灯光亮起时，掌声经久不息，马平志的表演大获成功，无论走到哪里人群都自动闪出一条道，苏杨看得目瞪口呆，觉得太神奇了。

秀完舞技后马平志心满意足地走到苏杨身边，乐滋滋地问："怎么样？哥们儿没吹牛吧！"苏杨跷起大拇指："强，真没想到你小子还有这招！"

马平志说："哥哥我强的还多着呢，慢慢学着吧你！"苏杨立即点头哈腰："一定，一定。"

白晶晶看到苏杨一副汉奸样，就在他背上用力打了一巴掌，假意怒骂："你个没用的东西！"

白晶晶因为那天刚来月经，所以没再跳下去，苏杨早就不想跳了，于是两人坐到一边甜言蜜语去了。马平志显然意犹未尽，一个人在舞池里继续摇头。没过多久走过来一高一矮两个女孩，两人站在马平志身边窃窃私语了好一会儿，矮的那位走过来拍了马平志一下，马平志摇头正摇得云里雾里，突然感到有人拍他还以为受攻击了，心里吓了一跳，停下来一看原来是个女孩，女孩说：“我们可以和你一起跳舞吗？”

“你们？”马平志不明白为什么一个女孩子要说“我们”。

“还有我朋友！”矮个儿女孩指着身后的高个儿女孩，“我们刚才看你跳舞了，你跳得可真好，我们想和你一起跳，可以吗？”

马平志漫不经心地瞅了那高个儿女孩一眼，舞厅灯光昏暗，不太看得清楚女孩的容颜，不过凭多年道行他还是判断得出这个女孩是个美女，如果一般人看到美女要和自己跳舞肯定乐得晕过去，可马平志不是一般人，最起码不是一般男人，到他这个修行再美的女人也只是女人而已，所以马平志只是点点头，很随意地说：“你们要跳就过来好了，我无所谓。”

说完又闭上眼睛噼里啪啦摇头。

那个高个儿女孩就是陈菲儿，马平志这辈子最爱的女人。

如果一个人突然知道自己面前陌生的女孩就是自己未来的爱人，不知道他会有怎样的反应？是觉得幸福还是会觉得荒谬？是觉得不可思议还是会感到恐慌？

所幸没人会知道，马平志也不知道，那个时候马平志还认定自己这辈子都不可能爱上一个人，更不可能和谁正儿八经地谈恋爱，他只需要情人，N个情人，荒淫到死。

马平志确实判断得不错，陈菲儿绝对是个美女。美女一般都很矜持，明明自己想和帅哥跳舞可还是让别人打头阵，美女也比较高傲，本以为凭自己的容颜可以引起马平志好感，甚至会使他大献殷勤，却没想到这个人只是冷冷地看了自己一眼，显然很不在乎，所以美女很快就伤自尊了，因为平时别人都众星捧月般围着她、赞美她，所以一丝轻微的打击都会造成无止境的痛。陈菲儿觉得很受伤，于是暗自发誓将来只要有机会一定要好好报复这个骄傲的男人。

可怜的马平志并不知道在那一瞬间已注定他今生的很多劫难，如果他知道，他肯定不会把头摇得跟只公鸡似的，他肯定会感慨一下人生，然后立即狂吻这个女人的脚指头，请她饶恕他所有的罪。

6

半月后的傍晚，马平志在F大食堂再次见到陈菲儿。当然那时他还不认识陈菲儿，上次在T大舞厅因灯光昏暗加上自己漫不经心，他并没有看清楚陈菲儿的模样，更不可能知道那天晚上在自己身边畏首畏尾跳舞的女孩，就是眼前这个清水芙蓉的高个儿美女。

马平志看到陈菲儿时，内心深深震了一下，然后浑身发冷，犹如触电。

本来心跳并不值得大肆渲染，但对马平志而言这种犹如触电般的心跳好多年没有过了。如果记得不错，上次出现这种深度心跳的感觉还是在8年前的物理课上，那时马平志才14岁，读初二，14岁的马平志各方面发育都比较超前，特别是在情感方面，不但全盘知晓男欢女爱，而且对身边的黄毛丫头早没了兴趣。14岁的马平志的暗恋对象是语文老师，语文老师刚师范毕业，人长得古典，说话轻声细语，举手投足小心翼翼，仿佛不食人间烟火的天使。天使很快俘获了马平志的春心，每次语文课女老师在黑板上写板书时，马平志都痴痴看着老师细小的腰和不时抖动的肩，觉得她很可怜需要自己保护，就这样完全沉浸在想象中傻傻地笑，流出一大堆无比淫荡的口水还浑然不知。语文老师写好板书转身回头，对着台下同学浅浅一笑，顺手将眼角的长发拂起，就在那时马平志怦然心跳，然后瞬间停止——在自己的意淫中达到高潮。在14岁的马平志眼中，语文老师的笑容是世上最美的风景，为了这片风景马平志不思学习，每次上语文课都在梦游，结果语文考了好几次全年级倒数第一，最后连高中都差点儿没考上。

这段暗恋维持了整整两年后无疾而终，随着马平志升入高中而灰飞烟灭。这是马平志的初恋，对他爱情观的形成影响甚大，因为从头到尾都是暗恋，所以马平志一直比较压抑，也比较自卑，多年以后马平志回想起这段懵懂的爱恋还伤感无比，觉得自己很委屈，比那些分手的恋人更痛苦，毕竟人家曾经拥有过，而他却什么都没得到，有的只是一段长达两年的暗恋罢了。

而为了隐藏这段痛，以后的日子里马平志总是伤害深爱自己的女孩，仿佛非此不能弥补他青春期的遗憾。也正是因为这段不为人知的过去，当马平志看到陈菲儿时，尘封了8年的痛再次浮现，眼前的女孩眉宇间透露的风情和语文老师是那么相像，8年时光刹那间灰飞烟灭，他狠狠咬了下舌头，很痛，这一切不是梦。

那天下午陈菲儿只有两节体育课，体育课测试800米，陈菲儿天不怕地不怕就怕跑800米，在她的理解中跑800米简直不是人做的事情，不晓得是哪个挨千刀的浑蛋想出这个馊主意。因为对800米深度恐惧，因此在一个月前，陈菲儿就感到人生苦短，成天心口都有阴影盘旋在那里挥之不去，想起时走路腿都不由自主地打哆嗦。成天祈求测试那天可以月经来临好逃过一劫，却没想到这次月经来得特正常，到跑的那天刚好干净，因此没了借口，只得硬着头皮上阵，而为了减轻负担，陈菲儿差不多只穿着内裤和胸罩，所以看上去给人很是风骚的意味。

那天800米跑得出奇顺利，因为渴望痛苦早点儿结束，起跑时陈菲儿一马当先，闭着眼睛发疯似的向前冲去，把其他女生远远甩在身后，等眼睛睁开时已经快到终点了，陈菲儿惊讶地发现自己体力尚存不少，于是慢悠悠地将余程跑完，最后居然有点儿意犹未尽的感觉。

跑完800米，陈菲儿又和同学在操场上投了会儿篮球，等强烈意识到肚子很饿时已经六点半了，天已渐黑，陈菲儿建议去食堂吃饭，其他女孩个个筋疲力尽都说要回宿舍休息，无奈只好自己一人去食堂，问同学借了件外套披在身上，又将头巾扎在手腕让长发披了下来，然后颠颠地哼着小曲往食堂走去，等到了食堂窗口才发现只有些残羹剩饭，顿时没了胃口，可肚子明明在强烈表示饥饿，于是站在那里进退维谷，走也不是，不走也不是，全没了主意，只得不停唉声叹气，看上去楚楚可怜。

陈菲儿的所有表情正好被马平志看在眼里，她不经意间的动作就引发了另外一个人心中的传奇，没有人能够形容出其中的精彩。

当然在这里还是有一些细节必须交代清楚，否则很可能损伤马平志的光辉形象，马平志之所以会在一刹那春心大动，除了因为这个女孩和当年他暗恋的女老师气质神似外，更多的是这个女孩子表现出来的美丽是他前所未见的，陈菲儿因为刚刚运动完，体力消耗很大，所以她的胸脯一直在急剧晃动，这就营造了健康且性感的形象，另外陈菲儿个儿高腿长，所以披在身上的外衣根本无法对她美丽的腿部进行有效遮挡，于是浑圆白皙的大腿毫无顾忌地呈现在马平志眼中，给他一种视觉震撼，最后马平志甚至觉得陈菲儿扎在手腕上的头巾和额头上沁出的细汗都具有无与伦比的美感，最后一抹夕阳从食堂的天窗投射下来，映照在陈菲儿脸上，陈菲儿脸部顿时散发出暗红色的光芒，犹如一尊史前的雕像，是那么肃穆动人，让人爱怜却又不忍亵渎。总之，那个晚春的傍晚，我们的马平志同学所感受到的一切竟是那么美妙。

马平志用一分钟时间将自己过去的情感生活快速回味了一下，突然觉得以前简直白活了，他一直自诩风流，尝遍人间美色，却没想到真正的美色自己才刚刚发现，内心在悲凉之际更是决定要好好珍惜这个女子，用尽他所有的力量去创造一段新的传奇。

7

其实那天晚上，马平志本打算到学校外面逛逛的，自从被陶丽丽打击得大伤元气后他就没好好逛过街，要知道逛街可一直是我们马平志同学的爱好之一啊！所以那天马平志猛想起这个爱好时不禁大为光火，觉得浪费了不少青春，又觉得不逛街的日子简直百无聊赖，用古代猛人的话来说就是：嘴里能淡出个鸟来。

那天晚上马平志心情不错，刚接到老爸电话说这个季度又赚了200多万，马平志想又能挥霍无度了。于是他就想到外面兜兜风，呼吸呼吸春天的新鲜空气，顺便买几件衣服。因为食堂横亘在大门前，所以从食堂穿过去可以少走很多路，这也是马平志会在那时出现在食堂的缘故。

食堂里，陈菲儿犹豫了半天，最后还是决定随便吃点儿，吃得不好总比饿死强，于是再次走到窗口对大师傅说："我要打一两饭和一份青菜。"

"没饭啦，没饭啦！"大师傅一边用勺敲打空空如也的饭盆一边抱怨，"也不看什么时候了，还想吃饭，早干吗去了？"

听了大师傅的话，陈菲儿立即心如刀绞，可从来没人对自己这么出言不逊过呢，本想抱怨两声以示不满，可一看到大师傅吹胡子瞪眼的凶神恶煞状，不禁倒吸了口凉气，不敢吱声。

"同学，是不是没饭了？"马平志在陈菲儿身后晃悠了半天，瞅准时机上前搭讪。

本来陈菲儿一团郁闷之火正无处发泄，现在突然听到后面的家伙居然哪壶不开提哪壶，不禁血冲大脑，杏眼圆瞪准备发飙，心想就算不把他打成弱智，最起码也要吐几口唾沫到他身上，结果一回头就看到马平志那张荡漾着微笑非常友好的脸。

陈菲儿立即觉得手脚冰凉，两腮发烫，外加一点点春心荡漾。

"是啊，不知道怎么搞的，这么早就没饭了，太可恶了。"陈菲儿口气之和蔼连她自己都觉得不可思议。

“这样好了，我正好也没吃饭，要不我请你到外面吃吧，反正食堂的东西也不好吃。”马平志说话时神情自然，落落大方，仿佛在和他二大妈唠嗑一样。

不过马平志外表的平静只是假象，其实那时他内心紧张到什么程度只有他自己知道，马平志在发出邀请后突然害怕被拒绝，在害怕中还有一点点害羞，这些都是从没有过的体验，多少年了，马平志都不知羞耻为何物，可现在的马平志只要这个女孩说出一个“不”字，他就立即狂奔逃跑，从此隐姓埋名，反正肯定不会再让这个女孩在F大把自己认出来。马平志清楚地感觉到自己心脏跳动的频率，也能感到手心慢慢泌出汗来，马平志看到陈菲儿瞪大眼睛看着他，满脸的莫名其妙，顿时感到成功无望，就在准备逃跑之际，突然看到陈菲儿鲜花怒放般地说：“好的啊，你打算请我到哪里吃呢？”

其实对马平志的这个请求，陈菲儿一点儿都不感到突然，更不会有什么不安，一来是这种情况她实在遇到过太多次，到了F大后总有一些陌生人在路上拦住她，然后说要请她吃饭，二来是因为对方只是请自己吃饭，又不是请自己上床。吃饭是好事情，本身也没什么值得大惊小怪的。当然最主要的原因是陈菲儿发现这个请自己吃饭的男人居然是那天在T大舞厅风光无限的帅哥，那天马平志给陈菲儿的印象实在太深了，就算他化成灰她都能认出来，虽然马平志的高傲让她觉得很不爽，但自己的芳心还是因马平志的帅气而泛起了波澜，这些日子她一直把那天的场景放在心上，时不时还拿出来回味一番，现在这个帅哥突然站在自己面前，而且诚恳地邀请自己吃饭，简直就是童话，这剧情以前也就在琼瑶阿姨的小说里看过，所以陈菲儿当时差点儿没高兴得跳起来。要不是顾及女孩应有的矜持，陈菲儿早就跳到马平志身上一阵狂吻，然后叫他英雄了。

“你想到哪里吃呢？”马平志反问陈菲儿。

“去‘台台缘’吧，随便吃点儿算了。”陈菲儿装模作样地想了会儿，看似漫不经心地说。

好家伙！马平志暗自心惊，立即知道这个女孩子不是一般的主儿，能轻描淡写地说到“台台缘”随便吃点儿，可不是什么女孩都做得出的事，不仅需要无畏更需要无耻。“台台缘”是F大附近最为高档的酒楼，以本帮菜为主，两个人吃一顿最低消费也要300元，这还不算酒水。马平志下意识地摸了下裤兜，里面的钞票还算殷实，于是放了心，颇豪迈地对陈菲儿说：“那就去‘台台缘’，说来我也有三天不去那儿吃饭了。”

那顿晚饭对马平志而言，绝对算不上什么美好的回忆，在去“台台缘”的路上两人一路无语，陈菲儿自顾自地哼着歌曲，看上去很快乐，马平志好几次想说话都找不到机会，只得在心里自己和自己对话。等到了“台台缘”，陈菲儿坐定后，菜谱看也没看就刷刷点了六道菜，净是些贵得要死吃起来却没多少意思的菜，马平志在对面默默微笑，心中却在骂娘，开始后悔冲动请陈菲儿吃饭了，打肿脸充胖子的感觉毕竟不好受。最郁闷的是等菜时陈菲儿还是不讲话，不是趴在桌上闭目养神就是看自己指甲上花里胡哨的图案，马平志努力和她搭讪，陈菲儿也只是“嗯嗯”应答，最后马平志实在忍不住就问了句：“你怎么话那么少呢？”结果陈菲儿没好气地回答：“我和你又不熟，干吗要说那么多话？”差点儿没把马平志给胸闷死。

菜很快上来了，陈菲儿每样菜都只蜻蜓点水般小尝两口就不吃了，最后两道动也没动，没过半小时就把筷子一扔，咂咂嘴说：“不吃了，我饱了。”

马平志看得直想吐血，心想就算不是你花钱你也犯不着这样浪费啊，可又不好说什么，看着陈菲儿时，脸上还露出很绅士的笑容。

如此又僵坐了会儿，陈菲儿起身对马平志说：“谢谢你请客，我走了，你慢慢吃吧。”

“这就走了？”马平志急得站了起来。

“吃好了当然走了！”

“那你告诉我你宿舍的电话号码，我给你打电话！”

“下次吧，请我吃顿饭就要号码，美不死你。”陈菲儿朝马平志挥挥手，露出一个特甜美的笑容，走了。

马平志待在座位上有点儿蒙，觉得现在的女人真是越来越难搞懂了，先是陶丽丽敲诈自己，现在又是这个女孩耍自己，难道是自己老了？还是江湖太险恶？如此郁闷了好一会儿他才突然想起什么似的，对着服务员大声说：“埋单，统统给我打包。”

一个月后，马平志和陈菲儿在F大附近那家三星级标房里进行完性行为后，饶有兴趣地问陈菲儿为什么第一次吃饭时那么酷，话都不肯说一句，还浪费他钱。陈菲儿在马平志肚子上拍了一掌，然后说：“我就是要气死你，谁让你在T大舞厅里那么拽，看都不看我一眼，气死我了，对你这种人就应该残忍点儿。”

马平志想了半天才明白过来，不禁哈哈大笑，一个翻身把陈菲儿压在身下，含混不清地说：“你个小坏蛋，坏死了，看我怎么收拾你。”

2000年的春天是那样美丽，空气中充满了暧昧的味道，栀子花正在每个角落神秘开放，天边也绽放出爱的光芒。没人知道永远有多远，这是一个可笑的概念，所有人都只争朝夕，也没有人在乎什么叫地老天荒。

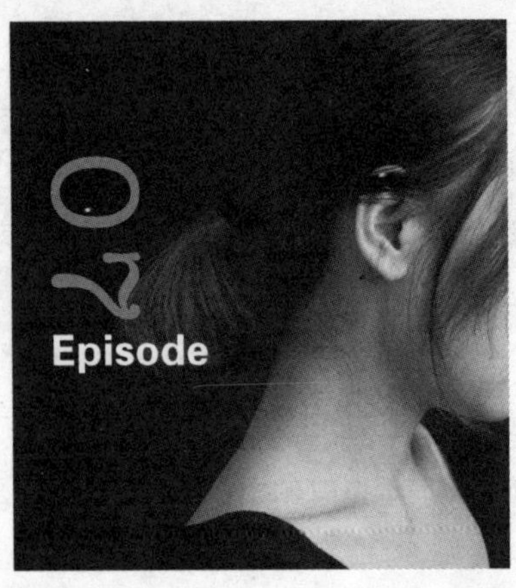

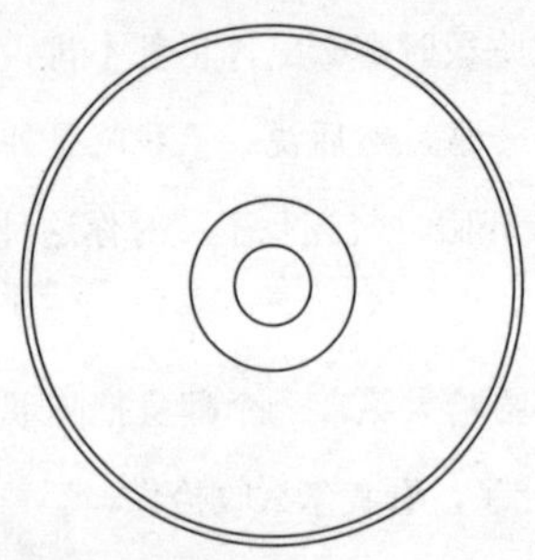

本章插曲

那年初夏

任然

蝴蝶花盛开的那年 我一个人站在海边
望着天空我好像能拥有全世界
直到所有的寓言都时过境迁
那个爱幻想的少年 眨眼间已消失不见

角落泛黄的旧照片 灰尘遮了纯真的脸
我最爱看的童话都被现实搁浅
耳边的蝉鸣叫不回那个夏天
长大后我终于发现 梦离我很远

我最疯狂的那年 已经越来越远
纯真的容颜都随季节而蜕变
曾许下的心愿 全部都没有实现
有过的信念 都输给了时间 像落叶卷入风里面

我最难忘的画面 都已经看不见
曾经的那段岁月无法再重演
若还能有一天 让我再回到从前
却突然发现 未来已渐渐在浮现
却突然发现 未来已出现在眼前

第七章

Chapter

迷路的爱情

毕业两年多
换了六份工作
现在还在失业中

卖过保险
当过中介
兜兜转转
却一直找不到适合自己的工作
有时候想是不是我要求太高
有时候想是不是重新考研比较好
薪水少一点没关系
加班多一点也认了
每个月的房租还要按时上缴
不敢向家里人要钱
上个礼拜又问朋友借了两百块
买盒饭永远都是最便宜的那种
同学聚会总是找借口说下次一定去
末班车一个人坐到终点
天很黑，世界很大
方向在哪里
我看不到

1

在很多人眼中，白晶晶这种风流成性的女孩其实就像一颗定时炸弹，不但威力巨大——核弹级的，而且这颗定时炸弹你还无法操控，只要你和她恋爱了就算是激活了这颗炸弹，你能清晰地听到它在“滴答，滴答”地倒计时却不知道到底还剩多少时间会爆炸，炸得你鲜血淋漓、炸得你支离破碎。而你要是试图拆除这颗炸弹，结果只会引发它提前爆炸。对此白晶晶前几任男友都深有感触。

现在这颗炸弹的主人名叫苏杨，无数人都在翘首企盼此人哪天被爆炸光荣地牺牲。不幸的是，这种企盼短期内并没有成为现实，自从跟了苏杨，白晶晶一下子失去了全部火力，彻底成为一颗哑弹，不但威力全无而且温柔无限，天天屁颠屁颠围着苏杨转，像个小跟屁虫，人前人后给苏杨端茶倒水贤惠得让人疯狂。

一般知趣的人看到两口子如此恩爱也就取消了调戏白晶晶的想法，顶多是在路上遇到时盯着她那丰满的胸赶紧意淫两下，算是过瘾。就算偶尔遇到不知天高地厚渴望成为第三者横刀夺爱的浑蛋也被白晶晶三下两下轻松打发掉了。于是苏杨和白晶晶很是风平浪静地恋爱了大半年，幸福得犹如亚当和夏娃。直到半年后F大这对模范恋人才出现了第一次大的感情风波，并在一定程度上造成了万劫不复的假象，让无数对白晶晶心怀鬼胎的家伙狂喜不已。

详细事由是这样的，F大有不少韩日留学生，有些家伙仗着自己来自发达资本主义国家手头比较富裕，再加上在国内整过容看上去小有几分姿色，于是成天游手好闲、不务正业，打着学习中华民族优秀文化的幌子到中国寻欢作乐来了，特别是一些日本人，大概是接受了不良民族教育，快乐得把自己的祖宗都忘记了。

一天傍晚，白晶晶从图书馆借书出来在门口看到一个将满头黄发扎成大辫子竖在头上的家伙，留着满脸络腮胡子，看上去像只大马猴。大马猴当时正伸长了脖子朝图书馆内张望，身子不停地晃来晃去，一瞅那副模样就知道是异域人士。

白晶晶那时心情比较好，因为苏杨刚刚打她手机说请她到外面吃饭，苏杨豪气冲天地说无论白晶晶想吃什么都满足她，谈了大半年恋爱，苏杨头一次这么大方，所以白晶晶很有点儿受宠若惊，心想：莫非这傻小子拾到钱包了，看来得好好敲他一笔。因此捧着书匆匆往外走，到门口就看到那只大马猴在原地蹦来蹦去，顿时觉得好笑，于是情不自禁冲大马猴灿烂一笑，挥了挥手打了声招呼，然后迅速擦肩而过，只留下一缕淡淡的发香，算作曾经相逢的证物。

2

生活就是这样神奇，往往你一个不经意的举动对别人而言却是刻骨铭心，白晶晶的笑容让大马猴魂牵梦萦，这哥们儿当场就被白晶晶绝美的笑容给震呆了，晃悠的身体在空中前倾45度居然还能保持平衡，可见当时震撼有多大。

要知此君在扶桑老家也算一小有名气的流氓，到上海后更是风流过美女无数，可谓禽兽一个。可那一刻他突然感到以前所谓的美女和眼前这位女孩比起来简直连垃圾都不如，这位女孩不但艳丽如花，而且气质出众，纯真不失性感，时尚又多风情，凭多年玩弄女人的经验，这哥们儿知道遇到极品了。

这种极品不可多得，只可遇而不可求，遇到一次是一次，下一次再遇到就不晓得是什么时候了，再说刚才美女还对自己如此淫荡一笑，显然是发出性爱信号，如果不珍惜简直天理难容。想到这里这哥们儿立即回头对白晶晶叽里呱啦一阵日语，翻译成中文意思就是：“同学请留步，我可以问你一个问题吗？”

白晶晶心中正在算计怎么敲诈苏杨呢，丝毫没留意身后那只大马猴，其实刚才门口就算站条狗她同样会打招呼的，现在突然听到有人对自己说日语，于是停住脚步犹豫要不要回头。说时迟，那时快，那位日本哥们儿已经奔到白晶晶面前，然后鞠了个90度的躬，把刚才的话又重复了一遍。

白晶晶清楚地记得自己最早和外国人打交道是在7岁那年，那时她老爹刚步入仕途，在市政府负责对外文化交流的差事，经常会接待一些国外友好团。7岁的白晶晶总扎着红领巾手捧鲜花在机场迎接外国老爷爷，然后撅起粉嫩的小脸让外国老爷爷用茂密的胡子扎一下表示友好。等大一点儿后又经常作为友谊使者出访国外学校，这十几年来没少和外国人打交道，因此外国人在白晶晶心中和外地人其实差不多。

白晶晶对日本人没多少好感，和他们打交道时更是万般小心，虽说自己比较崇洋媚外，但在爱国这个问题上一点儿不含糊，每次在国外看到五星红旗都有流泪的冲动。现在看到这个日本人对自己说了一大堆鸟语不知何意，只得瞪大眼睛凝视此人，然后用英语小心翼翼问了一句：“请问，你有什么事吗？”

所幸那哥们儿英语还不错，不但听得懂，结结巴巴还能讲几句，于是也用英文对白晶晶说要请教她一个问题，不知可否告知。

白晶晶心想你他妈的还真烦，问个问题都要抒情，老娘还有急事呢，当下面露不快之色，硬邦邦地说：“有什么事你快说！”

“请问图书馆在哪里呢？”

这个问题一般人听到后不是会立即晕倒就是会觉得遇到了神经病，但白晶晶听后却没有丝毫反应，瞎子都看得出这个日本人是故意搭讪，你要是花容失色正中敌人下怀，只会让对方觉得特有成就感，对于这种故意搭讪的男人要是反应太过强烈也只会增加他们进一步恶心你的勇气，最佳办法就是无动于衷，对于这种人白晶晶一贯的作风就是不拒绝、不惊讶。所以白晶晶听到日本人那绝对白痴的问题后只是淡淡地用手指了指身后的图书馆，然后目不斜视地走了。

白晶晶表现出来的沉着风度更是让这位日本人佩服得五体投地，日本人心想，从来没女人对自己不理不睬呢，简直太有个性了，顿时觉得对此女的爱慕又添加了几分，眼看白晶晶就要从路的拐角处消失，赶紧奔了过去，再次拦住白晶晶，然后用一种唱赞美诗的口吻说："你很美丽，我想和你交个朋友，可以吗？"

白晶晶一看日本人色迷迷的眼睛就知道这家伙图谋不轨，暗自骂了句神经病，不过恶心归恶心，风度还是要有的，于是强扮笑容说："可以啊。"

日本人一看有戏，当即心花怒放，强烈要请白晶晶去金茂大厦吃晚饭。白晶晶说："谢谢，晚上我要和老公吃饭，以后再说吧！"说完后很是潇洒地说了声拜拜，扔下目瞪口呆的日本人，走了。

显然白晶晶并没有把这事儿放在心上，那天晚上苏杨果真出人意料的慷慨，不但给白晶晶送上了价值10元人民币的玫瑰，更是请白晶晶到五角场吃了顿必胜客，前后花了不到200块。吃到酣处时白晶晶突然想起下午的事，就嘻嘻哈哈说了出来，末了还强调这个日本人可真滑稽，一看就是条老色狼。白晶晶讲得轻松，苏杨却听得心惊肉跳，最后忍不住说："该不会那日本鬼子看上你了吧？"

白晶晶咬了一口比萨饼，然后白眼一翻："有毛病，怎么可能。"

苏杨也不好再说什么，只是心中隐隐觉得沉重，像有口浓痰吐又吐不出，咽又咽不下，尴尬万分，最后连比萨也没兴趣吃了，只得看着白晶晶暗自叹气。

其实也难怪苏杨担心，要知道苏杨本来就觉得自己配不上白晶晶，虽然已经谈了半年恋爱可还是觉得这是一场梦，迟早要灰飞烟灭。所幸这半年一直没有遇到竞争对手，心中还算坦然，现在突然横空冒出个日本人，虽然没发生什么事，可防患于未然总是应该的吧，天晓得以后会发生什么事呢，无论如何这都是苏杨纯洁的内心所无法承受的。

苏杨和所有热血青年一样坚持认为日本亏欠中国太多太多，当时网上关于日本人恶行的报道比比皆是，极大程度地刺激了苏杨的爱国心，激动时曾想过在学校里找几个日本人练练。网络上还遍布日本人稀奇古怪行径的视频。苏杨曾在网上看过一段日本人的娱乐节目，舞台上，一个面目俊秀的小姑娘拼命吃着黏糊糊的食物，然后站到另外一个正端坐着的女孩身后，将食指伸进自己的咽喉，将刚刚吃下去消化了一半的东西全部吐到了坐着的女孩头上，淹没了女孩的整个脸庞。台下几百名观众兴致勃勃地看着，然后尖声高呼、拼命鼓掌……看这段视频时苏杨刚泡了包方便面，还打了两个鸡蛋加了根火腿肠，正想美餐一顿呢，结果看到这么恶心的节目顿时食欲全无，觉得肚里翻江倒海想吐，最后气得把方便面往垃圾桶里一扔，直骂日本人太他妈变态。

3

白晶晶在图书馆门口遇到的日本人有个很挫的中文名字叫苏西坡。那天回去后，苏西坡翻来覆去睡不着，眼前满是美女的笑容，一夜失眠后决定对此女展开爱情进攻，不把她弄上床绝不回国。

说来苏西坡倒也真神通广大，很快就将白晶晶的个人资料调查得一清二楚，连她的课程表和作息时间都了如指掌，从此只要白晶晶一到宿舍，电话保准响起，苏西坡在电话那头又是唱歌又是学狗叫逗白晶晶开心，一开始白晶晶接到电话就挂，后来实在禁不住苏西坡的热情只得和他有一搭没一搭地捣糨糊，可没想到捣了几次糨糊后，却惊讶地发现这个日本人不但言语幽默而且给人一种善良的感觉，并没有想象中那样可恶，要知道白晶晶本来性格就外向，加上对什么都好奇，发现这个日本人挺有意思的，慢慢就放下了戒备，又为了在室友面前炫耀自己的英语口语，于是经常在电话里和苏西坡天南海北对侃。

苏西坡严格遵循术业有专攻的原则，一开始猛给白晶晶讲日本的化妆品有多好，白晶晶听到化妆品双眼就发光，什么爱国之心立即抛到了爪哇国，最后连和苏杨约会都没心思了。苏西坡在电话那头许诺一定从日本带最好最时尚的化妆品送给白晶晶，白晶晶忙说你带给我还不如我自己去买呢，苏西坡一听又以为是暗示自己，立即拍着胸脯邀请白晶晶到他家做客，到了日本后他会带白晶晶逛涩谷游富士山，看迷人的樱花保证让她流连忘返乐不思蜀。白晶晶没有听出话中的玄机连忙说好啊好啊，我还要去迪士尼乐园玩呢，我最喜欢米老鼠了。

苏西坡听到这句话后心情大爽，情不自禁说了声“米西米西”，心想F大的风云女魔头居然被自己三言两语就搞定，看来上床指日可待了，自己真的很有魅力。

圆满完成第一步计划后，苏西坡开始邀请白晶晶一起游上海。苏西坡说中国人讲究礼尚往来，我都答应带你去看富士山了你身为上海人总得先带我逛逛吧，说起来，我连东方明珠都还没去过呢，太可怜了。白晶晶实在禁不起苏西坡的热情，又想和苏杨恋爱后几乎没逛过街，作为一个时尚女人居然半年不逛街简直是天理难容，虽说苏西坡是个日本人，长得又像动物，可人家毕竟情真意切，出去玩玩也好，正好可以宰他一顿，让他知道上海消费水平有多高。主意拿定后她就半推半就应了苏西坡，白晶晶说淮海路上有家西餐厅做的法国菜可好吃了，我们一起去吃吧。

白晶晶知道如果告诉苏杨她要和一日本人出去逛街，以他那小肚鸡肠弄不好就要搞出人命——当然是自残，杀人的活借他十个胆他都不敢——于是就骗苏杨说和自己高中的闺蜜出去玩，苏杨自然不以为意，假情假意地叮嘱两句白晶晶路上小心点儿我会想你的之类的话，然后就继续忙文学社的事。白晶晶依依不舍地告别了苏杨，等走出了校门就一屁股钻进苏西坡的车里绝尘而去。

就这样白晶晶和苏西坡出去玩了几次，每次花费苏西坡人民币不下千元。不到半月就把上海大大小小高档场所玩了个遍，甚至还到杭州玩了两天。一开始苏西坡还装君子，进餐厅时给白晶晶开门过马路时替白晶晶挡车，忠诚得像条狗，多少博得了白晶晶的信任，到后来自以为时机成熟，决定施行性骚扰，暗示了白晶晶好多次，没想到这个女人就是不为所动，这让苏西坡很是纳闷，要知道以前的女孩子早就急不可待地呼喊他上床厮杀了，可眼前这个女孩实在奇怪，一边心安理得花他的钱一边还装纯洁，最后苏西坡实在忍无可忍，一次在衡山路的“红番”多喝了两口酒来了感觉，伸出咸猪手就对白晶晶上下其手，白晶晶笑嘻嘻地将他的手推开然后警告他老实点儿，苏西坡一冲动心想我花了上万人民币连你手都没摸到你还让我老实点儿？这事儿要是传到日本去我还怎么做人？当下恼羞成怒决定霸王硬上弓，白晶晶一看形势不妙，立即把修炼多年的武功施展出来，对准苏西坡肥硕的脸庞噼噼啪啪就是两耳光，然后乘苏西坡还没反应过来时拎起小包就走。

走出“红番”后白晶晶长喘一口气，心想幸好自己功力尚存，及时制止这家伙的恶行，想想又害怕苏西坡追上来，于是匆匆拦了辆出租车回校。

4

此后苏西坡找过白晶晶好多次，每次都痛哭流涕说自己酒后失态，自己是真的爱晶晶，愿意立即放弃学业带晶晶回日本完婚证明诚意。苏西坡天天手捧玫瑰到女生宿舍楼堵白晶晶，遇到个人就告诉对方自己是多么爱那个叫晶晶的女人，就差剖腹自杀以示忠诚了。

苏西坡说得天花乱坠可白晶晶再也不为所动，眼看这家伙火力不减精力旺盛，就给在公安局的表哥打了声招呼，结果第二天苏西坡就接到恐吓电话说他要是再骚扰白晶晶自己的安全就会遭到威胁。苏西坡反复掂量了这句话的分量，感到实在惹不起这个女人，只得自认倒霉，从此元气大伤，躲在宿舍痛苦思考人生。

本来这事儿就算到此结束了，可要命的是苏杨不知从哪里听到了风声。说来也邪门儿，白晶晶和日本人前后出去玩了不下十次，苏杨一点儿感觉都没有，现在没事了他倒开始觉悟了，更要命的是他知道的又不是真实情况，只听别人说白晶晶经常和一日本富二代出去玩，还经常一起过夜，前后好了几个月，现在依然如火如荼。

听到这消息时苏杨顿时觉得天地一片昏暗，世界无比荒凉。马平志等一帮浑蛋不失时机煽风点火说戴谁的绿帽子都可以就是不能戴日本人的绿帽子，日本人杀了那么多中国同胞，现在都快新世纪了还要霸占我们的女人，士可杀不可辱，这绝不是个人情感问题，而是关系民族尊严，如果你苏杨还是个爷们儿就应该大义灭亲，否则定为后人所不齿。苏杨听听很有道理，立即像头发情的公牛一样鼻孔喷着愤怒的火焰要找白晶晶说个明白。当时已是半夜十二点，苏杨打电话让白晶晶出来，白晶晶睡得正香，死活不肯下床，让他有什么话明天再说，结果苏杨二话不说就把电话挂了，然后狂奔到女生楼下，对着白晶晶的宿舍大叫：“白晶晶，你他妈的给我下来！”气势非常吓人。

瞬间，宿舍楼的每个窗口上都挤满了人，大家都笑嘻嘻地看戏，这一幕他们都已经期盼了很多天。

在数百人的注视下，苏杨越战越勇，像个泼妇一样骂街，最后更是上升到民族大义之上，用一种匪夷所思的声音嘶喊：“下来啊，叛徒！”

白晶晶无奈只得披着睡衣下楼，看到苏杨时杏眼圆瞪刚准备发火，结果话还没出口就被苏杨指着鼻子猛骂：“你，你，你真浑蛋，你怎能这样呢？”

白晶晶反问：“我哪样了？你半夜三更发什么神经啊？你不嫌丢人啊！”

苏杨又是摇头又是愤怒又是伤感地说：“我当然不怕，因为我已经被你丢尽颜面。是，我知道你嫌我穷，跟着我没好日子过，我知道是我不好，可你也不能花日本人的钱啊，你也不能和日本人过夜啊！这日本人，这日本人……”苏杨一激动说不出话来，过了好半天才说：“这日本人杀了我们多少中国人啊！”

苏杨说得虽然不完整，但白晶晶还是知道发生了什么事，本来觉得自己理亏也不打算辩解，想让苏杨骂一顿息事宁人算了，等他冷静下来再把事情的来龙去脉好好解释，没想到这个浑蛋跑过来不分青红皂白就说自己和日本人过夜，还给她戴这么大的帽子，顿时火冒三丈不顾一切和苏杨对吵起来。

你能想象半夜三更大学校园里一对男女像生死仇人一样大吵是什么样的情景吗？那是何等的壮观啊！宿舍窗口的脑袋越来越多，每个人都红光满面，神采奕奕，边看还边议论，更有好事者穿着睡衣下楼观战，对于这场期待已久的战争，每个人都显得很兴奋。

战争双方都觉得自己很委屈。苏杨心想自己对白晶晶一片真心，每次拿到稿费自己舍不得花，把钱余下就是为了让白晶晶能吃顿好的，在一起时自己什么原则都不讲一切都听她的只要她开心，却没想到这个贱人还是背叛了自己。

白晶晶更觉得心痛，自从和苏杨好后她不知道改变了多少娇气习惯，处处在乎他的自尊，现在居然被他冤枉，连解释的机会都没有。吵到最后，争论的话题集中在白晶晶和日本人去杭州那夜到底做了什么。

苏杨责问："其他的我都不管，我就问那夜你们到底做了什么？"

白晶晶脱口而出："你有病啊？晚上不就睡觉，还能做什么？"

等说出后才觉得表达有歧义，她连忙补充："他在他房间休息，我在我房间休息，我就是和他一起逛逛西湖而已，你别一口一个过夜的，恶心。"

"到底谁恶心，孤男寡女在一起，什么事都没发生，鬼都不会相信！"苏杨气得青筋暴突，唾沫飞溅。

"你不相信就算了，我再也不要和你说话了！"白晶晶眼泪大把大把落下，伤心欲绝。

苏杨最见不得白晶晶哭，可他实在不愿意就这样不了了之，否则无法给自己一个交代，在认真凝视白晶晶后认定此女并无悔改之意，于是万分感伤地说：

"我们谈了大半年，挺不容易的，难道就这样草草收场了？"

"你也知道我们谈了大半年不容易啊！那你为什么就不能相信我？"白晶晶一听这话更是伤心，"你这么小气，以后我们还怎么相处，算了，我们分手吧。"

"分手就分手，谁怕谁。"苏杨大脑一片空白，不由自主说了这句话，然后就感到自己的眼泪不可遏制地汹涌而出。

这次吵架后两人冷战了三天三夜，三天内苏杨度日如年，内心叩问了一百遍自己是不是应该坚持到底，其实就算白晶晶真的和日本人睡觉他也不在乎，因为他爱白晶晶，天下人真要耻笑他也只得认命，反正自己不能没有白晶晶，更何况白晶晶到底有没有背叛他谁也不知道，说不定真是冤枉呢？

如此到了第四天，苏杨实在控制不住对白晶晶的思念，到学校附近的KFC

买了份套餐，拎到女生宿舍楼下，然后打电话给白晶晶让她下来吃，口气和平时没什么两样，白晶晶同样早就控制不住相思之苦，正犹豫是否要屈服之际，一听到苏杨的声音就没什么气了，再听到苏杨说给自己买了KFC，更是感动得想哭，恨不得立即从楼上跳下去直接跳到苏杨怀里。

可虽然如此，白晶晶还是故意在楼上磨蹭了一个小时才下楼，见到苏杨时发现苏杨眼睛都发绿了，白晶晶这才面露微笑，接过苏杨手中的KFC，发嗲说：“都是你不好！”苏杨挠挠头，傻傻地说：“都是我不好！”白晶晶又说：“你坏！”苏杨继续附和：“我坏，我太坏了！”白晶晶说：“让我咬一下。”苏杨面露难色：“这里人太多不好吧。”白晶晶脚一跺说：“我不管，你不让我咬我就不原谅你。”苏杨无奈只得伸出胳膊，白晶晶捏着苏杨胳膊比画了半天突然在上面轻轻亲了一下，苏杨顺势用力，将白晶晶揽在怀里，鼻子在白晶晶脸上蹭来蹭去，白晶晶也积极迎合，两人和好如初。

5

认识郝敏前，张胜利一直对女人没太多概念。在张胜利眼中1000个妙龄少女不见得比一副麻将牌更重要，你可以让他一年不和女孩子说话，但绝对不能让他一个星期不打麻将，否则他会发疯，会像只狗一样舔你脚指头，对你说：“哥们儿，求你和我打会儿麻将吧，就两分钟！”

这个世界每个人都有自己的理想，每个人的理想都非常不一样，有人要当总统，有人要做马桶修理工，有人要娶10个老婆生100个儿子，有人说要当一名和尚，弘扬我佛慈悲，普度世间恶人，有人辛苦20年说要造飞碟上天，也有人辛苦20年说要和猴子做朋友，让畜生开口说话。

张胜利20岁前的理想是做一名赌王，精通所有老千伎俩，赌遍天下无敌手。20岁后张胜利突然悟到这个理想不现实，难度系数很大，更何况做个绝顶高手会很寂寞，所以他的理想变成了开开心心打一辈子麻将，对酒当歌，人生几何，打一辈子麻将，那是何等逍遥啊？张胜利觉得这个理想比较实在，有望实现。

对于一个把麻将看得比自己老爸还重要的人而言，张胜利最见不得别人和自己打麻将时谈论女人了，所以每当马平志捏着牌不出，嘴里又在说刚干了个18岁少女时，张胜利总是特不耐烦地说：“打牌，打牌！”要是马平志还不为所动，张胜利保准暴跳如雷地骂骂咧咧：

“嘿，我说你打牌呢还是打胎呢，有那么难产吗？”

当然了，对女人没有概念并不代表就不需要女人，张胜利也有雄性荷尔蒙，见到衣服穿得少的女人也会心跳加速，手脚发抖。每当寝室卧谈会上几个过来人大谈性爱细节时，他也会竖着耳朵躲在被子里听得津津有味，然后在梦中回味无穷。

大三下学期时，宿舍里六个人除了张胜利还保持贞节外，其他五人都已研究过女性身体的奥秘，就连一米六的石涛都狠心去了几次路边的温州美容店，将满腔怒火发泄到按摩女体内，以至于在卧谈会上也有了发言权，可以参与马平志等人的细节讨论。

“你快乐吗？”苏杨问嫖客石涛，“和那些妓女做爱你真的快乐吗？”

“快乐，怎么会不快乐？妓女也是女人，不要有偏见嘛。”石涛在黑暗里嘿嘿直笑。

“好，心胸宽广，能爱人之不能爱，值得表扬。”马平志大声说。

“你快乐吗？”苏杨又问找了个悍妇，成天像狗一样围着张楚红转的李庄明，“为了这个女人你丢弃了作为一个男人应有的尊严，你到底快乐吗？”

“我当然快乐啦，非常快乐，其实生活在女权势力下是非常幸福的，男人也需要安全感。当然，你们肯定无法理解，可是子非鱼，安知鱼之乐？”李庄明振振有词。

“那你呢？马平志，大声说出来，你快乐吗？”

“我不要太快乐哦，有老爹挣钱给我花，有女人全心全意供我耍，我再不快乐，那还是人吗？”

“还有你，刘义军，你女朋友净重90公斤，超过你37公斤，身高一米五七，比你矮二十一厘米，据可靠消息说她的胸部长毛，腋下有狐臭，并且从不洗澡，江湖朋友称其为‘原始人’，请问你快乐吗？”

“我也很快乐啊，没错，她确实有胸毛，而且很多，她也的确有狐臭，而且很重，但那又如何？我微微一笑，根本不在乎，在我眼中她是世上最美的女人，因为，我爱她。”黑暗中刘义军的回答是那么铿锵有力。

“很好，看来大家都很快乐，告诉你们，我也很快乐，白晶晶让我明白了爱情原来是那样美妙！”苏杨抑扬顿挫的嗓音像幽灵一样在宿舍里飘荡。

“让我们为我们的爱情鼓掌吧，感谢它给我们带来快乐。”

宿舍里顿时爆发出一阵热烈的掌声。

没人问张胜利快乐不快乐，他对女人一向不感兴趣，在这个问题上完全可以将他忽略。

“你快乐吗？”躲在被子里，张胜利叩问自己，你到底懂什么？打麻将？没错，可你真懂麻将吗？如果真懂为什么每次都输？

“请问，你真的快乐吗？”

那个晚上，张胜利显得很伤感，突然对自己的理想产生了前所未有的怀疑，看着别人神采飞扬地议论着爱情，而自己什么话都插不上，一种强烈的自卑感油然而生。也就是在那个晚上张胜利同学第一次尝试了自慰这项运动，从而标志了一种全新生活的开始。

“我也要快乐，我也要恋爱！”在高潮到达的一瞬间，张胜利静静地对自己说。

6

赌徒张胜利其实还是一名挺不错的足球健将，在场上奔跑起来像玩命，虽然整场都碰不到两次球，但就是没人敢和他直接对抗。因为张胜利玩的是玉石俱焚的套路，十米之外就敢飞到空中朝你飞腿。请放心，他肯定铲不走你脚下的足球，只会踢到你的腿关节，让你一年半载丧失走路能力，看着你趴在地上痛苦呻吟他还会上前特纯情地对你说：“失误，失误，我明明朝球铲的，太不巧了，下次一定准点儿，我说哥们儿你没事吧？”都他妈的快断了，还问有没有事？这次不准踢在腿了，下次准点儿还不往脑袋上踢啊？

如此几年下来凡敢和他直接对抗的人大多死翘翘了，没死的在球场上遇到他也早早逃开，以至于张胜利一度以为自己是个足球高手而自鸣得意了很久很久。

1999年暑假，张胜利没回老家，而是成天厮杀在牌桌上，一次连续奋战两天三夜，输了3000大洋，牌友换了四轮，其中有几人累得眼冒金星，口吐白沫，张胜利则坚持轻伤不下火线，打得大呼过瘾，最后散伙时还觉得不尽兴，胸中奔腾着熊熊火焰有待发泄，赶紧到操场上狂奔十圈，跑得大汗淋漓才觉得好受一点儿。刚坐到地上想歇会儿就看到一只足球滚了过来，远处有人对他说：“同学，帮忙踢过来！”

“来啦……”看到足球，张胜利顿时来了精神，大喝一声朝足球冲了过去，只见张胜利右腿在空中划出一道弧线，接着足球就像飞毛腿导弹一样飞了出去，只不过方向完全计算失误，居然直奔球场外的马路飞了过去，再接着就听到一个女孩子撕心裂肺惨叫一声：“妈啊……”

……

“你叫什么名字？”

“张胜利。”

“哪个系的？”

“新闻！”

“今年多大了？”

“22。”

“嗯……你打算怎么办？医生说了她可能脑溢血、脑瘫、脑梗死、脑血管坏死——总之，你把她脑袋废了。”

“我赔。”

“你赔得起吗？人家一少女，前途就毁在你手上了——我说你不服气是不是？还拿眼睛瞪我。”

……

在医务室到女生寝室那段并不遥远的路上，张胜利接受着一个名叫郝敏的山西女人长达半小时的训斥，愣是没还嘴，张胜利不是不敢还嘴，也不是不会还嘴，要是按照他往常的脾气，他早就把这个长着乌鸦嘴的女人脑袋拧下来挂在路旁的梧桐树上了，要不就从地上捡两块砖头塞到她嘴里，可是他并没这样做，他只是像个幼儿园同学一样耷拉着脑袋接受着老师的训斥。

回想起几个小时前那一幕，久经沙场的张胜利同学也觉得触目惊心，在那句石破天惊的“妈啊”响过后，就看到30米开外有一个女孩直挺挺躺在路上，像具风干的尸体。尸体旁还有一个体态丰腴的女人，女人正围绕着尸体来回转圈，一边转圈一边大呼小叫：“杀人啦，救命啊，哪个挨千刀的浑蛋干的？快给老娘死出来！”

女孩丰满的胸膛随着身体的跳跃有节奏地晃动着，方圆十里都能感受到那里散发的魅力。

张胜利估计自己这辈子再也不会有那么精准的脚法了，隔着30米的距离居然能把足球准确无误地踢到人脑袋上，就这技术拿到国家队保证每次点球都得让他主罚。在那丰腴女人大呼杀人之际，张胜利曾想过逃之夭夭，但最后还是鬼使神差地走到事发现场，然后背起伤者朝校医务室奔了过去。

连医生都奇怪，为什么这么大力度的足球没把人砸死，事实上，那女孩只昏迷了一会儿，在医务室接受了简单治疗后就醒了过来，当医生刚撩开她的牛仔裤用酒精棉球在肥肥的臀部擦拭准备打针时，女孩突然从床上蹦了起来，然后什么事也没有似的说要回去，医生害怕女孩失忆了，就问她知不知道自己是女人，女孩脱口就骂了句傻B，从而证明她的脑袋依然好使，于是医生只得给她开了几盒跌打损伤药示意她可以回去了。

当然这一幕并没有被守候在外的张胜利看到，那个叫郝敏的女人实在不愿意就这样放过凶手，在走出医务室大门前三秒，她决定要好好敲诈一下此人，这个机会千载难逢，不好好宰一笔天理难容，于是两个女人躲在医务室门后唧唧复唧唧了好久，确保勒索计划万无一失，于是就有了在路上的那段对话。

直到快到女生寝室时，郝敏才停止对凶手张胜利的训斥，然后温柔无比地问靠在她身上的那个女孩："你感觉怎么样了，好点儿没？"

那女孩还是双眼紧闭，舌头外伸，继续装白痴，只是从喉咙里艰难地发出两声呻吟，表示她还活着。

"你看，把我室友伤成这样，真狠啊！我说你这人还有没有良心？"

张胜利刚喘一口气，看到郝敏激情又来了，只得求饶认输："姑奶奶，你就说到底想怎么样吧，我快疯了。"

"告诉你，这次你死定了，你得赔人家青春损失费，具体费用我们会请律师跟你谈的。不过看你人倒也老实，这样吧，今晚你先请我们吃一顿饭再说。"

"没问题，不要说一顿，十顿都没问题。"

“那，可是你说的，不准抵赖哦，我们晚上要多叫几个姐妹去吃的，你可不要后悔。”

“后什么悔啊！我把她伤成这样，就算你就把你们班女孩全叫过来吃都没问题。”

“好，够爽快，不过为了防止你耍赖，你得先把手机给我。”郝敏20年来敲诈过不少男人，但却第一次遇到这么白痴的，爽快得连她都不愿意相信这个事实。

张胜利乖乖地把手机给了郝敏，约好下午四点半在这里等她们，然后带她们去吃饭。张胜利眼睁睁看着两人刚进女生楼就爆发出一阵怪笑，只得苦笑一声摇摇头，灰溜溜地回去了。

7

那天晚上对张胜利而言绝对意义非凡，纵使他今后真的变成白痴也不会忘记那晚的故事，在一个名叫“自挂东南枝”的湘菜馆内，七个虎虎生风的女孩在他身边一字排开，他像个真正的地主一样看着自己七房妻妾露出满意的微笑，然后大手一挥，将中午从自动取款机里提出的两千多块钱，换成满桌湘菜以及两箱力波啤酒，三瓶长城干红，一瓶56度五粮神。酒菜上齐后，七个猛女用一种匪夷所思的速度和力度将之全部一扫而光，你根本无法想象这些平时看上去柔弱不堪的女孩在面对美酒佳肴时表现出来的爆发力到底有多震撼人，反正张胜利是被吓呆了，他看到身边的女孩一个个高喊口号，发出奇怪的尖叫，像是一百年没吃过饭一样兴奋。

那个上午被她踢昏过去的女孩吃到高潮时，恨不得爬到桌上夹菜，而母老虎郝敏一口气喝了三瓶力波后，躲到桌下面抱着条桌腿说要和它谈恋爱。一个叫李红梅的浙江女人足足喝了两瓶长城干红，喝到吐了出来自己都不知道，还嘻嘻哈哈地说要为大家表演武术，然后旁若无人地在饭店里翻起了跟头。还有一个叫李晓静的陕西妹子喝着喝着就想起她13岁那年强奸她的80岁老头，然后红着眼睛说张胜利就是那老头，提着个酒瓶满世界追杀强奸犯张胜利。

那顿饭吃得天昏地暗，日月无光，从五点吃到十一点，从饭店出来后女人们还很不尽兴，说要去唱歌。看到同伴们兴致都很高，郝敏就将自己硕大的胸部往张胜利身上一靠，舌头恨不得伸到张胜利耳朵里说："哥，我们去唱歌吧。"

财神张胜利从来没有如此近距离和女人接触过，当即内心一阵急剧颤抖，然后说："好，去唱歌，我们去钱柜唱歌。"

伟大的友谊往往就是在酒桌上和歌厅内建立的，这一点男女都适用，通过那顿狂野的晚饭加上更为狂野的K歌后，郝敏和张胜利俨然成了不错的朋友，早就忘记那天上午的恩仇，两个人经常抱在一起称兄道弟，差点儿就结成拜把兄弟。此后的日子里，郝敏经常找各种各样的借口让张胜利请她吃饭，比如她夜里没睡好觉，考试考了59分，痛经很厉害……各种各样奇怪的理由到了她口中都变得冠冕堂皇，更让她高兴的是她的阴谋诡计每次都轻松得逞，张胜利从没让她失望过，只要她开口，总会在第一时间得到满足，仿佛她遇到的是一个真正的白痴。

张胜利当然知道郝敏在敲诈他，作为一个久经沙场的赌徒，如果连这点儿雕虫小技都看不出来，那也太夸张了。张胜利只是不想点破，如果说这是一场游戏那么他宁愿这个游戏永远不要Game over，如果说这是一场梦那么他祈祷这个梦永远不要醒来，他就是爱看郝敏那种扬扬得意的小聪明样，有点儿狡猾，有点儿自以为是，还有点儿可爱。

张胜利发现女人其实很奇怪，她们有时很聪明，可更多时候很笨，无论如何你都无法了解一个女人真正的心思，而不管一个女人品行如何缺德，性格如何变态，也肯定有她美丽的一面，只要你认真去感受，你就会发现春天花会开。

郝敏是张胜利灵魂开窍后，第一个走进他生命的女人，虽然她贪婪、野蛮、愚蠢，甚至淫荡，关于她的风流故事也不少，很多人都说她是一个人尽可夫的淫娃，但那又如何？第一次的珍贵就在于它没有重复，也不会被重复。所以，张胜利在面对郝敏的敲诈时总是一次次心甘情愿地掏钱，他很快乐，反正他有的是钱，对他而言没有什么比郝敏在心满意足时对他羞涩一笑更重要的了。为了这一笑，他可以放弃很多东西，甚至是他最为心爱的麻将。

从十月到十二月，张胜利不知道请郝敏吃了多少顿饭，给她买了多少衣服，所有人都认为张胜利是郝敏的男朋友，包括郝敏自己一度也这样认为。虽然在此之前她谈过不少男友，但事实上，从没一个男人对她如此呵护体贴，而且无欲无求，相比以前那些认识才两小时就把手伸向她身体的男人，张胜利简直就是早已绝迹的君子。伴随着一种复杂的感情，郝敏无数次暗示张君子其实可以对自己流氓一点儿，她愿意做他的女人，可张君子总是不为所动，他只会不知疲惫地请她吃饭，给她买东西，然后看他想要看的微笑，就悄悄走开。

事情的实质性进展发生在两人认识的第三个月里，那天郝敏突然酒兴大发，把张胜利约到学校附近一家饭店吃饭，说要甩开腮帮子喝酒，不醉不归。张胜利那天打麻将赢了点儿钱，心情挺不错，准时赴约，一进门就看到在桌前正襟危坐的郝敏，上面放了十瓶精装力波。郝敏看到张胜利立即双眼放光，大吼一声：“喝！”然后自己开了一瓶直接吹起了喇叭，把旁边几个食客看得目瞪口呆。

张胜利隐约感到今天郝敏有点儿不对劲，但也不问原因，同样开了一瓶吹起喇叭。没半个小时十瓶啤酒统统下肚，张胜利问郝敏还要不要喝，郝敏吐着大舌头说还要喝，张胜利又要了四瓶，很快又喝得一干二净，郝敏举着个空瓶刚想说再来四瓶时，头一歪直接倒在了桌上。

深夜，有月，风不大，吹在身上很冷。张胜利几乎把自己能脱的衣服全盖到了郝敏身上，这个女酒鬼醉成这个样子还不愿意回去，说要到附近的居民小区坐会儿，张胜利使出吃奶的力气才把这个女酒鬼成功搬到一个社区的花园里，冷风吹过后郝敏把能吐的全部吐了出来，小花园里顿时酒气冲天。在翻江倒海吐完后郝敏突然号啕大哭，然后也不顾嘴上还残留着污渍就扑到了张胜利的怀里。

“男人没一个好东西！”这是郝敏说的第一句话。

张胜利轻轻抚摸着郝敏的长发，他的表情在那个夜晚看起来有点儿冷酷，其实装酷绝对不是他的本意，他只是不知道自己应该干点儿什么，这样的场景他做梦都没梦到过，他实在想不出除了紧紧抱住这个莫名其妙痛哭的女人外还能干什么。

“你喜欢我吗？”哭了半天的郝敏突然抬头对着酷酷的张胜利问了一句张胜利从来没有听过的话。

“嗯！”张胜利点点头，“我喜欢你！”

听到这个回答，郝敏哭得更厉害了，一边痛哭一边含混不清地说：“我谈过六个男朋友，和五个男人同居过，打过三次胎——你还喜欢我吗？”

“喜欢！”张胜利再次坚定不移地说出了这个词汇。

“我现在又怀孕了，可我不知道怀的是谁的孩子，我该怎么办啊？现在你还喜欢我吗？”

郝敏终于停止哭泣，问这个问题时她自己都觉得很无耻，她甚至希望张胜利听到这句话后把她一把扔出去，然后指着她的鼻子大骂：“婊子！”那样她也会心安一点儿，可她没有听到，月光下她只看到这个男人慢慢对自己说：

“我喜欢你！”

8

两个星期后，张胜利同志怀着一颗惴惴不安的心陪着郝敏来到了虹口妇科保健医院，用700元人民币完成了郝敏的第四次人流手术。

事后郝敏被告知她这辈子很可能无法再生育，郝敏没有把这个消息告诉张胜利，她怕说出来伤害的是两颗心。

又是一个星期过去了，在F大附近一家酒店的标房内，郝敏光着身子从浴室里走了出来，抖动着湿漉漉的胸器饿虎扑食般扑向了瞳孔里闪烁着恐惧的张胜利。郝敏熟练地将张胜利的衣服三下两下脱得精光，然后用一种毋庸置疑的口吻对身下的张胜利说：

“来吧，我要你要我！”

“我要你要我”——这个语法错误逻辑混乱的语句曾让张胜利一度迷惘了很久，他实在无法理解其中的风情，就像他曾经无法理解女人的月经为什么是五天而不是一天，为什么女人每个月都流那么多血却不会死，女人用的护垫为什么和卫生巾不是同一个东西。然而很多事情是不需要理解的，只要你去经历就行。那个夜，在经验丰富的郝敏的指引下，张胜利完美地实现了从一个男孩向一个男人过渡的历程。他要比很多雏儿幸运得多，因为在一个性爱高手的带领下体验到的快乐远要比自己摸索来得精彩，可他也比很多雏儿悲哀，因为在这样一个老手的带领下，他完全丧失了主观能动性，只是机械地完成了一系列动作，甚至在最后爆发的那一刹那都不知道自己到底在干什么。

整个上半夜郝敏犹如一台无须动力提供的永动机，不停地对张胜利说她还要，她还不满足。张胜利只好一次次勉为其难地应付过关，中场休息时，早已筋疲力尽。下半夜郝敏昏昏沉沉睡了过去，张胜利却失眠了，向来不知愁为何物的他平均每分钟要叹气50次，心乱如麻，真恨不得掏出来梳理清楚。他的脑子里浮光掠影般地将过去22年的人生回味了一遍，直到黎明破晓前才下定决心要对这个女人负责。“我根本不在乎她是不是第一次，更不在乎她是不是有过很多男人，我只在乎自己是不是真的很喜欢这个女人。”张胜利坚定不移地对自己说。然后他轻轻吻了一下郝敏的面颊，在心中再次强调了一遍：“我爱你，就不会让你再受伤害。”在他的理解中，或许以后的生活就将完全不一样，或许为了这个女人他将永远告别麻将，从此陪着她，守着她，逗她开心，给她温暖，而只要等天一亮他就会把郝敏带给宿舍里的几个哥们儿看，让他们明白自己也拥有了快乐的爱情，要是一切顺利，他甚至决定在毕业后就娶郝敏做老婆，张胜利知道自己对女人并不贪心，一辈子能够好好爱一个人就已足够。

在考虑好这一切后张胜利幸福地进入了梦乡，郝敏很快出现在他梦中，梦里郝敏泪流满面地吻着他，说她要离开他，因为她很脏，她配不上他。郝敏还说直到现在才发现原来自己终于又可以爱一个人了，这个人就是他张胜利，可正因为是真爱，所以她只能选择离开，她绝对不能让过去的尘埃玷污了这份来之不易的爱。

这个梦做得很压抑，好几次张胜利想拉住渐渐消失的郝敏却无能为力，最后醒来时已日上三竿，身边的郝敏早不知去处，唯一清晰可见的是枕巾上的一摊泪痕，象征着又一个伤感的爱情故事在这个世界上诞生。

在随后的半年内，张胜利最起码找过郝敏100次，说要说个明白，然而郝敏从头到尾只对这个深爱她的男人说过一句话：“我不认识你。”

张胜利哭过、怒过，像狗一样跪在郝敏面前过；买过1000朵红玫瑰以表心迹；在女生宿舍门口弹唱过《痛哭的人》；在电台里给郝敏点过无数首情歌，通过DJ的声音告诉全上海人，他一辈子只爱这个女人；发誓过要拿浓度99.9%的硫酸泼她的脸；还在星空下喝得醉生梦死过；用刀子在自己胳膊上刻过她名字；像偷窥狂一样跟踪过郝敏；在苏州河边抽了两包烟考虑要不要跳下去过……张胜利做了这一切，没人明白为什么他要对一个淫荡的女人如此痴情，没人明白一段还没有发生的恋情为什么如此撩人，更没有人明白为什么这个世界上还会有如此用情至深的男人，他们感慨，他们抒情，他们集体为之动容，可一切的一切，依然只换回一句："我不认识你！"

仿佛一切真的从来没有发生过。

毕业前几天的散伙饭上，张胜利豪饮啤酒十五瓶，最后差点儿吐得肠子都出来了，吐完后就像疯子一样跑向女生寝室说要去强奸郝敏，马平志等几人费了九牛二虎之力才把这个强奸犯拉住，路灯下张胜利泪流满面，最后对天长啸一声，对着上帝居住的方向撕心裂肺高喊："我好恨！"

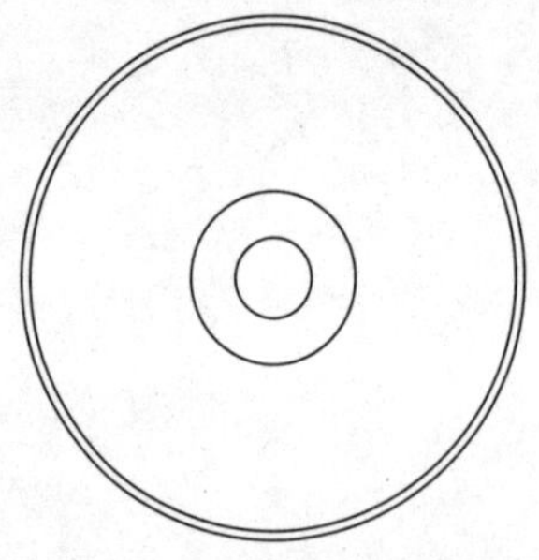

本章插曲

有没有想我

小5

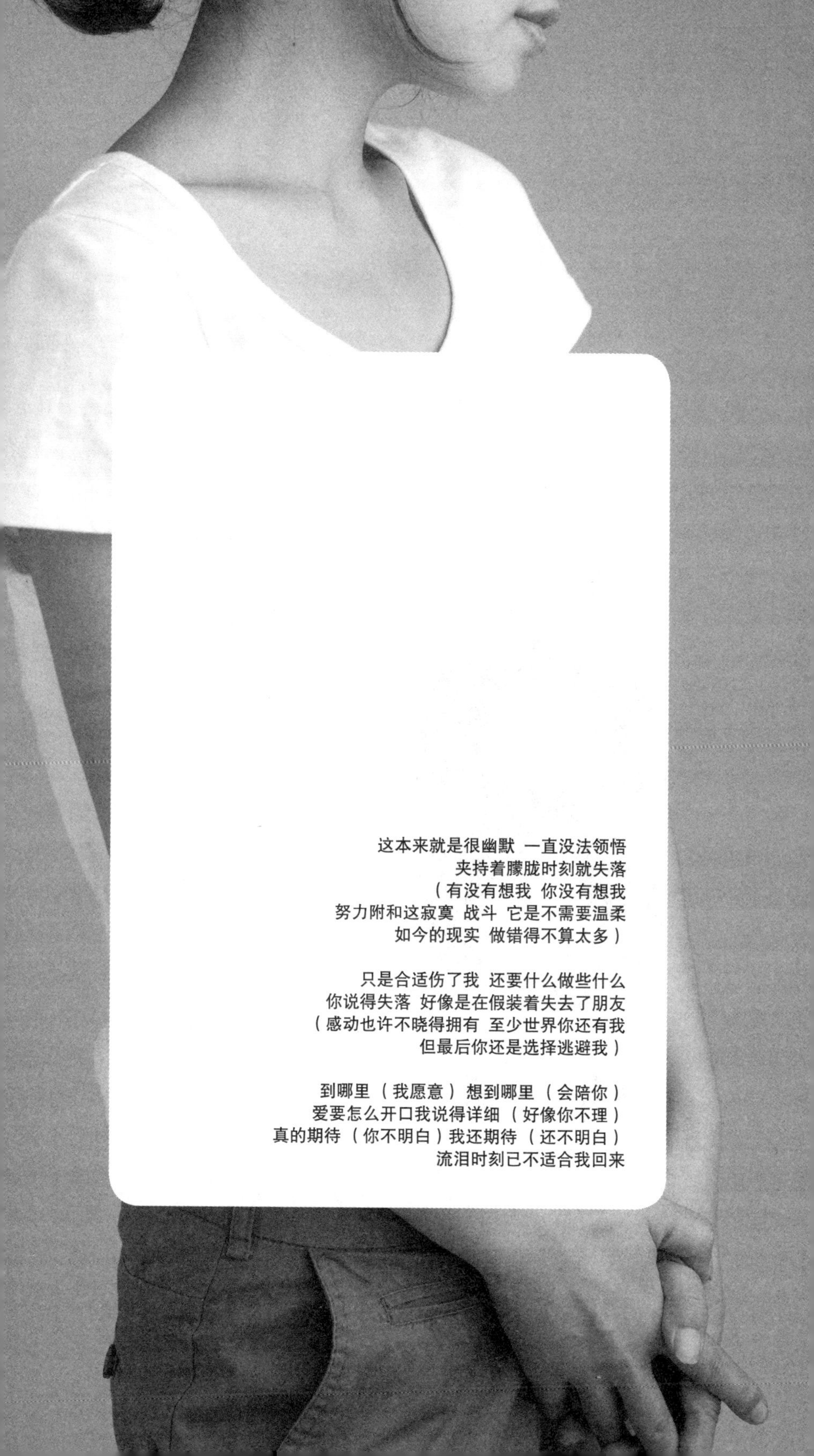

这本来就是很幽默 一直没法领悟
夹持着朦胧时刻就失落
（有没有想我 你没有想我
努力附和这寂寞 战斗 它是不需要温柔
如今的现实 做错得不算太多）

只是合适伤了我 还要什么做些什么
你说得失落 好像是在假装着失去了朋友
（感动也许不晓得拥有 至少世界你还有我
但最后你还是选择逃避我）

到哪里（我愿意）想到哪里（会陪你）
爱要怎么开口我说得详细（好像你不理）
真的期待（你不明白）我还期待（还不明白）
流泪时刻已不适合我回来

第八章

Chapter

终须一见

搬家的次数越来越多
打包的行李越来越重
开始是两个人
后来是一个人
为什么还有那么多东西要带

一小瓶豆腐乳已经过期
最后还剩了一小块
那时候我们每天吃得很寒酸
连这一口都不舍得
吵架不舍得摔东西
你哭到一半接到妈妈的电话
还要假装自己很快乐

关于未来我们不是没有想过
你会成为我的妻
而我们会有一幢宽敞的房子
早晨不用和其他五个人抢着上厕所
你不用洗衣洗到骨节发白
我不用加班加到眼圈发黑
我们可以躺在阳台的藤椅上
日头底下飘着七色浮云
我给你讲阿里巴巴和四十大盗

最后一次搬家的时候
我吃完了那块豆腐乳
然后拉了一星期的肚子
在那场漫长的痛苦结束之前
我狠狠地让自己不去想你

1

苏杨第一次见到白晶晶的父母是他们恋爱一周年时，那时两人都濒临毕业，前途渺茫。白晶晶的区长老爹打算安排宝贝女儿到国外再上两年学，反正看白晶晶岁数还小，家里也不指望她挣钱，出去玩两年再回来怎么说也是个海归，这样他老脸也光彩。

只可惜老头子的蓝图描绘得虽然很好，却遭到了白晶晶的坚决反对。白晶晶反对的理由是她太爱上海舍不得离开这个城市，傻子都听得出来这个理由根本不成立，要是放到两年前，白晶晶听到有机会出国肯定想也不想拎起个小包就走。可现在不一样了，现在她有了苏杨，她正享受着美妙的爱情，现在要她出国要她离开苏杨那简直要了她的命，不要说去国外，就算去火星她也不会考虑。

白晶晶的父母早就知道宝贝女儿在和一个叫苏杨的小伙子谈恋爱。在一般情况下，白晶晶的父母对她的感情生活是不太过问的，不过问的原因不是不关心，而是太放心。白晶晶的父母年轻时都风流成性，在那个年代算是出类拔萃的情场高手，特别是白晶晶的老爹，年轻时长相俊美酷似木村拓哉，17岁那年响应党的号召插队到云南一个小镇，短短几年插队生涯，差不多俘虏了那个小镇所有少女的芳心，干了不少风流韵事，直到现在白晶晶都怀疑云南是不是有她同父异母的兄弟姐妹。

而白晶晶的妈当时正在贵州一个部队农场接受劳动人民再教育，是名震全农场的三朵金花之首，每天晚上都有N个小伙子为她赛歌，每年都有人为她武斗。最后不知道怎么阴错阳差这两大高手搞到了一起，迅速产生了爱情也迅速产生了白晶晶。

白晶晶的父母眼瞅宝贝女儿一天比一天漂亮，也一天比一天心狠手辣，中学里谈了几次恋爱每次都大获全胜，把那些小朋友杀得血本无归，知道白晶晶在玩弄感情方面是青出于蓝更胜于蓝，因此看到白晶晶和苏杨谈恋爱时他们根本不害怕女儿受伤害反而为苏杨担心，深怕有一天弄出人命来就不好收拾了。

白区长在F大耳目众多，学校高层领导都是他的座上宾，所以白区长对白晶晶在学校的举动很是清楚。白区长第一时间就获知了白晶晶和苏杨谈恋爱的消息，当时感慨了一下说女儿太风流了，这样玩弄感情也不是办法，后来过了几星期一打听发现白晶晶居然还没和苏杨分手，而且感情一路坚挺，这让白区长很是纳闷，心想这个叫苏杨的家伙看来来头不小啊！不知何方神圣，能把他女儿驯服得如此温顺，得好好调查一下身世，于是让人把苏杨的档案调了出来，一看大为惊讶，这个牛人居然是个外地人，而且无钱无势人长得也不帅，白区长百思不得其解。

其实白区长年轻时也没有钱，每天累死累活只挣三个工分，那时也没势，当个小宣传员人前人后听差遣，但他照样可以风流可以玩弄无数女孩的感情，所以这个道理他其实应该想得通，在彻底了解苏杨的身世后，白区长面露冷笑心想就凭你这样的条件也想和我女儿谈恋爱，玩笑开得太大了吧？看来得棒打鸳鸯了，于是联合白晶晶的老妈成天在白晶晶耳边唠叨让她和苏杨分手，两人不仅列举出苏杨三宗原罪：人长得不帅、家里没钱、外地人，还居心叵测地恐吓白晶晶说要是嫁给这种穷人以后生病了都没钱治，只能眼睁睁等死。

两人的话虽然具备一定的威慑力，只可惜白晶晶从小就养成了不听父母话的习惯，父母越是反对她越是不听，动不动还发怒说：“我的事情不要你们管！”白晶晶的父母看恫吓无效，于是决定封锁白晶晶的经济来源，心想：不给你钱看你怎么活，到时还不是乖乖回家听候发落，结果两人的良苦用心再次落空，白晶晶7岁时就开始存私房钱，现在她都20岁了谁也不晓得她的私房钱到底有多少，反正买辆小车估计没什么问题，所以就算经济封锁，白晶晶也不会在乎，就这样冷战了两个月，反对者彻底崩溃，和女儿长谈一宿后决定暂时不强行拆散两人，但要亲自考察一下苏杨的为人，用他们几十年的道行判断一下这个家伙是不是个大色狼，对他们女儿到底用了什么样的妖法，让她如此鬼迷心窍。

2

苏杨听到白晶晶要带他回家吃饭时大为惊喜，心想上海人就是开放，八字还没一撇做父母的就等不及要见毛脚女婿了，难道自己太优秀了？

苏杨这边越想越快乐，白晶晶那边却心事重重。白晶晶知道此行颇多凶险，凭她对父母的了解，她知道绝非吃顿饭那么简单，弄不好就是鸿门宴，去吃饭是两个人，吃完饭就成一个人了。可虽然担心她还是抱有一丝幻想，期待短兵相接后会有奇迹发生，万一苏杨能够获得自己父母的认可，以后在一起就名正言顺了。

白晶晶知道如果让父母看到苏杨不修边幅、吊儿郎当的样子肯定会觉得自己在和疯子谈恋爱，到时再怎么努力也是白搭，于是提前一个月就开始对苏杨进行调教，诸如：说话声不要大，公共场合不要说家乡话，走路不要摇头晃脑，微笑时牙齿不外露，吃饭不能发出声响，喝汤要从汤勺前喝，别人面前的菜别抢着吃……细心得像教育自己的儿子，白晶晶又掏出数千人民币给苏杨从上到下，从里到外买了套新衣服，如此经过大半月的魔鬼训练后，苏杨从外表到灵魂都有了很大提升，就连白晶晶看着焕然一新的苏杨也比较满意，心想勉强可以去见自己爸妈了。

到白晶晶家的那天早上苏杨穿着白晶晶给他买的新衣服，昂首挺胸，意气风发。其实这是苏杨二十几年来第一次穿戴得如此正经，感觉显然不错，就连说话也有力度了许多。白晶晶的穿着也很有味道，Cavalli紫色连衣裙将她的身材衬托得完美无瑕，脚上的Prada金色高跟儿鞋更是平添了几分高贵。两人站在F大门口等接他们的车子，那些进进出出的学生都看得啧啧称赞，就当大伙交头接耳议论时，一辆乌黑闪亮的奥迪A6一阵烟似的停在苏杨和白晶晶身边，两人欠身进去，奥迪屁股喷出一阵青烟，一个加速绝尘而去，看得这些学生更是目瞪口呆，暗自惊讶F大什么时候出了这种牛人。

白晶晶的家位于上海最繁华的徐家汇商业区附近的一个小区，该小区所在地以前属于外国领事馆，小区内矗立的都是欧美风格的洋房别墅，每幢别墅都有自己的私家花园。小区里还有人工瀑布和人工湖泊，门口24小时都有装备齐全的保卫巡逻，一般人根本进不去，所有这些都宣告着这个小区的高档。此前，苏杨对高档住宅的印象还停留在报刊杂志的宣传画册上，可等踏进白晶晶家门的那一刻，他感到那些画册根本无法表达一所完美住宅所拥有的气质。白晶晶家其实也不是很大，上下共三层，500多平方米；房间也不多，三口人住四间卧房，外加两间客房一个储藏室，还有一间迷你酒吧；装饰看上去也不算太雍容华贵，也没有什么金碧辉煌的器什，不过墙上悬挂的书法字画真迹，墙角摆放的花瓶名卉，以及各种精巧别致的工艺品，倒也显得书香气十足。苏杨那时对上海的房价还算留意，知道在这块地段买这样的复式公寓没有1000万绝对买不下来。他虽然早对白晶晶家的富裕程度作了足够想象，可还是深感惊讶，犹如刘姥姥进了大观园。

白晶晶的老妈在看到苏杨的第一眼时，心里暗自一惊，心想小伙长得不挺好的吗？眉清目秀，气宇轩昂，不像先前别人说的那样灰头土脸的嘛！于是一颗悬着的心也就放了下来。说实话，自从白晶晶的爸爸在政府做官以来，白晶晶的老妈一直养尊处优，十几年下来外国人见了不少，外地人倒没见过几个，慢慢也就忘记当年上山下乡时和外地人朝夕相处的情景了，总认为外地人如何猥琐，如何肮脏，现在看到苏杨意气风发的样子，心中顿时轻松很多，这第一眼的印象分显然不低，面容间也和颜悦色起来。

白晶晶把苏杨领进门，指着父母对苏杨说："这是我爸爸妈妈。"

苏杨立即毕恭毕敬地鞠了个躬，幅度接近90度，从小嗓子发出讨好的声音："叔叔，阿姨，你们好！"

白晶晶的爸爸在官场奋斗多年，早养成深藏不露的性格，虽说第一次看到女儿带个男人回家觉得很神奇，暗自还有想笑的冲动，却也只是淡淡应了声，然后面无表情地对苏杨说：

"你先坐下，我们聊会儿！"

苏杨坐定后，白晶晶到厨房和她妈一起张罗午饭去了，白区长用那双深不可测的眼睛打量着苏杨，貌似随意地问了些苏杨的家庭情况，苏杨都据实回答，不卑不亢，虽说对答如流，内心却始终紧张。等白晶晶母女把饭菜端上宣布开饭时，白晶晶的老爸突然说中午有应酬要出去，然后和白晶晶的老妈耳语了几句就走了，白晶晶的爸爸此举让苏杨一阵心慌，暗自担心刚才什么地方说错了。

不过那顿饭吃得还算太平，白晶晶的妈没什么废话，只是不停招呼苏杨吃饭。吃完饭后，苏杨和白晶晶坐在真皮沙发上看了会儿电视，下午两点告辞回校，白晶晶则留在家里陪父母。苏杨一走白晶晶忙问老妈对苏杨的感觉如何，老妈意味深长地说："小伙子人品倒也可以，就是家里太穷了，你跟他会受苦的，我们现在不支持也不反对，不过希望你自己想清楚，如果你选择一个生活质量和你有很大差距的人在一起生活，将来肯定没有幸福。”

白晶晶的老妈“不支持，不反对”的总结算是给两人的感情定了性，虽没有得到积极承认，但也算取得了阶段性的胜利，就像一个在上海打工的外地人，虽然没有本地身份证，但却领到了暂住证，不至于半夜被可爱的警察叔叔给赶回家。

当然，两人欢庆之余还算头脑冷静，知道情况并不容乐观，所以此后交往颇为自觉，不管有什么事都尽量瞒着白晶晶的父母，白晶晶在家时更是绝口不提苏杨，倒是白晶晶的老妈有时忍不住问他们关系如何，白晶晶则会装傻：“还可以吧，哎呀，你别烦了！”一句话含混了事，留给她爸妈一个巨大的问号，只能充分发挥其想象力。

3

大四刚开学，苏杨班上的同学泾渭分明地分成两拨。一拨是考研派，这帮人心思比较狂野，寒窗苦读十余载还觉得不过瘾，决定在知识的道路上走得更远，继续探求科学奥秘。还有一拨是工作派，这些人更有意思，离毕业还有整整一年就摩拳擦掌，成天拿着《前程无优》、《职场指南》之类的人才报到处找工作。

虽说F大是重点大学，新闻专业又是重点专业，但如今大学毕业生是越来越多，工作也越来越难找，所以求职情况并不乐观。前几年F大新闻专业的毕业生十分抢手，不管到什么单位开口没有少于每月3000元的，这还不算上奖金。可过了没两年，职场就风云突变，新闻专业的毕业生再不是人才市场的香饽饽了，一个月能拿1500就很不错了，就这还得甩着胳膊去争取。所以苏杨那届毕业生始终弥漫着悲怆的味道，看着那些穿得西装笔挺，手里提着公文包匆匆找工作的毕业生，低年级学生个个风萧萧兮易水寒，胆大者不安胆小者更是惶惶不可终日，真恨不得能立即找个单位去实习，哪怕不拿工资给口饭吃也成，以免到时候因为没有工作经验而惨遭淘汰。

在这两拨人的映衬下，苏杨的地位就显得很尴尬，首先，苏杨绝对不会考研，考研在苏杨眼中无疑是一种极度变态的行为，书读了十几年早就觉得大脑超载，再输入一点点文化知识都是对生命的摧残，在学习的道路上，苏杨一直告诫自己要点到为止，能把F大文凭混到手他已经十分知足。

另外苏杨也不想找工作，苏杨不考研并不代表他讨厌学校生活，大四时，苏杨如鱼得水过得很是称心如意，声名和爱情一手掌握，除了前三年积攒下来的几门科目需要在毕业前补考之外，作为一个大学生可以享有的快乐他都享到了，所以毕业前，苏杨的心态很有点儿封建地主的感觉，不愿面对新生活，而是一味抓着手上的几百亩土地和几房妻妾，享受着他的糜烂生活，至于改朝换代后的生活不作多想。

苏杨不找工作是因为不想面对现实，白晶晶不找工作则是因为不需要面对现实。白晶晶学的专业是世界经济，虽然每次考试都是晃晃悠悠地过关，专业论文写得也不见得比初中生强多少，但只要有张F大的毕业证再加上她老爸的权势，毕业后找份优越的工作那是太Easy的事。因此大四第一学期，两人过得很是神仙眷侣，成天粘在一起风花雪月，让无数鸳鸯羡慕不已。

白晶晶起初对苏杨不找工作的态度表示接受，心想大四第一学期就找工作的确是早了点儿，自己的老公果然胆识过人，够镇静，够男人。可没想到大四下学期过半了苏杨还是按兵不动，一天到晚悠闲地享受阳光和爱情，白晶晶问他还想不想找工作了，结果他特天真地说：“不急不急，过几天再说。”

白晶晶可没苏杨那么天真，知道没工作就意味着没钱，没钱就意味着别人吃的她吃不到，别人用的她用不起，没钱就意味着会被别人瞧不起，最后饿死也没人同情，等过了一个月，白晶晶又问他什么时候找工作，苏杨居然又说："不急，再过几天。"

白晶晶没有再听之任之，再过几天就毕业了，到时候没工作喝西北风去啊！于是赶紧和苏杨谈了次心，像教导主任一样循循善诱了老半天，并以分手相逼，总算取得一定成效。

新闻专业毕业生的工作方向大体是到媒介做记者，要不就是去文化公司或者随便什么公司做策划之类的。苏杨对媒体的感觉一直不好，觉得它们总爱撒谎，欺骗老百姓，自然不愿助桀为虐，想来想去还是去广告公司混混儿算了，那天被白晶晶训导后就乖乖上网下载了简历模板，然后咬着笔头回味了一下大学生活，前后花了十分钟就写好了简历和一封声情并茂的求职信，最后连同一些乱七八糟的证书到校文印室复印了十几份，顺便买了邮票和信封。就这样别人几个月做的事他一小时全搞定，接着又到人才网上找了几家广告公司。最后把求职信扔到邮箱时，苏杨突然有点儿小伤感，仿佛这个简单的行为预示着某种告别一样。

求职信发出没几天后苏杨就接二连三地收到面试通知，白晶晶兴奋得像麻雀一样在苏杨身边成天嚷嚷，让他积极应战，并在第一时间买好了西装和领带，苏杨只好无奈地拎着公文包一家家去面试。

4

面试的第一家公司是做电视广告的，时间是上午十点，那家公司位于长宁区定西路，离F大有好几十里地，苏杨倒了三趟车，又走了20分钟，前后花了两个半小时总算找到那家公司。表明来意后前台递给苏杨一张印有考题的A4纸，然后把苏杨带到会议室，示意苏杨按题目要求写篇广告文案。

会议室里已有几个人，个个趴在桌上奋笔疾书，看到苏杨进来了抬起头用迷惘的眼神瞅了他一眼，表情冷漠。苏杨坐定后看题目是写一个补肾产品的电视广告文案，这种文章苏杨从没写过，不过想来和新闻稿没多大区别，思考了片刻就奋笔疾书起来。

苏杨的思路比较活跃，文案写得很流畅，写好后他摇头晃脑地看了几遍，觉得自己简直是天才。面试小姐收了稿子就示意苏杨回去，说有消息会通知他，听到这话苏杨有点儿胸闷，心想老子起了个大早，老远跑过来就是为了做这张卷子的啊？面试连个人都没见到可真失败。然而见不到人还不算失败，真正失败的是苏杨那篇上佳的文案根本没被通过，那家公司的文案总监看了几眼苏杨写的文案，淡淡说了四个字："狗屁不通！"然后揉成一团扔进了垃圾篓里。

苏杨面试的第二家公司是做汽车广告的，这家公司在黄浦区，挨着南浦大桥，公司规模比上一家还要小，直接开在居民楼里，一套两室一厅的普通住房就是这家公司的全部，这让苏杨感到不可思议，居然有这样的公司，难道这就是传说中的Office吗？这次面试倒是见到人了，而且直接见到了总经理，事实上这家公司所有的工作人员加起来也不超过个位数，总经理看起来慈眉善目，很是健谈，问了苏杨一些基本情况后，大发感慨说苏杨就是他们急需的人才，他现在代表公司真诚邀请苏杨加盟，虽然公司现在规模不大但前途无量，根据他的规划半年内公司会代理全上海的汽车广告，明年就在纳斯达克上市赚老美的钞票，所以只要苏杨在他这里好好工作将来肯定大有前途。

苏杨长这么大从来没被别人这样承认过，反而弄得不自信起来，同时担心其中有诈，于是旁敲侧击问在这里工作每月能拿多少钱，那老总听后哈哈大笑两声，说绝不少于5000元人民币，苏杨这才放了心，大话也多了起来，说自己才华横溢为人谨慎，一定可以圆满完成公司的任务。

两个骗子交谈得热烈融洽，仿佛穿着同一条裤子。苏杨心想自己能找到月薪5000元的工作那真是前世修来的福分，看回去让那帮孙子怎么嫉妒，于是立即表现出想要加盟的强烈愿望，那老总看苏杨表态后突然话锋一转，说公司现在刚刚起步，所以一开始每月只能给500元，其他钱要看销售业绩，苏杨大吃一惊，心想才几分钟怎么就从5000元变成500元了呢？再说自己应聘的职务是文案，怎么和销售挂钩呢？老总看出苏杨的疑惑，于是解释说公司正处于发展阶段，公司员工都以一当十，文案人员同时也要销售，苏杨这才明白为什么前面进来时看不到几个人在工作，敢情都出去跑业务了，明白猫腻后的苏杨心里像吃了苍蝇一样恶心，于是找了个借口向那个还在夸夸其谈的老板道了别，灰溜溜地回去了。

毕业前苏杨面试了不下十家公司，无一成功，有的公司要求高得吓人，搞市场调研都要MBA，没工作经验直接让你滚蛋。还有公司直接以骗钱为宗旨，各种各样的骗术争奇斗艳，有搞传销让你花3000元买他一堆垃圾化妆品的，有让你先缴200块保证金然后第二天公司就消失的，有说做日化产品实际上让你去菜场卖牙刷的，还有公司说是陆毅的经纪人公司，他们准备把苏杨包装成内地最牛B的偶像，像刘德华一样受人欢迎，而做到这一切只消苏杨缴5000元培训费……

一次次失败让苏杨变得彻底心灰意懒，更加坚定了毕业前不找工作的决心，任凭白晶晶再怎么威胁恫吓也不为所动，白晶晶见游说无效只得放弃了努力，心想毕业后再找好了，大不了到时自己赚钱养着这个浑蛋，反正饿不死。

5

李庄明不知道自己会不会原谅张楚红，反正他肯定不会原谅自己。如果上天给他一个重新来过的机会，他肯定不愿意认识张楚红，他宁可自己是一个真正的白痴，哪怕打一辈子光棍也不愿承受爱情破裂后引发的痛，那痛苦无穷无尽、连绵不绝。

他永远都无法忘记那个夜晚，他和张楚红相恋一周年的纪念日，皎洁的月光下，在他心中犹如圣女的张楚红告诉他，其实这一年内她和三个男人保持着固定性关系，至少还和20个陌生人搞过一夜情，甚至和李庄明隔壁寝室的赵中华在操场上缠绵过一夜。

李庄明静静地听着这些，刹那间有一种灰飞烟灭的感觉，他像一条不折不扣的疯狗冲上前摇着张楚红的胳膊问为什么会这样？究竟发生了什么？是不是他还不够好？为什么她要背叛他？为什么……

张楚红一把推开他，然后冷冷地说："我需要性，可你给不了我，我只能找别人。"

李庄明一屁股坐在地上，不停摇头，面如死灰，放声而泣。

李庄明可以否认很多事实，比如否认7岁那年偷了邻居家一块钱，然后买了平生吃的第一支冰激凌；否认初中时将班上第一名的学习资料全部扔到了垃圾桶，只因为他不想有人学习比他好；否认18岁那年偷偷躲在村里一个叫王金花的寡妇家门口，透过门上的缝隙看王金花洗澡；他甚至会否认自己有一个瘫痪的母亲，有三个姐姐还有两个弟弟，他5岁那年父亲就得了癌症永远离开了他……

是的，这些他从来没对任何人讲过，他想否认这些事实确保自己能和别人一样正常生活，他害怕被鄙视，更害怕被同情，他不想别人觉得他很可怜，所以他扮酷，他装傻，他要自己变得卓尔不群。可无论如何，他都无法否认自己是一个性功能障碍者。

当1999年12月的那夜，他成功褪去张楚红的内裤后才发现这个挨千刀的事实，从此活在这个阴影中，他哭过，恐惧万分，深夜里用棍棒敲打过那个不争气的东西，他还偷偷按照电线杆上的黑白小广告的指示在胡同深处找过老军医，吃过各种各样雄性动物的生殖器官，可都没用，该坚硬的地方始终软着，威逼利诱皆无计可施，他觉得自己不是男人，他觉得自己可怜万分，可他不甘心，没有性，但还有爱情，他知道自己真的很爱张楚红，他无法给予她生理上的快乐，每次在关键时刻总是败下阵来，张楚红打他、骂他，甚至侮辱他，他也只得默默承受，为弥补这个缺陷，他像条狗一样去服侍张楚红，恳请她不要离开自己，恳请她再给自己尝试一次的资格。

而为了表示自己已经过上了正常的男女生活，他看了很多黄碟，每次到图书馆都偷偷看《人之初》，这样在宿舍讨论会上，他就能煞有介事地发言，仿佛和其他人一样享受“性”福。他就这样辛辛苦苦地掩藏着、伪装着，更加辛苦万分地经营着自己岌岌可危的爱情，在某个时刻他似乎达到了目的，张楚红仿佛忽视了自己在和一个性无能谈恋爱，而且颇为大方地接受了李庄明那粗糙愚笨的手指。

直到那个寒冷的夜晚，李庄明才知道原来手指并不能代替自己不争气的器官，他的良苦用心始终无法维持他们的爱情。面对张楚红的诘问，他哑口无言，破碎的心快要喷腾而出，最后连哭的力气也没有了。他不怨张楚红，他只是想不通为什么一个女人会这样需要性，为什么会为了性让自己的灵魂放荡，难道性比爱还重要吗？

古人说：“山无棱，天地合，乃敢与君绝。”这难道是放屁吗？他对张楚红提出这个疑问，张楚红却只是用毋庸置疑的口吻对他说：“那是当然，没有爱我顶多是孤独，可没有性，我就会死去。”这位刁蛮的女人看着满脸绝望的李庄明，继而补充：“如果在认识你之前我没有体验过性的美妙，或许我会一心一意地去和你好，可惜，我体验过，所以，请原谅我要离开你。”

那天，李庄明流了一整夜的泪，无数次告诉自己如果还是一个男人就应该上去狠狠揍这个淫荡的女人，然后大步离开，永远都不要回头。可他做不到，黎明破晓前他只是再一次像狗一样跪在张楚红面前，恳请她不要分手，只要不分手，什么都可以，哪怕她在他面前和其他男人做爱，他声泪俱下地说：

“我知道自己很无耻，可是我真的离不开你。”

“如果你能接受，我就无所谓。”张楚红拍拍屁股上的尘土，在李庄明黑黑的额头上吻了一下，走了。

天还没有亮，世界依然显得那么安静，没有人在乎黑暗中有一个男人正在低声哭泣。

“我能接受吗？接受自己爱的女人和其他男人在床上呻吟翻滚吗？一个又一个？”

李庄明疯狂地拍打自己的胸口，对天呐喊，仿佛大猩猩，撕心裂肺，继而又哈哈大笑起来，仿佛他刚看到了一个天大的笑料，最后当初升的太阳照耀着他眼角的泪水时，他知道自己别无选择，或许这就是命吧，就像为什么别的孩子都能享受到父爱而老天却让他的父亲那么早死，就像别的孩子天天都能快快乐乐地喝冷饮，可他只能靠偷钱才能实现这个梦想，就像有人轻轻松松就能考第一名，而他每天只睡四个小时其他时间都在疯狂学习却只能考第二，李庄明说这些都是命，我挣扎了、反抗了，可是于事无补，所以我只能屈服。

此后的两年多，李庄明依然尽心尽责地履行着张楚红男友的职责。除了上帝，没有人知道在他身上发生了什么事，包括他最好的朋友苏杨。

他只是变得越来越怪异，越来越不爱和别人交往，越来越会讽刺别人，谁要冲他瞪眼他二话不说就上去和人武斗，打不过也要半夜拿砖头敲人家头。当然他也越来越哲学，说出来的话往往苦大仇深，充满玄机，让别人费解半天，他写了很多批判性的杂文，有的还在权威媒体发表，很多报纸都为他开了个人专栏，还有媒体称他是F大最后一个具有良知的知识分子，是这个时代如假包换的青年才俊，是维护这个社会民主和自由的中坚力量。

可他知道自己什么都不是，他只是一个性无能，一个比所有人都活得窝囊的可怜虫。

唯此而已。

6

基本上，没人想得到马平志会和陈菲儿分手，最起码想不到分手得会那么快，这段曾被F大所有人看好的恋情只维持了短短十个月，虽然这十个月内他们爱得很精彩，但十个月后的他们将和世界上所有的陌生人一样，相逢时无言，分手后遗忘，老死不相往来。

直到现在，关于马平志和陈菲儿分手的版本在F大还流传甚广，有人说马平志压根儿就是一花心大萝卜，说白了就是狗改不了吃屎，这种人说自己会一辈子好好爱一个女人简直是放屁，谁都知道就在毕业前两个月，这个臭流氓勾搭上一个18岁的美少女，所以毫不犹豫地将人老珠黄的陈菲儿无情抛弃。

可也有人说真正的坏人其实是陈菲儿，因为她是一个外表纯情内心淫荡的妓女，她一直背着马平志和其他男人有肉体交易，毕业前她在一个地产大亨的车里和该老板云雨大战时被马平志逮了现行，所以才酿成分手的结局。

还有人说其实这两人都不是什么好东西，他们在一起只是在做游戏，马平志享受陈菲儿的肉体，陈菲儿享受马平志的金钱。天亮了说晚安，毕业了要分手，就这么简单，根本不值一提。

作为两人最好的朋友，苏杨知道上述说法只是脆弱的假象。这个世界上有人分手是因为男盗女娼，有人分手是因为时空太长，有人分手是因为七年之痒，也有人分手是因为坚持理想。毕业即将来临，每个人都在为自己的未来细细打算，无数个爱情悲剧就在这时开始默默酝酿，马平志和陈菲儿分手的真相只是因为他们都太有主张，他们要么臣服于对方，要么只能天各一方。

陈菲儿说毕业后自己要出国继续深造，去澳大利亚或者美国。陈菲儿说只有走出去才能体味人生美好。陈菲儿对自己这个观点深信不疑，她说虽然出国需要很多钞票，但只要能出去，什么都可以放弃，哪怕是爱情。

关于未来，马平志从没想太多，无论如何，生活总要继续，快乐也好，悲伤也好，一切都是那么不确定，所以他懒得思考毕业后的人生轨迹，“车到山前必有路”永远是他信奉的真理。他唯一可以确定的是作为他的女人——陈菲儿的人生应该由他来决定，他让她向东她就要向东，他让她向西她只能向西，她要出国更是需要得到他的同意，这其实是狗屁不通的逻辑，可马平志却认为是真理，或许他的家族祖祖辈辈都是男权主义，女人只是名义上的伴侣、实质上的奴隶，所以马平志想当然认为陈菲儿的未来掌握在他手中，他要干什么陈菲儿只能服从。

对于陈菲儿的出国梦，马平志觉得不但幼稚而且荒谬，在他眼中没有一个城市比上海美丽，没有一个国家比中国神奇，他实在不明白为什么要费尽心机地离开这个充满诱惑的地方？他更不明白如果陈菲儿真的离开上海，他们的爱该如何继续，还会不会继续？

为了毕业后到底出不出国，陈菲儿已记不清和马平志吵了多少次架，吵到最后，所有的理由都变得苍白无力，只剩下互相一味地指责，陈菲儿指责马平志阻碍她人生的发展，马平志指责陈菲儿辜负他的良苦用心，两人都显得那么受伤，并不约而同将分手作为威迫对方的唯一武器。马平志和陈菲儿分手的最后场景，苏杨依然记得无比清晰，就在一条他们走了无数遍的林荫大道上，当事双方在那里完成最后一场争吵，而苏杨只是站在一旁观战，仔细思考。

和前面N次一样，争吵并没有达成任何妥协，具体细节都可忽略，他们时而抱头痛哭，时而奋力抽打对方脸庞，争吵到最后，马平志突然恢复绅士风度，面露微笑，他心如刀割，却睁眼看天，对着他深爱却又把他深深伤害的女孩说：

“一路走好！”

“一路走好”——所有的海誓山盟到最后只剩下这样一句平淡无奇的话语。苏杨静静地看着这两个已经发疯的男女，他们是最相爱的恋人，也是最具杀伤力的敌人。这一切很不真实，让人感觉像在看一场爱情电影。仿佛就在昨天，他们才开始恋爱，陈菲儿嘻嘻哈哈地说自己终于找到了真爱，马平志紧紧搂住这个女孩，在她耳边说我们一辈子不要分开，可才过了短短十个月，所有的誓言就烟消云散，不再回来。

苏杨想如果把四年的故事串联起来重新回顾，用恍然如梦形容毫不为过。张胜利还是天天堵在郝敏宿舍楼下，说要问个明白，然后每晚醉得一塌糊涂，他说只有醉了心才不会痛，醉了他才依然还有梦。

李庄明仍然管家似的天天围着张楚红转，像一个刚刚吃到糖果的幸福小孩，谁要在他面前说一句张楚红的坏话，他就像疯子一样和别人打架，可有天夜里这个幸福的孩子却扑到苏杨怀里哭得地动山摇，他嘴里不停地唠叨，他说他好恨，恨什么，却无人知道。

苏杨觉得越来越看不懂这一切，为什么马平志和陈菲儿会这么固执，爱情又不是战争，恋人又不是敌人，让一让又何妨？投降又何妨？为什么一定要拼个你死我伤，为什么一定要闹得天各一方？

苏杨突然想到了白晶晶，想到了自己和白晶晶间的矛盾其实更严重。想到这点苏杨不寒而栗，他们的明天将会怎样？会不会一样是悲剧收场？到时候自己是痛苦地哭，还是傻傻地笑？是假装坚强，还是彻底绝望？

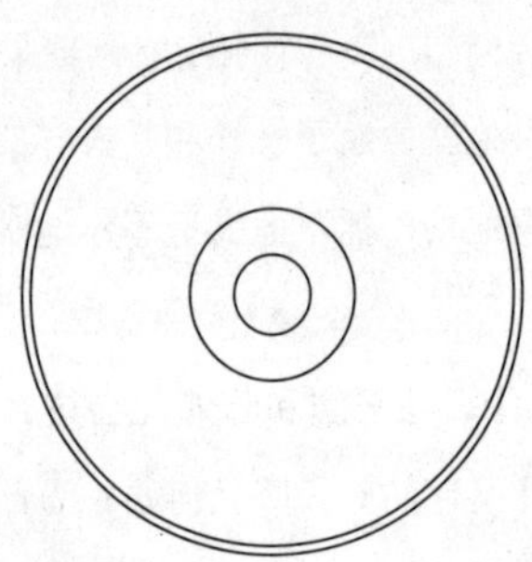

本章插曲

约定好的

孙子涵

给不了陪伴 破坏的是安全感
变冷漠的人 会把委屈列成清单
逢人细数伤感 证明分开有多应该
不知从何时起 我们的爱越来越淡

刚牵手的时候 有走到最后的勇敢
想分手又不缺理由

约定好的 你却当做没说过
你说放我拼搏 想被我保护着
你说等我 练就降龙十八掌 就有资格带你流浪

我本来就孤单再多一点没什么
懒得吃早餐 贪黑看电影没人管
虽然好久没有 你嘟嘴在旁数落我
才明了我一直难过

约定好的 你却当做没说过
你说放我拼搏 你会乖乖等我
你说等我 练就降龙十八掌 就有资格带你流浪

你说你喜欢有理想的男孩 还要能够能够像郭靖可靠实在
我开始努力开始拼搏不管多难 想到有天能保护你就变得勇敢
当我不再是一个简单的宅男 你要分手的理由是我没陪伴

约定好的 你却当做没说过
你说放我拼搏 你也说离开我
你说等我 练就降龙十八掌 你已经不再想流浪

未完的情节 当倒带重新再看
当年嘴里的梦 像预期一样好吗
为何我努力地努力地变成另个人
最后你却又喜欢上一个

第九章

Chapter

虚妄之约

四年前我渴望离家去远方
四年后我渴望从远方回家
四年前我们唯一面对的问题是考试
四年后我们除了考试所有的问题都要面对
四年前我们谈及爱情，总是羞涩
四年后我们谈及爱情，却是生涩
四年前我们为打一个电话四处寻找公用电话
四年后我们有了苹果四代，却依然四处奔波
四年前我因为不懂而痛苦
四年后我因为懂得而痛苦
四年前我认为我需要很多人的爱
四年后我知道很多人需要我的爱
四年又四年
下一个四年
我会变成什么样

1

毕业了，梦醒了！

毕业了，分手了！

毕业了，失业了！

毕业了，我们一无所有。

2000年6月苏杨从F大光荣毕业，一个绽放了四年的美丽泡沫正式破灭，另一个更加美丽的泡沫逐渐成形，从此他的生活别有一番风景，只是辨不清是喜还是忧，看不清是罪还是孽，犹如史前的蛮荒人，在面对另一个世界时或欢呼雀跃或泪流满面。

面对未来，很多毕业生都坚信人生会更加美好。因为他们满腹经纶，外面的世界很精彩，只要稍稍努力就可以赚取很多钞票，他们无须投机倒把也能出人头地，所以他们欢呼雀跃，站在学生生涯的边缘，一边自豪万分地和过去说Bye-bye，一边对充满希望的未来哈哈大笑。

相比其他同学的兴高采烈，苏杨总保持着别人无法理解的平静，一如既往地去图书馆看书，到食堂吃饭，晚上和白晶晶散步，一副安静祥和的模样。苏杨几乎拒绝了所有同学的散伙饭的邀请，拒绝在精美的毕业纪念册上留言，甚至拒绝在校门口合影留念，哪怕是他大学四年里玩得最好的兄弟。他总是用种洞悉一切的口吻对所有依依不舍的人说：“尘归尘，土归土，走的走，留的留。”沧桑得像一个濒临死亡的老道。

没人知道他为什么会这样冷漠，包括白晶晶，不过她还是在苏杨平缓的眉头发现了一丝忧愁，她发现这个人总是一遍又一遍不厌其烦地走着F大所有的大路小道，看每一处不起眼的花花草草时眼里噙满泪水。后来白晶晶分析，认为苏杨之所以会拒绝别人只是因为他在拒绝毕业，更是在拒绝社会，其实他比所有人都舍不得分离，哪怕是那些曾被他凝视过的花花草草也舍不得告别，他的心比谁都要柔弱。

马平志和苏杨一样毕业前没找工作，他想自己开公司，对他而言，每个月为了两三千人民币朝九晚五上班简直是糟蹋青春。2002年上海市政府开始鼓励大学生创业，不但有若干优惠条件而且三年不用缴税。别人开公司最愁没钱投资，马平志最不愁的就是钱，他的富爸爸一看儿子如此胸怀大志，甩手就给他100万作前期运营资金，要是经营不善亏了，就当缴了学费。

八月底马平志的广告公司在五角场一幢写字楼里轰轰烈烈开张营业，不管什么行业什么产品，他都负责提供咨询和策划方案，反正没有他不能做的业务。马平志说自己根本不懂什么咨询，更不要说策划，但他知道这行来钱快，有“钱”途。他会吹，更会骗，骗不到大不了就跑，所以，他相信自己肯定能成功。

开业第一天马平志在上海著名的声色犬马场所“天上人间”请苏杨吃饭，同去的还有他新招的秘书方小英，酒桌上马老板挥斥方遒，指点江山，大声点评中国经济华尔街股市道·琼斯指数，皆如数家珍，说得唾沫四溅、日月无光，方小英不失时机递上根“三五”，然后娇滴滴地说：“老板，请抽烟！”

苏杨边听边点头，并真心祝福他早日成功。讨论完经济后，两人又畅想了会儿未来，对于未来，苏杨很悲观，马平志却很乐观，找不到共同语言，因此气氛有点儿尴尬，幸好有方小英在一旁恰到好处地发骚，不断往马老板嘴里夹菜，劝两人喝酒，还接二连三讲黄色笑话逗乐，多少活跃了现场气氛。

几瓶啤酒下肚，苏杨的思维慢慢活跃起来，苏杨头一歪，白眼球一翻，对着马平志幽幽说：“陈菲儿……陈菲儿出国了。”

马平志愣了一下，眼圈立即红了起来，缓缓放下手中的酒杯，满脸黯然神伤，继而又仰头将杯中啤酒一饮而尽，怨恨地说：“还提她干什么？我都忘记了！”

2

“我都忘记了！”赌徒张胜利压根儿没打算在上海找工作，这个城市留给他太多伤心回忆，一毕业他就收拾行囊回老家继承他父亲如日中天的事业去了，在火车站他对苏杨等一帮送他的兄弟很是轻松地说：

“我已记不得郝敏是谁，我只记得这四年麻将打得很爽，兄弟们，我会想你们的。”

那是一趟傍晚六点的火车，列车在如血残阳下长鸣一声，朝北方奔去。据那趟车的列车员回忆，车上有个二十出头的小伙子整整哭了一路，无论谁劝都无济于事，没人知道他这么伤心到底是为了什么，是为了爱情还是为了兄弟，是为了遗忘还是为了告别。

“我无法忘记，也不想忘记！”已考上本校新闻传播专业研究生的李庄明毕业前学会了抽烟，每个黎明或黄昏，他都躺在那张睡了四年的木板床上，看着进进出出的同学，间或对其中某人淡然微笑一下，然后继续保持他阴冷的姿态。谁也不知道这个人到底在思考什么，他是那么孤僻，还有点儿忧郁，躲在黑暗中一根又一根抽着四块钱一包的中南海香烟，一直抽到烟屁股冒火才甩手扔掉，暗红的烟火在空中划出一道美丽的弧线然后消失不见，从璀璨到消亡只耗时零点几秒。

苏杨曾坐在李庄明床上和他聊过很多次，具体内容已全部忘记，唯一清晰记得的是李庄明说，他怎么也忘不了张楚红，李庄明靠在墙上，一张腐朽的报纸垂在他瘦骨嶙峋、裸露的胸上，李庄明双目空洞地说张楚红已经回北京了，这辈子都不会回来，他无法再和她相爱了。“没错，她是人尽可夫，她是一个不折不扣的臭婊子，可是，我还是那么爱她，这是事实，我们不应该忘记事实，否则就是背叛。”

“苏杨，你知道真爱一个人却又无法好好去爱有多痛苦吗？”李庄明目光炯炯，然后不等苏杨回答又摇摇头，喃喃自语：“你不会明白的，你怎么会明白呢？你是那么幸福。”

或许苏杨真的不明白，因为那时他还和白晶晶深深相爱着，他们坚不可摧的爱情让所有人都有理由相信他们会携手到老。可事实上苏杨比谁都明白那种心痛的感觉，因为十年前那夜，当一个叫陈小红的女人离开他时，他已经很清楚爱一个人到底有多痛苦了。

3

毕业时，石涛抱着苏杨哭了好几场，哭得苏杨很是莫名其妙，心想我又不是死掉了你干吗哭得这么伤心啊？难道这厮暗恋自己？石涛痛哭流涕地说这几年若非有苏杨的存在，以他一米六的身材绝活不出现在的精彩，所以流点儿眼泪表明心迹实属正常。

石涛运气不错，顺利落户上海，在一家娱乐周刊做记者，光荣地成为一名狗仔，每月能赚4000块大洋，外加红包若干。刘义军回了福建，带上了他90公斤的女友，他们决定年底就结婚，他们的爱情犹如一面迎风飘荡的黄手帕，是那样璀璨夺目。其他同学留沪的留沪，回家的回家，四年风华烟云，仿佛留下了很多痕迹，又仿佛春梦一场，转眼灰飞烟灭，什么都没留下。

F大规定7月中旬，所有的毕业生必须离校。苏杨最后一个离开宿舍，走前将宿舍仔细打扫了一遍，所有家具在他的精心照顾下变得一尘不染，做完这一切后，苏杨叫来上海大众的物流车，将四年积攒下的大小行李搬上车。车快开出学校大门时苏杨突然让司机先不要忙着出去，在学校再转一圈。

那个师傅开了十几年的车从没有遇到过这种怪人，抱怨了一句后只得照做。F大面积不小，大路小道都绕上一遍又花了半个多小时，苏杨坐在副驾驶位置上，头伸到窗外贪婪地看着眼前的一草一木、一楼一桥，眼中无限伤感。最后车子驶出大门时苏杨将眼睛紧紧闭上，等再睁开眼时世界已是车水马龙，人来人往，仿佛很熟悉，又仿佛很陌生。

4

关于毕业后的生活方向，苏杨曾作过以下畅想："我会到处流浪，去海南，去西藏，去雅鲁藏布江，去柴达木盆地，看滚滚黄沙，被那些城市里没有的景象感动得泪流满面。那才是真实的人生，如果不去经历，而是一味待在冰冷的钢筋森林，简直苟活。我不知道什么时候回上海，或许永远都不再回来，而是在哪个穷山沟里做一名幸福的小学教师，教那些还没有被污染的孩子们语文和历史，告诉他们我们的中华民族是多么神奇，勤劳勇敢的中国人是多么伟大，告诉他们要爱国，长大了建设我们可爱的国家……哇！想想都很美丽。还有，流浪时我身上不会带钱，一分钱都不带，我不怕挨饿，更不怕穷，因为大风会把钱吹来的。"

白晶晶愤怒地打断苏杨，破口大骂："你这个疯子，大风凭什么把钱吹给你？你就知道成天胡说八道，一天到晚做白日梦，脑子进水了，做人要踏实点儿，别一天到晚胡思乱想，我知道你有理想，可理想也要建立在现实的基础上，否则就是梦想，你的那些理想上学时说说还可以，到了社会再做梦就是白痴。我毕业后肯定要到外企工作，最好能够做老板秘书，这样可以直接进入上流社会。你根本不知道上海那些有钱人的生活是多么快乐，每个人都说上海好，国际化大都市，繁荣、现代、时尚，个个说得头头是道，可具体好在哪里，却又说不上来，纸醉金迷的场所不是每个人都消费得起的，奔驰不是每个人都能开的，宝马不是每个人都有资格坐的，一掷千金不是每个人都潇洒得起的。很多上海人劳累了一辈子每天早上蓬头垢面地到公厕倒马桶，这种生活能幸福吗？很多外地人奋斗了一生还要睡棚户区，这种生活的人能够真正读懂上海吗？没有钱就没资格在这个城市生存，没有钱就没资格去畅想美好，没有钱就没资格对未来说东道西，流浪只是一种虚伪的借口，只是对生活的一次极为卑劣的逃避。”

白晶晶余怒未消，继续挖苦：“大风会把钱吹来？狗屁，大风凭什么把钱吹给你？不要脸，估计大风还没把钱吹来，就把我吹走了。”

苏杨听了白晶晶的责问非但没生气，反而哈哈大笑：“吹走吧，统统吹走，留下一个干干净净的我，多好。”

白晶晶立即目露恐惧之色，放声尖叫：“鬼啊！我的天，我怎么和一个疯子谈恋爱？”

5

2002年12月，苏杨背起行囊毅然走出家门，直奔他理想的所在，身上只带了100块，起程前白晶晶百般阻挠，以死相逼，可还是没能阻挡苏杨奔向理想的决心，白晶晶伤心地在地上打滚，痛哭流涕，对着苏杨的背影哀号：“你滚，走了就永远都不要回来。”

苏杨站在门口，缓缓回过头来看着白晶晶，用伤感的口吻对地上那个女人说：“对不起，如果我现在不走，我这辈子都不会有机会走，如果我这辈子不走一回，我这辈子都不会开心，如果你爱我，就请放了我，等我回来。”

白晶晶继续打滚和流泪，她知道这个人已彻头彻尾疯了，她除了把手边的茶杯奋力砸向这个疯子，别无他法。

那扇早就破败的木板门随着苏杨的消失“砰”的一声关上，苏杨瘦弱的背影在消失的光线下更显沧桑，房间里很快变得黑暗，外面呼啸的寒风似乎已钻进房间，天地间充满冬的凄凉，这个伤心的女人一边捶打地面，一边大声怒骂：“疯子，就算你一定要走，也多带点儿钱啊，你这样会饿死的！”

然而苏杨的生命力远远超过白晶晶的想象，两个月后，苏杨不但没被饿死，甚至连带出去的100块钱都没花完。有一天，白晶晶正睡得七荤八素时，突然听到有人开门，她赶紧从床上蹦了起来，朝外奔去，然后就看到顶着鸟窝头的苏杨，满脸乱七八糟的胡子，整个人完全可以用“面目全非”形容，除了眼睛还有点儿熟悉，白晶晶还以为家里来原始人了，苏杨站在门口看着白晶晶，突然以百米冲刺的速度奔过去将她紧紧拥抱。

白晶晶几乎被苏杨身上那股浓郁的臭气熏倒，但还是强忍着幸福的泪水在苏杨满是老皮的脸上亲了N下，苏杨将白晶晶抱着在空中旋转了几圈后对白晶晶说：“晶晶，我想你啊！”

白晶晶说：“老公，我也想你，想死你了！”苏杨并没接着继续甜言蜜语，而是用焦急的口气说：“晶晶，快去买菜，记得全买肉，我两个月没吃到肉了，快疯了！”

没人知道这两个月他到了哪里，又干了些什么，包括白晶晶也不知道，苏杨只是断断续续给她讲了些过程，就这支离破碎的过程还很含混不清，逻辑混乱。白晶晶甚至怀疑苏杨其实哪里都没有去，根本就没流浪，顶多是回了趟老家，就连那蓬乱的头发都是打扮后的假象，他害怕被揭穿，被别人笑话所以才故意这样颓废。

对白晶晶的推测苏杨不置可否，蓬乱的头发很容易被理顺，身上的臭气也可以被冲洗干净，所有的证据将很快烟消云散，解释纯属徒然，唯一可证明他流浪的只是三大本日记本，上面乱七八糟地写满了别人看不懂的字符。

白晶晶看不懂苏杨的日记，也不想懂，这些对她并不重要，凭借一个女人的直觉，她知道她的爱情正位于一个十字路口，向左还是向右，意味着生存还是死掉，白晶晶不想放弃这份爱情，她第一次全心全意爱一个人，用尽全力，殚精竭虑，在她的生命中没什么再比这个男人更重要，如果可以，她真的很想和这个男人天荒地老，可现在她分明感到内心的苍凉，以及一种恐惧，她知道这种恐惧来自何方，更知道这样的恐惧会带来怎样的创伤，恐惧来袭时她常常无能为力，所以她声嘶力竭，泪流满面，她要用最后的挣扎挽救她迟暮的爱情。

通过和这个男人长达两天两夜的深度沟通，白晶晶成功完成对苏杨的洗脑，在白晶晶苦口婆心的教导下，苏杨强烈表示会好好工作，赚钱养家，买房买车，加官晋爵，做一名有责任心的男人，为自己和白晶晶的未来负责，更为他们以后的小孩负责。

白晶晶对苏杨这番表白非常满意，在她眼中自己的苦心经营终于得到了回报，这个犹如磐石一样顽固的男人终于开窍，或许今后的生活将按照她的规划走向正轨，而她也会不遗余力去为自己的理想奋斗，同时相夫教子，这是她渴望和需要的生活，平静却很精彩。白晶晶将苏杨紧紧拥抱，在他耳边私语：“我知道你不愿意这样去生活，我爱你，我不想逼你，可这个社会在逼我们，我们只能接受，没别的出路。”

苏杨说：“我知道，你什么都不要再说，总有一天我会成为人上人，用钞票来证明自己活着的价值。”

白晶晶说：“看来你真的明白了，你明白就好。”

第二天一大早，苏杨就开始积极寻找工作，表现出一种饥不择食的姿态，无论什么公司都投简历，无论多少工资他都不介意，仿佛谁让他摆地摊他也愿意，只要能结束他无业游民的状态。

两星期后，他光荣地成为闸北一家贸易公司的文员，工资每月只有1000元人民币，他的直接领导是个60岁的老太，同事是群正处于更年期的妇女，他的工作是负责整理文件和处理数据，有空还要帮清洁工打扫房间。无论从哪个角度判断他都不应该接受这样的差事，可事实上他还是欢天喜地地上下班，回家后喜滋滋地告诉白晶晶上班很有成就感，白晶晶听后哈哈大笑，抱着苏杨的头夸赞："你太有出息了，我看好你，老公，加油！"苏杨谦虚地说："其实都是您教导有方，我会做得更好的。"

没人知道这个男人是在撒谎，其实他工作得一点儿都不开心，在一个自己不爱的环境做自己不喜欢做的事情，面对自己不爱的人群，苏杨感到这是生活在对他实施强奸，可他实在别无选择。对他而言，没什么比白晶晶的冷嘲热讽更让他觉得害怕，他的压力太大，为了岌岌可危的爱情，他愿意撒谎，愿意伪装，愿意假装快乐。自己快乐不快乐不重要，重要的是爱情可以维持，一切都可以为之让步，哪怕自尊牺牲，理想阵亡。

只可惜这份可笑的工作只维持了短短一个月，因为屁股还没坐热就成天迟到早退，上班时啥也不做光写小说，公司老总明里暗里警告他N次也不知悔改，最后老总怒了，老总想：操，我还治不了你吗小样？老总当着全公司的人问候苏杨母亲，然后让他这个大傻B快点儿滚蛋，苏杨立即抱着士可杀不可辱的精神和那个老总格斗了一场，然后拍拍屁股潇洒地走人。

接下去是继续找工作，重复一段漫长无聊的动作，还是做自己喜欢的事，走自己要走的路？经过三天三夜彻底思考后，苏杨终于明白委曲求全不是解决矛盾的办法，该消失的自然会消失，该爆发的一定会爆发，其实一切早已注定。

“我有东西丢在了路上，我要把它们找回来。”苏杨静静地对白晶晶说出了这句话，他知道在说完这句话后，他幸福的生活将会彻底改变，一切海誓山盟将万劫不复，可他还是勇敢地说了出来。

“其实说和不说都一样，我们的爱情早就长满了脓疮，与其捂着还不如早点儿将伤口释放。”

很多年以后，苏杨如此解释自己当时的心态：“我就像一只受伤的动物，明知道前面是陷阱和刺刀，可还是无法停止脚步，因为我不想被牢笼束缚，我是自由的，永远都是。”

白晶晶哭了，听到苏杨这句话后，她不可遏制地痛哭起来，从没那样绝望过，她不希望自己听到这句话，永远都不要听到，很多天前她曾经给自己设定过一个底线，只要苏杨好好工作，她就会继续爱他，只要他不再说去流浪她就对他还有希望，可现在她听到了这样的话，是那么清晰和有力，无法忽视更无法骗自己，白晶晶边哭边摇头，口中反复唠叨：

“难道我们三年的爱情，还没有你的理想重要？”

苏杨也哭，苏杨没有一如既往解释太多，只反复说着一句话：

“梦是自由的，我也是。”

所有人都相信苏杨和白晶晶分手的原因是两人贫富太过悬殊，就算勉强在一起也不会幸福，分手其实是最好的出路。

“钱是好东西！”很多年后白晶晶对别人说，“我可以没有爱情，但绝对不能没有钱，否则爱情连屁都不如。”

白晶晶又说：“其实我不是嫌他穷，我只是嫌他没骨气，我可以嫁给一个穷光蛋，但绝对不能嫁给窝囊废。”

苏杨说：“我不是窝囊废，我只是想走自己的路，我只是不想在理想还没有破灭时就放弃自由。道不同，不相为谋，我穷，她富，这是命，她不和我分手，我们也不会在一起。很多事情其实早就注定了，无奈也好，残忍也罢，我们无须改变命运，只能接受。”

6

“如果有人给你1000万，让你离开我去做他的女人，你愿意吗？”

2001年，苏杨和白晶晶正恋爱得热火朝天，一天苏杨在网上看到这句话后认为很值得玩味，决定用这来试探白晶晶对自己的感情，那时苏杨还非常自信他和白晶晶的感情是无价的，最起码超过1000万，却没想到白晶晶听后想也没想就说：“当然愿意啊，笨蛋才不愿意呢！”

听了白晶晶的回答苏杨变得很伤心，苏杨心想你这人怎么就这么俗啊，就算你愿意也别回答得这么快啊，多伤感情啊！但一反常态的是苏杨并没有把悲伤写在脸上，苏杨很想感慨些什么，但最终却放弃反驳白晶晶，苏杨隐隐觉得白晶晶说得其实是对的，如果有谁给他1000万让他离开白晶晶或许他也会毫不犹豫地答应。

那时苏杨身上全部现金加起来绝不超过100块钱，这说明了两个问题：第一、苏杨不晓得在身上放钞票；第二、苏杨很穷，根本就没钞票放在袋子里。对于苏杨这两个特点，白晶晶心知肚明，白晶晶很早就知道苏杨很穷，但没有想到苏杨会那么穷。

刚谈恋爱时苏杨喜欢打肿脸充胖子，买什么都抢着付钱，白晶晶因为长期和富人交往，身边的男人非富即贵，所以一度产生错觉，认为当今社会经济非常发达，基本上不知道世界上还有穷人这回事，因此对苏杨的慷慨没在意，可等日子一长就发现不对劲，比如说苏杨和自己在一起时从不喝饮料，号称不渴，白晶晶心想你超人啊，外面气温38度，你和我逛了一天街还说不渴？一次白晶晶说苏杨你也买瓶饮料喝吧，苏杨想也不想就拼命摇头说：“我不渴啊，你要喝什么我去买？”白晶晶杏眼一瞪说：“不管你渴不渴我都要你喝！”苏杨一看白小姐发飙了只得遵命，在便利店里挑来挑去，找了半天才买了瓶不知是什么牌子的矿泉水，一瓶八毛钱，然后喝得那个欢啊，也就是在那一瞬间白晶晶仿佛明白了什么，白晶晶鼻子发酸眼睛泛湿，苏杨举着矿泉水喝得无比开心，白晶晶走上前紧紧抱住他，喃喃说：“苏杨，你对我可真好。”

对白晶晶这种喝水都讲究营养的人而言，吃饭更是大问题，如果说白晶晶每天有一个小时不开心的话，那么这一小时内最起码有59分钟是为吃什么而郁闷的。基本上白晶晶初中毕业后就对肯德基和麦当劳丧失了兴趣，认为那些只是给小孩子吃的快餐，非常肤浅。必胜客倒还可以，虽然档次也不高但味道还凑合，偶尔可以吃上一两次，至于学校食堂里的饭菜则简直无法下咽。

苏杨来上海前，只在电视里见过肯德基广告，在他心里肯德基的档次是至高无上的，所以好几次苏杨都特自豪地说：“晶晶，咱去吃肯德基吧！”结果每次都遭白晶晶白眼，白晶晶看着苏杨那兴奋劲又不好打击他的自尊心，心想吃就吃吧，反正吃了也不死人，在KFC店里苏杨瞅着菜单老半天，才买了份套餐然后乐滋滋送到白晶晶面前，白晶晶说你怎么不吃啊，苏杨心疼钱没给自己买，嘴上却硬得很，说我特不爱吃这些东西，白晶晶吃了两口觉得难以下咽，一把将盘子推到一边撅着嘴说：“我不吃了，我们走吧！”这下把苏杨给急得，一边埋怨白晶晶太浪费，一边甩开腮帮子吃得不要太开心，因为汉堡吃得太急，结果不停地打嗝，白晶晶一开始还瞪着大眼睛看着苏杨的举动，仿佛看到了外星人，后来看到苏杨嘴边粘着汉堡的奶油觉得很可爱，于是扑哧一笑，娇嗔：“急成这样，谁跟你抢呀。”

苏杨听了就傻傻地笑。白晶晶心中又是“扑通”一震，觉得好温暖。

7

很多年后白晶晶才知道原来自己就是从那时爱上苏杨的，很多年后白晶晶早已离开苏杨，在一家跨国公司做总裁助理，每个月的薪水超过一万人民币，每天有无数事业有成的男人开着奔驰、宝马等着和她约会，有时白晶晶觉得自己很富有，仿佛整个世界都是她的，可更多时候她觉得自己很贫穷，所有的风花雪月只是一场虚假的烟火，面对各种男人的挑逗和轻薄、赞美和诅咒，她除了心力交瘁别无他感。她是一个活在过去的寂寞女人，只要稍闲下来，过去发生的点点滴滴都犹如刀刻在心上无法忘记。在车上、在马桶上、在Party上、在那张价值五万元人民币的床上，白晶晶都会沉浸在甜蜜的回忆中，只有回忆时她才真正幸福。

白晶晶很小心地把她和苏杨恋爱的三年梳理了一遍又一遍，白晶晶想起有一个冬夜，苏杨骑着破单车骑了一个半小时将她从F大载到外滩，然后两人哆嗦了一夜，终于看到了黄浦江上的日出。白晶晶又想起每次让苏杨学狗叫他都真的“汪汪”大叫，逗得自己哈哈大笑。她生病了，苏杨连续三天三夜照顾她，最后累得晕倒在地。而无论夏日还是深秋，苏杨总喜欢把她紧紧搂在怀里，亲吻她的脸，柔情似水地说：“晶晶，你是我的好宝贝，我要疼你一生一世……”

这些细碎的、毫无联系的往事总是不由自主地在她眼前浮现，或许不再真实，可绝对散发着更坚强的生命力，白晶晶心好疼，眼泪大颗大颗滑落，常常会无法遏制地失声痛哭，白晶晶一边哭一边自言自语：“你说要疼我一生一世，可你现在在哪里啊？”

白晶晶想，无论如何我都是爱着他的，以前是，现在也是，以后还是。可是他们已回不到过去了。

生意场上白晶晶总可以遇到一些英俊潇洒事业有成的男人。白晶晶可以和他们约会和他们吃饭和他们打情骂俏甚至和他们一夜情，但就是无法和他们好好谈恋爱。她也渴望，因为寂寞，她想过自暴自弃，随便找个男人算了，不一定要爱，但可以不那么孤独，她努力尝试过，可发现自己实在做不到，每当下定决心好好找个男人时，她就会发现自己倦了、累了，内心早被掏空了。甚至，她对和男人在一起有一些恐惧，她经历过幸福，也经历过失去，如果一切要从头再来，她宁可不要。

和苏杨分手一年后，白晶晶才开始全新的恋情，对象是一名陆姓的中年人，此人的老爸是当今中国最具影响力的民营企业家之一，在香港拥有5家上市公司。公司主营电子产品，据说中国人用的电话70%是他家生产的，2004年福布斯中国富豪榜排名前十，陆老爷子虽富可敌国却只有一个儿子，圈内人尊称其为陆公子。

陆公子19岁被老爹送到哈佛，23岁转战剑桥，28岁获得MBA后回国接管老子的事业，30岁那年通过资本运作成功收购国内三家上市公司，总价值超过15亿人民币，一举轰动江湖。31岁进军医药行业，计划用十年时间建成亚洲最大的中药生产基地。2001年美国《时代》周刊将陆公子评为未来影响中国经济的十大风云人物之一，而一些八卦杂志则称他为世纪初最大的钻石王老五。

2001年年底在一次大规模的酒会上，33岁的陆公子见到白晶晶后立即为她绝代的风华所倾倒，短暂交谈后更是惊为天人，当夜立下毒誓定娶此女为妻。此后半年，陆公子几乎放弃事业将全部精力用在追求白晶晶上，竭尽所能前后花了上百万人民币，终于如愿以偿抱得美人归。这是一对堪称绝配的伴侣，是政治和经济联姻的最佳典范，所有人都认为白晶晶找到了幸福的归属，电视上更是频频播放两人拉着手满脸微笑的幸福场景。

然而美丽的面具下永远都有丑陋的真实，陆公子很清楚身边的这个女孩其实并不爱自己，他虽然得到了白晶晶的人却永远都得不到她的心，因为在她心中始终有着另一个男人，陆公子不知道这人是谁，这人到底有何能耐可以让白晶晶如此牵挂，无论他如何威逼利诱，白晶晶永远都是眼噙泪花摇头不语。

2006年在美丽的夏威夷群岛，在陆公子的豪华游轮上，当白晶晶看到海上冉冉升起的太阳时，突然无法自拔地大哭起来，陆公子将她紧紧搂在怀里轻声安慰："宝贝，别哭！"

白晶晶不听，仍然哭得稀里哗啦，然后拼命说："我忘不了他，我真的忘不了他啊！"

8

那个时候，白晶晶忘不了的人正为了有口饭吃在黄浦区一家印刷厂做着铡纸工作，那人从自己的家里搬到虹口区一间阴暗潮湿的地下室，每天除了铡纸就是躺在床上看着水泥屋顶默默发呆，他没有朋友也不需要朋友，唯一需要的只是孤独和自我折磨，请不要怀疑一个重点大学毕业生为何会沦落到这个地步，当有一天苏杨蓦然惊醒自己多年苦苦经营的梦原来那么脆弱时，他决定用最苦的方式来惩罚自己的年少轻狂，没人知道他到底在想什么，只能哑然看着他一次又一次作践自己。

他曾经白皙的皮肤被晒得黝黑，曾经单纯的眼眸变得浑浊不清，曾经瘦弱的身躯变得更加羸弱，从外表上看没人相信这个近乎老朽的白痴曾是一个写诗的少年，是著名学府F大文学社的领袖，是一个才华横溢心比天高的年轻人。面对这个人，你除了一声叹息再找不到更为适合的态度，或许你会说："自作孽，不可活！"可是他并没有错，他活得很狼狈，但很充实，他不再怀疑自己活着的状态是否真实，他知道自己努力铡一天纸就会有饭吃，这是最真实的感受，他终于觉得自己活回来了，活在真实的世界中，这是他前所未有的感受，所以即使有时他会号啕大哭，但那也不是因为痛苦，而是因为醒悟。

苏杨工作的车间里有台14寸黑白电视，他有时会在电视上看到白晶晶和陆公子一起出席商业活动的新闻报道，电视上白晶晶穿着淡紫色的香奈尔晚装，挎着LV最新款的包包，是那么雍容华贵，举手投足尽显明星风采，犹如一个真正的皇后，她身边的那个男人紧紧拉着她的手，对她呵护有加，两人显然是天作之合，整个城市都在为他们的爱情拍手叫好。

那时苏杨总会轻叹一口气，然后低头狠狠挥舞手中的铡刀，一下又一下，用手中的动作宣泄内心的悲伤。

2001年的秋天，这个城市充满了各种各样的病人，有人半身不遂，有人手脚乱颤，有人脑溢血，有人十二指肠溃疡，有人通宵失眠，有人大小便失禁……形形色色的病人集体怒吼，大声微笑，斥责命运对他们的不公。

秋风中一个名叫阿杜的人嘶声唱道：我闭上眼睛就是天黑，一种撕裂的感觉。

还一个叫杨坤的人却唱着：无所谓，谁会爱上谁。

2006年的秋天是那样的多情又绝情，秋风中你可以看到有个女人在偷偷流眼泪，因为她发现自己的丈夫和别的女人在床上做游戏；还有个中年男人躺在地上一动不动地休息，这个男人现在无家可归；一个80岁的老头正伏在捷安特最新款跑车上，在人潮汹涌的大街上用50码的时速疯狂前进，一边骑车一边大叫：“没人比我快！”秋风中两个面目狰狞的小孩正在打架，互相往对方脸上吐口水……

秋风中还有一个叫苏杨的年轻人，他总在心中不停地对自己说：“你是谁？你好像一条狗。”

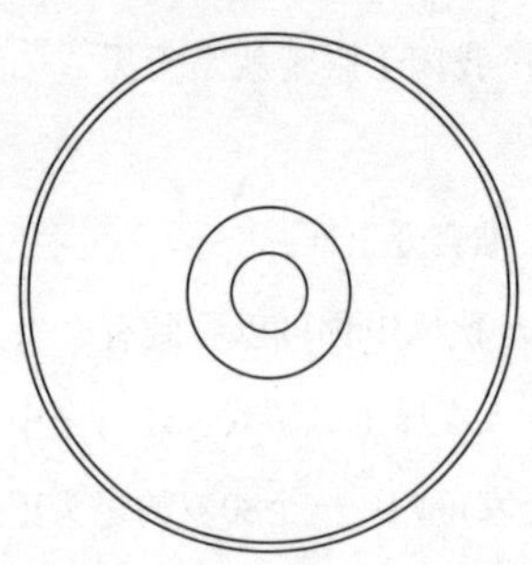

本章插曲

残留的回忆

小5

多久没再来电 淡酒无蛮劲
轻松说句不见 凭个性在狂野
还有没有一直停留在空间留意
也许结局不好的

瞧无神的眼睛 满脸胡楂的脸皮
沧桑不再提 分开说好几遍
一切还是随沉默
应该放心走远（只能坚强去忘记）

残留的回忆描出这首歌
没有温热这么冻结了快乐
其实这个地步我们都没了抉择
如今不同的路还是别回头去等

爱情的气息 不应该留阴影
步骤不小心 也许结局不好的
这段伤心故事里 残留下的只有回忆
貌似不敢相信 只能坚强去忘记

（结果无心）残留的回忆描出这首歌
（未来如何都可以）没有温热这么冻结了快乐
（再继续时都怕会互相质疑）其实这个地步我们都没了抉择
（留下的怎么只有一句 ）如今不同的路还是别回头去等

结果无心 未来你如何可以
再继续时都怕互相质疑
留下的怎只有一句 对不起
说给你听 我心情怎不信
你不信你已经痛红了眼睛
确信如今有心分离彼此算清我不珍惜

第十章

Chapter

双重生活

成功学的演讲师在台上眉飞色舞
身边每一双眼睛里都星火闪烁
什么时候开始我们需要别人来麻醉自己
告诉自己你会赢?

凌晨两点半
写完稿子的最后一个字
月光从窗外爬进来
暖气管瑟瑟发抖

想要成为作家的我
最后成为了办公室的小白领
白天上班浑浑噩噩
到了晚上才开始清醒

电脑里存了三十万字
那是写给自己梦想的情书
很多次坚持不下去的时候就从头开始看
看故事里那个傻小子披荆斩棘毫无畏惧
然后翻出手机通讯录里她的名字
她的身体越来越不好了
所有的关心却只能在电话里远远诉说

凌晨三点我抽完手里的烟
明天七点又要起床上班
在梦想的车辙上我依旧踽踽独行

1

关于苏杨和白晶晶的分手细节，颇值得玩味。

分手过程中，白晶晶充分发挥了上海人的精明，她首先采用凝视战术瞪着苏杨长达三小时一言不发，本以为苏杨会沉不住气，心虚忏悔求饶，那样她或许还会考虑再给他一次机会，可是她错了，苏杨比世界上任何一块石头都能忍受生活赐予的艰难晦涩，你要想让他沉不住气干脆自杀算了，白晶晶看苏杨，苏杨也看她，还面带微笑，小眼瞪大眼。最后白晶晶被苏杨非暴力不合作的态度气得崩溃，她号啕大哭，又哈哈大笑，不停上下跳跃，以脚跺地表达她的愤怒，白晶晶指着苏杨的鼻子大骂："你他妈的去死吧！最好死在自己的理想里，也不看自己多大了还扮纯情，不恶心吗你……"

训斥到最后，白晶晶突然对苏杨狂吐口水做呕吐状，接着上前奋力抽了依然不为所动的苏杨一记耳光，然后掉头就走。

面对白晶晶所有的责难甚至武力攻击，苏杨一如既往保持沉默，从头到尾一言不发，只是用三角眼看着面前歇斯底里的女人，偶尔透露出一点儿脆弱的绝望。无论你从哪个角度观察，此人均犹如一具风干的木乃伊，让你无法明了他到底是麻木还是悲伤。

当最后白晶晶从苏杨那套位于上海东北角的一室一厅里搬走时，沉默不语的苏杨突然挥舞拳头朝衣橱上的大镜子击打过去。白晶晶看到苏杨这个举动大惑不解，双脚停滞在原地一脸惶然，甚至表现出回头的倾向，不过在犹豫片刻后她还是转身离去，只是从纷飞的碎片里很明显看到这个女人的眼角正悄悄淌下一滴晶莹剔透的泪水，那泪珠在空中划出一道优雅的弧线然后落在镜子上面，而一同下落的液体还有苏杨手上正酣畅流淌的鲜血，那个场景颇具煽情意味。

2

在恢复自由身的头几天，苏杨感到天很高云很蓝，这个世界真美丽，他每天除了吃喝拉撒就是在这个城市的大街小巷恣意游荡，以此打发剩余不多的青春年华。这句话听上去挺美但表达的内容却挺没出息，可事实就是如此，除了游荡，无业人员苏杨实在想不出还有什么更好的方式来消磨时光。苏杨去的最多的地方是人民广场，因为那里人多氛围低俗，非常适合他的气质，苏杨会长时间坐在喷水池四周的围墙上，看那些天南地北的游人并朝人家热情微笑，偶尔也会帮忙拍照，然后不厌其烦地告诉他们这个城市有多美。

好几次苏杨试图和广场上卖花的小女孩搭讪聊聊人生，但她们都忙于赚钱无暇理睬他，这让苏杨很悲哀，后来他开始习惯坐在围墙上思考一些高雅或庸俗的问题，高雅如：这几年活着是不是对资源的浪费，庸俗如：晚上该到哪里蹭饭。苏杨知道很多人对他的生活冷嘲热讽。但他显然不会为此而有所动摇，因为他从来没有怀疑过自己，更不会为一日三餐而忧愁。这里是21世纪的上海，空气中都飘荡着幸福的味道，挨饿的人是可耻的，幸福的人理应高声歌唱，赞美活着的美好。

也就是在那段日子，苏杨老是看到一帮半大不小的家伙成天聚集在人民广场喷水池边，一个个嬉皮笑脸顶着或红或白的蓬乱头发，穿着肥大的服装蹦来蹦去，专挑游人多的时间跳街舞，他们一边翻滚一边尖叫一边还对你温情微笑，然后在人群起哄声中突然消失得干干净净，等你目瞪口呆之际他们又在另一个地方翻腾打滚，非常莫名其妙。

苏杨很快对广场上那些跳街舞的孩子产生了浓厚的兴趣，苏杨看到那些人居然可以用一只手支撑身体倒立在地面上，还能原地转圈，又或是在空中翻跟头后顺势在地上打个滚就站了起来，整个过程行云流水仿佛传说中的武林高手。后来看多了就产生幻觉，苏杨强烈认为自己也可以那样翻腾打滚。于是有一次，当思考完人生后苏杨突然大叫一声，从围墙上蹦了下去，快速奔跑了几步后翻滚了起来，并伸出左手试图将自己倒立。

幸运的是，苏杨真的倒立了起来，苏杨分明感到有人正对他行注目礼。而非常不幸的是，他很快又跌倒了，苏杨一下子失去了所有重量和方向，整个人轰然向大理石地面摔了过去，然后就听到坚强的自己和更加坚强的地面发生非弹性碰撞，左腿传来一声清脆的“咔嚓”声——他的腿断了。

3

苏杨的一些朋友在看到他那条布满杂乱腿毛的左腿时，坚持认为那天他之所以会发神经倒立完全是因为悲伤过度，他承受不了失业和失恋的双重打击，倒立只是一次良性爆发而已，苏杨朋友的意思是：其实摔断条腿已属幸运，如果是恶性爆发则会出去杀人或自杀，反正不弄出人命来绝不善罢甘休。对于这样的推断苏杨通常不置可否，过去的已经过去，未来还没到来，真实的原因究竟是什么显然并不重要。

所以苏杨总是一边对朋友微笑一边轻轻抚摸着他的断腿，用一种爱怜的动作不间断地拔着腿毛，同时感到一些细微的疼痛正坚定不移地传遍全身，仿佛这样便可证明自己的健康程度。

苏杨的断腿康复的时候已是7月，那个夏天仿佛特别热，电视里有个白发老头成天忧心忡忡地说这是100年来最严重的高温，如果大家避暑不当很可能会死人，老头的话并没成功恐吓到苏杨，他依然乐此不疲地往外跑。

7月底，苏杨在一家药厂找到份推销药品的工作，每天负责到各个医药商店查询他们公司产品的销售情况，苏杨的服务对象是一些正经历着更年期的妇女，她们大多神态诡异，喜怒无常，可以莫名其妙地对你热情仿佛你是她们养的小白脸，也可以突然对你怒骂叫你立即滚蛋。为讨好这些神经紊乱的女性，苏杨经常买一块钱一根名叫“滚雪球”的冰棍给她们降温，并阿谀奉承说她们美丽善良，充满母性光辉。苏杨的奉承起到一定效果，女人们大多很喜欢苏杨，每每看到他骑着破单车过来时就会神情开朗甚至欢呼雀跃，有些女人称呼苏杨为小苏，还有些女人直接叫他“滚雪球”。她们会说“滚雪球”你真是一个好小伙，话不多长得又好看还舍得花钱，简直是人见人爱，人不见也爱哦，这些女人强烈许诺要给苏杨介绍女友，只是苏杨看着她们贪婪的表情很害怕她们要介绍的女人其实就是她们自己。

7月过后温度变得越来越高，大街小巷渐渐传出热死人的消息，整个城市仿佛一头发情的公牛，正疯狂撅着硕大的性器来回摇荡，以此表达它永无止境的欲望。

那个夏天，药品推销员苏杨整天骑着一辆无牌自行车穿梭于市区上百家医药商店间，忙得不可开交，他偶尔也会想起白晶晶，想起那滴徘徊在镜子上的眼泪，它在苏杨心里是那么寂寞，却又那么光彩动人。

8月苏杨再次光荣失业，随后他的工作经历包括：报亭卖报人、盗版光碟贩卖者、印刷厂铡纸工……和以往不同的是：苏杨热爱他的每一份工作，因为它们让苏杨有饭吃，有活儿干，让苏杨不觉得生活很无聊，让苏杨没时间想那个名叫白晶晶的女孩，没时间去沧桑去郁闷去写诗去痛哭流涕。

4

2001年6月底，苏杨再也无法忍受在和白晶晶共同生活了大半年的家里待下去了。白晶晶走得比较突然，虽然收拾了一夜行李但还是留下了不少物品。没人知道她是故意还是粗心，或许她只是想给苏杨一点儿回忆的物证，这些遗留品包括墙上挂的大幅写真照、一瓶伊卡璐护发素、一条藏在衣柜深处的白色内裤以及一只会唱歌的毛绒猪。

至于白晶晶身上那独特的香味更是弥漫在房间的每个角落，一开始苏杨还非常享受这些遗留品，它们让苏杨有种感觉，白晶晶其实并没有离开，她只是出去玩耍很快就会回来，说不定等他睡上一觉再睁开眼时白晶晶就在床边对着他咻咻地笑。

白晶晶走后，无论白天还是黑夜，苏杨都把自己关在房间里，然后对着这些遗留品痴痴地说话，静静地流泪。没人能够想象出一个男人对着护发素和内裤说话流泪是怎样的一种情景，你有足够的理由相信那肯定非常煽情。

也不知道多少天过去了，一个月，或许是两个月，苏杨忘了日子，反正家里的香味淡了，天气也渐渐热了起来，白晶晶没有回来，苏杨知道自己不能再做梦了，而那些遗留品成了他灵魂的枷锁，让他艰于呼吸视听。苏杨从墙上把白晶晶的照片取了下来，细细擦干净，然后将之小心翼翼地和其他物品一起放到皮箱中，高高地放置到衣橱上方。

“这就是告别的一种方式吧，无论如何我要面对明天。”苏杨静静做完这一切，“等下次打开这箱子时，或许一切都会面目全非，那会是什么时候呢？会不会是一万年？”

只可惜仪式并不代表真实，虽然看不到白晶晶留下的物品，也闻不到白晶晶的香味，但苏杨似乎并没有做到完全忘记，他觉得房间里依然充满了白晶晶的笑容，偶尔还能在某个角落找到她的长发，那些苏杨无比熟悉的长发张牙舞爪地揭起苏杨痛苦的回忆，告诉苏杨其实他依然在做梦，他根本忘不了和她一起生活的日子，没错，时间确实可以淡化很多内容，但时间淡化不了环境，时间更淡化不了刻骨铭心的爱，在某个残阳如血的黄昏，苏杨蓦然从梦中惊醒，然后对自己一字字地说：“我要离开。”

第二天一大早，苏杨就急不可待地到小区附近的房产中介公司将自己的房子租了出去，苏杨不知道下一步去哪里，是留在上海还是离开，以前他一天到晚叫嚣要去流浪，白晶晶总是阻止他和他吵架，现在没人拦他了，他想去哪里就去哪里，想什么时候走就什么时候走，他自由了，没错，可他却对自己的信念产生了前所未有的怀疑：流浪了又怎样？实现自己梦想了又怎么样？有价值吗？有意义吗？能够换回消失的人吗？能留住逝去的爱吗？

一扇门就这样轰然关上了，你无法想象门里的风景，但那不代表门后没有风景，相反，那里曾经姹紫嫣红。

5

三天后，苏杨成功在虹口区找到一间地下室作为安身之所，并且在里面度过了终生难忘的8个月。

地下室位于广中路一幢25层高的居民楼的地下一层，里面弯弯曲曲有不下50个房间，每间房面积不超过10平方米，没有卫生设备，没有厨房，方便要到20米外的一间公共厕所，洗脸要到厕所旁的公共水房，洗澡就只能站在厕所里用水冲。至于煮饭做菜就在过道搭个台子放上电炉电炒锅，每到做饭时整个地下室楼道弥漫着各家各户排出的油烟，浓度高到能让你中毒死亡。

苏杨的房间位于地下室最里端，原来是整幢大楼的配电间，里面有着大大小小数不清的电表和错综复杂的电线电闸，没人知道这里的电压有多高，反正以前这儿是严禁人员出入的。但物业管理人员为了多赚几个酒钱还是潇洒地打开了大门欢迎客人入住，他们想当然地认为不会有人傻到用血肉之躯去摸那些高压电线，就算不小心摸到了也和他们没有关系，因为每个住进去的人都要和他们签订一份协议，里面有意外触电死亡不追究他人责任的荒唐条例。只可惜大多数人还是有科学常理，知道住到那个房间就等于一只脚踏进了鬼门关，虽然房租很便宜一个月只有200块钱，但还是不敢轻易尝试，因此那间房间空了很长一段时间，当苏杨对负责地下室出租的红光满面的物业管理人员张大明说愿意搬进去，并且一次性付清半年房租时，张大明真以为自己遇到神经病了。

其实那间房光从外表判断并没有想象中糟糕，除了电线电表多了点儿，正中央还有个大大的鼓风机外，其他倒还能接受，唯一让人遗憾的是这间房控制着全大楼的电力，自己却只有一盏25瓦的白炽灯，基本上开和不开没太大区别，最要命的是白炽灯的开关还隐藏在床头一大堆电线里，得伸手在电线里摸上半天才能找到，苏杨疑惑地问张大明会不会触电，张大明白了苏杨一眼说当然不会了，以前住在这里的人都用这个开关，不都没电死吗？苏杨折服于张大明的逻辑只好闭嘴。张大明又交代了一下地下室生活的若干细节，就咂着嘴上去了。

苏杨在床上坐了会儿，心有点儿凉，又有点儿莫名的恐惧，赶紧到外面转了一圈，见到了太阳，呼吸到了新鲜空气，这才安了心，重新回到地下室收拾房间，苏杨随身带的东西并不多，只有一台笔记本加上少许的书和衣服，布置起来倒也很快，又到附近家乐福超市买了些生活用品，然后正式开始了他的地下室生活。

这幢25层的居民楼隶属于上海外国语大学，里面很多住户都是上海外国语大学的教职工，因此经常可以看到一些戴着眼镜的老头出入。事实上上海外国语大学就在不远的大连路上，只要穿过一段狭窄的弄堂和高高在上的轻轨就能到达，苏杨经常到外国语大学里转转，看看篮球场上欢呼雀跃的男生，捧着书静静走路的女孩，以及食堂里互相喂对方食物的恋人。有时也会坐在自修室看书，等到精疲力竭之际回地下室休息。

苏杨的房间里一共有四只老鼠，这是苏杨某天夜里的重大发现。那天夜里他睡得迷迷糊糊，突然听到床对面的书橱上沙沙作响，似乎有活物在打架，本不想理会，无奈声响越来越大，最后严重干扰他本来就脆弱的睡眠，苏杨把手伸到一大堆电线中乱摸了好一会儿，才找到开关打开那盏25瓦的白炽灯，在昏暗的灯光下就看到书橱上一字排开四只脏脏的老鼠。苏杨趴在床上盯着这四只老鼠看了会儿，老鼠们也看着苏杨，小眼珠子转来转去，双方如此对视了片刻，彼此都没什么动作，良久苏杨长叹一口气，然后把电灯关掉了，继续蒙头大睡。

以后的日子里苏杨和这四只老鼠经常不期而遇，久而久之倒也成了不错的伙伴，苏杨不怕老鼠，老鼠更不怕苏杨，经常是苏杨玩电脑时四只老鼠就在房间里上蹿下跳，苏杨只求老鼠别把屎尿拉撒到他床上就成，有几个小动物闹闹倒也不会显得寂寞，就这样大家相安无事共度半年光阴，一起走过的日子倒也颇值得怀念。

当然，地下室里不但有老鼠，还有数不清的无脚或多脚的爬虫，只要你认真观察，你会在那间地下室里找到很多你以前听都没听过的长得奇形怪状的小虫子，那里简直就是一个昆虫世界。比如说苏杨一次整理床下面的纸盒时，就发现了好几只身体长长，颜色红绿相间的甲虫，每只甲虫最起码有100条腿，这些甲虫见到了苏杨居然还昂起头摆出要攻击的架势。还有一次，苏杨突发奇想地把饭桌后那块塑胶布扯开，居然就发现一种有着长长触角和窄窄翅膀的小飞虫，这种小虫子黑压压地爬满了一墙，苏杨顿时头皮发麻腿发软然后默默把塑胶布盖上，然后祈求这些哥们儿千万别发火，他保证以后再也不去打扰它们的生活。

地下室里最多的当数鼻涕虫。鼻涕虫倒不可怕，相比前面提到的甲虫和飞虫，鼻涕虫简直太亲切了，只是这鼻涕虫的数量也未免太多了点儿，无论在桌上、床下还是门后，苏杨总能轻而易举地发现那些白白的、肥肥的恶心家伙，它们慢慢蠕动着，然后在肥硕的体后留下一条清晰的痕迹。就是这种可以让世界上最胆大的女人都放声尖叫的东西，却一度成为苏杨最好的玩伴。实在无聊时，苏杨就会捏起一只鼻涕虫，然后用打火机对着它烤一下，就见鼻涕虫身体裂开一条缝，然后外面的壳就慢慢脱了下来，接着从壳里爬出一条小点儿的鼻涕虫，然后再烧一下，鼻涕虫就又脱掉一层壳。就这样每烧一次就脱一层壳，到最后鼻涕虫只剩下一点点，居然还在蠕动，这时再烧一下，就能听到扑哧一声轻响，鼻涕虫消失了，化为一阵青烟。

“哈哈。”苏杨看着消失的鼻涕虫突然大笑起来，“我是不是很无聊？”苏杨问自己：“可我真的不知道还能干什么！”

苏杨还记得最多一个晚上他一共烧了80条鼻涕虫，从傍晚一直烧到清晨，他一边烧一边哈哈大笑，像一个真正的白痴。

那个晚上，麻秆在金玉兰广场的“天上人间”陪客户喝酒，两瓶老酒下肚豪气大发，一口气叫来好几个俄罗斯洋妞以供淫乱，一晚上花了两万三，然后第二天就签了个300万的合同。

那个晚上，张胜利在一家地下赌场搓麻将，手气从八点背到凌晨三点，轻轻松松输了8000块，最后连裤子都差点儿输掉。

那个晚上，李庄明正躲在F大图书馆里疯狂研究《康德文集》，这是他那星期看的第二本哲学书，李庄明觉得自己快走火入魔了，可还是控制不住要看下去。

那个晚上，马平志正和一家房地产老板吹牛，马平志说你只要给我50万策划费，用不了一年，贵公司的销售额就能提高1000万。地产老板说，闭嘴，我给你100万，你要给我做到一个亿。

那个晚上，白晶晶正在复兴公园的Park97喝酒，这个女酒鬼一口气喝掉四杯52度的“烈火美人”，然后吐得一塌糊涂，当她的朋友把她拖上车时，她还死死抓着酒杯号啕大哭说自己忘不了过去。

6

地下室里看不了电视却可以收到广播，每次睡觉前苏杨总要听会儿FM101.7播放的《夜倾情》。这节目做得可真不错，女DJ的声音挺迷人，在黑暗的地下室里听上去别有一番风味。女DJ总让人们要相信爱情，她说：

“亲，这是一个有爱的城市，所有孤独的孩子都有糖吃。”

苏杨听后不可遏制地大笑起来，他边笑边骂：“如果让你最爱的人离开你，看你是否还会这么天真傻B？”

地下室里的居民包括下岗工人、流浪汉、通奸者、小偷和抢劫犯……这些人白天在阳光下神气活现，一到晚上全消失在地下不再吭声，没人知道他们的喜怒哀愁，没人关心他们是否有衣穿是否有饭吃，因为上帝很可能遗忘了在地下居然还生活着这么多形形色色的人。上帝还以为人人都过上了幸福生活，上帝总以为孤独的人是可耻的。

地下室还住着很多民工，民工中也有文化人，比较热爱电脑，每天晚上都有几个民工到苏杨房间要求苏杨教他们Windows的操作，在学会怎么使用鼠标后又让苏杨教他们上网，民工说他们听说网上有很多爱情可以寻觅，他们也想网恋，于是苏杨只好不厌其烦地告诉每一个民工怎样使用QQ。

地下室不但阴暗，而且潮湿，冬天还算可以，因为干燥。只是春天很快来了，上海的春天多雨，地下室开始潮湿起来，总有莫名其妙的水出现在地面上，而各种奇形怪状的小虫子也开始展现出旺盛的生命力，从罅隙中纷纷爬出，伸展筋骨，地下室厕所的墙上很快爬满了黑压压的小虫，每只小虫都有很多对长长的触角，让所有如厕者不寒而栗。

在那些潮湿的日子里，能够晒一次被子简直是苏杨人生最大的梦想。地下室居民只能在电线杆上拉根绳子晒一下，或者干脆把被子摊在花圃上，只可惜席位有限，因此每次都要积极拼抢，苏杨本不屑和别人抢着晒被子，无奈自己的被子潮湿得几乎能够拧出水来，只得拿出去晒晒，有一天好不容易抢到一个好位置，加上阳光也很好，等晚上去收时几乎能够闻到阳光的味道，苏杨心满意足地想今晚能够睡个好觉，真幸福！没想到晚上民工胡二双来玩电脑时，偏偏要坐在床上吃方便面，结果没两分钟就失手将一碗方便面全撒在了被子上，胡二双自知理亏，头一低小声和苏杨打了声招呼就匆匆离开了，留下苏杨看着那油花花的被子欲哭无泪。

苏杨对面住的是对年轻的夫妇，男人长得像个真正的小白脸，瘦小的个子还戴着金丝边眼镜，留着小平头看上去文质彬彬，成天穿着个白衬衣像一个白领，不过据可靠消息说此人只是江西过来的一个打工仔，依靠修电梯维持生计。他的女朋友是一个如假包换的美女，有着林青霞的面容，烫卷了头发，十米外就闻到她身上散发的浓郁香味，如果说她是某某总裁的小蜜绝对不足为奇，可事实上她只是在某个酒店做服务员，白天站在宽敞明亮的大堂对人微笑，晚上却和其他丑陋的女人一样站在厕所里洗澡，看着黑黑的小虫围着她洁白的裸体飞来飞去。

这对小夫妻总吵架，因为住在对门，所以苏杨大体知道了他们战斗的原因，无非是女的说自己瞎了狗眼，跟这个男的来上海过这种牲口般的日子，现在她每天受尽冷眼简直比妓女还可耻，如果上天可以给她重新选择的机会，她宁愿在当地做乞丐也不要到这个城市来受苦。

女的骂得声泪俱下，男的也不甘示弱，那个男人怒斥女人目光狭隘，怎么能对他的未来心存怀疑，因为他天生注定是大富大贵之命，等些日子一定会发大财。现在苦点儿只是上天对他的考验，如果她无法忍受，就请她立即滚蛋，等他发达了自然会有N个少女蜂拥上来……

两人都说得有理，将唾沫喷溅到对方脸上，而最后吵架通常以一种足够悲情的方式结束，作为战争的主人公，他们都泪流满面，互相忏悔自己的罪。

女的说不管如何我都相信你，我会等到你发财的那一天，永远不离开你。男的也流着鼻涕说他会继续努力，一定赚大钱让她成为最幸福的公主。

抒情完毕后两人总是会做爱，刚才的吵架成了最完美的前戏。破陋的门根本无法阻止那对男女嘹亮有力的呻吟，面对春光外泄，他们只会感到更加刺激，完全忽视了对门的小伙的内心感受，每晚苏杨就在他们的叫床声中安然入睡，再看着身边那四只老鼠，觉得这样生活多少有点儿问题。

这个世界上最美丽的誓言和最虚伪的谎言一样禁不起推敲，三个月后那个女的终于离开了自己的男人去寻找幸福，有人说她跟酒店一位经理私奔了，现在正在西藏享受高原阳光，也有人说她现在就在上海古北地区，成为一名很有名的妓女，成天为各色男人们提供服务，还有人说她对生活绝望，早跳黄浦江自杀了，前两天从江上捞出来的那个面目全非的尸体就是她。真相永远无人知晓，而那个男的依然平静地在地下室生活，淘米做饭，放声高歌，丝毫看不出任何悲伤。

苏杨曾经去过一次那小伙子的房间，那时他的女人还在，小伙子的电脑坏了请苏杨去修，一进门就看到雪白的墙上歪歪扭扭写着一句话：夹着尾巴做人。

苏杨修好电脑后问那小伙子这话什么意思，小伙子瞪着眼睛说："在上海，就要像牲口一样，夹着尾巴，苟且地活着。"

小伙子说这话时很激动，等平静下来拍拍苏杨肩膀说：“哥们儿，你还小，所以你是幸福的，不过你最好永远不要长大。”

苏杨点点头，对小伙子笑了笑。说这些话时，那个美丽的女人正坐在床上修指甲，哼着一首无人知晓的情歌，从头到尾都没看苏杨一眼，仿佛她很快乐。

7

几乎每个凌晨，苏杨都要走出地下室，到外面游荡一会儿。

白天路上人太多，苏杨找不到自己，只有夜里马路才会变得空旷安全，仿佛只属于他一个人。

他现在的确是一个人，没有了爱情，没有了友情，没有工作，更没有了赖以生存的物质基础，此刻的他俨然已是一无所有。可就算一无所有，又有什么不好的呢？他已经没有任何可以再失去的东西。一个从谷底开始的人，所走的每一步都是向上走，从现在开始，他的每一步，都是前进，都意味着希望。

想到这里，苏杨开始在黑暗里微笑起来，他时而对着楼房敬礼，时而对着身边飞驰而过的汽车鞠躬，他为自己的感悟兴奋不已，此刻的他是那样自由自在，灵魂一身轻松。

黑夜是最好的保护色，在黑夜里所有流浪的孩子都能找到梦中的家园。

朋友，你有过黑夜游荡的经历吗？如果你也找不到生活的方向，我建议你去尝试一下，那感觉真的很爽。2001年的冬天，如果你在虹口区广中路附近遇到一个叫苏杨的男人，他保准会这样对你说。

在地下室生活的8个月内，在苏杨身上发生了不少事。比如他摔断了腿；他经常整天不吃饭，瘦了13斤；他换了四份苦力活，失业成了家常便饭；他经常被人嘲讽，内心变得无比坚强，再恶劣的语言也无法伤害他；他变得爱哭，经常会在睡觉前流眼泪；他怕光，觉得自己眼睛会受伤……有工作时他拼命工作，借此忘掉忧伤，星期天他只能忍受寂寞，死人般地躺在床上，不吃不喝，度过整个白天，到夜里再出去游荡，有时他觉得时间很快，更多的时候他觉得时间被拖得很长很长。

苏杨离开地下室时已是2007年4月，天气不那么冷了，又一个春天如约而至，真不知道这个春天又会发生怎样的故事。

苏杨站在4月的阳光下，光线有点儿刺眼，自己犹如经历了一场春秋大梦，梦里不知今夕是何年，所幸一切仿佛都还好，身休健康，内心也没变态，更重要的是重新获得了生活的勇气和成就事业的信心，这就够了，苏杨甩了甩胳膊，回头看看生活了8个月的地下室，深深呼吸了一口新鲜空气，然后对自己说：

“你把这辈子最痛苦的生活经历过了，从现在开始你要比任何人都幸福。”

本章插曲

没有寄出的信

小5

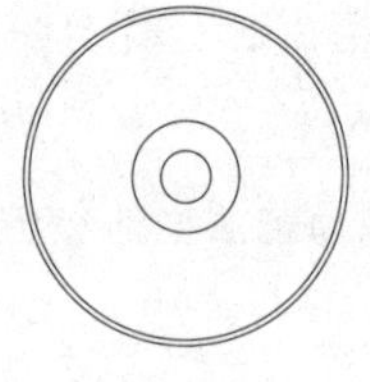

第十一章

Chapter

以梦为马

如果生命是有意义的
那么我们内心的召唤就是有意义的
对梦想的倔犟
不是顽固，亦不盲目
不过是一种永不妥协的姿势
在这人云亦云的世界里
偏执狂才能生存

怕的不是阻挡在面前的千军万马
而是自己一颗不够强大的心脏

是的，哪怕终须一败
请再多坚持一会儿
别向这个操蛋的世界投降

1

苏杨清楚地记得，接到麻秆那个改变了他一生的电话是在走出地下室两个小时后。

离开地下室后，苏杨并没有急着回家，而是躺在虹口公园的石凳上晒太阳，然后电话就响了起来。苏杨刚接通电话就听到麻秆在那头用标志性的嗓门嚷：“操，哥们儿在哪儿发财呢？”

苏杨苦笑一声说：“我快饿死啦，还指望老板您给我口饭吃呢！”

麻秆在那头嘿嘿一笑，说：“岂止有饭吃，现在有个绝佳的发财机会，只要好好把握，保证一年后直接进入有钱人阶级，如果你有兴趣，就赶快到我办公室，过时不候。”

麻秆的公司在南京西路梅陇镇广场的一幢写字楼内，公司不大，办公人员稀稀拉拉十来个人的样子，每个人见到麻秆都点头哈腰，满脸媚笑，张口闭口都是老板好，就差跪下来三呼万岁，虔诚的样子仿佛麻秆是他们的亲爹，而麻秆只是从喉咙里发出些许响声算是回应，看得苏杨目瞪口呆，感到自己回到了封建社会。

麻秆的办公室最起码有200平方米大，里面的设施极尽奢华，最让人瞠目的是墙上挂着N幅抽象画，仿佛这里的主人格调很高雅，麻秆躺在一张宽大的可以睡下的真皮老板椅上，口水四射地告诉苏杨，他现在准备进军保健品行业，最近他刚代理了一个增高胶囊，负责整个华东市场的销售。

麻秆问苏杨有没有兴趣和他一起干，如果顺利，他苏杨一年赚个十万八万绝没问题。苏杨问麻秆这增高胶囊的主要成分是什么，吃了有没有效果，麻秆听后哈哈大笑："主要成分就是淀粉，吃了肯定不会死人，弄不好还能长胖。"

苏杨又问每盒胶囊卖多少钱，麻秆答道："每盒零售价188块，成本不到8块钱。"

苏杨尖叫："你这不是骗人吗？有这么赚钱的吗？"

麻秆白了苏杨一眼，阴阳怪气地说："你不懂，我这价钱算厚道的了，你放眼看看，哪个保健品不是这样漫天要价？这叫行情嘛。"看到苏杨还满脸懵懂，麻秆只得给苏杨上课，进行启蒙教育。

"有家药厂生产一种口服液，号称能够治疗一切骨病，不管是瘸腿的还是断手的，只要吃了他的口服液保证三天就好，先是在报纸上天天整版打广告，又花钱在人民大会堂开了几场专家研讨会，连知名主持人赵老师都请了出来，哭着喊着说自己疼了半个世纪的胳膊就是喝这种口服液给喝好的。于是等该产品上市后简直卖疯了，一盒卖140元，病人抢着买，说这种神药才卖这点儿钱，简直太便宜了。据我所知，这种口服液成本绝不超过5块钱，你说缺德不缺德？你别惊讶，这还不算狠的，有家保健品公司卖灵芝，号称能够治疗各种癌症，那些晚期病人，医院都不让进了，吃他的灵芝都能吃好，其实什么效果也没有，一盒灵芝成本没有10块钱，你知道市场上卖多少钱？2000块，才能吃五天，癌症患者还抢着买，这家公司一年赚10亿。你说我跟这些人比起来，岂不是他妈的简直太善良了吗？"

苏杨似懂非懂地点了点头，然后又问："我就不明白那么贵的保健品怎么就能卖得那么好，好像没有道理啊？"

麻秆又是鄙夷一笑："能被你想得出来就真没道理了，这就叫市场，你不懂了吧？几万块钱和生命怎么好比较呢？再说了，你要看是谁买这些东西，是得癌症的人吗？No，是得癌症人的子女，他们或许也不想买，也舍不得钱，但怎么可能不买？不买就是不孝，得背负千古骂名，再说了，有个活命的机会谁不珍惜？有希望总比没希望好，到那个时候你不要说卖灵芝给他们，就算是卖萝卜给他们，他们都要买，明白吗？我们卖的不是产品，而是活命的希望。前几年有个甘肃人得了癌症，躺在床上等死，后来有人对他说每天喝三公斤四川驴尿，连续喝半年，癌症就会好，结果这个人立马跑到四川，真喝起了驴尿，一天三公斤，整整喝了半年，你想为了活命，动物的排泄物都能喝，何况几万块钱？抓住了消费者这种心理，就是抓住了市场，不发财才怪。"

2

听了麻秆这些话，苏杨过了老半天才长叹一口气，然后悻悻地说："疯了，这个世界简直疯了——哥们儿，你继续说，我今天心甘情愿让你洗脑。"

麻秆一听这话来了精神，继续发表演讲："小伙子，我告诉你，这可是在商场，不是在学校，纯情和天真得放到一边，否则别人成天大鱼大肉，而你只会饿死，你千万不能认为自己在骗人，你要认为商场只是一个娱乐场，身在其中就必须遵循游戏规则，没错，我们是在欺骗别人，可别人也欺骗我们啊！所以这样生活才能平衡嘛，其他的一切都是假的，只有钞票是真的，你说这个世界上有人和钞票过不去吗？当然没有，除非这个人是个真正的白痴。"

苏杨实在没理由反驳麻秆的理论，事实上这些话他以前想都没有想过，简直听得心惊肉跳。苏杨问麻秆到底想让他干什么，他什么都不懂，在麻秆面前，他就是一个如假包换的笨蛋。

麻秆点起一支"三五"，慢悠悠地说："你不是文章写得好吗？你就给我写广告软文宣传这产品，文章不能太露骨，千万别让人一看就知道是广告，但一定要写得打动人，让人明白吃了我这胶囊比吃啥药都管用，不吃我这药，只能一辈子当矮子，你要写得好的话，一篇文章给你500块，你别惊讶，这还是试用期的报酬，过了试用期钞票加倍，记住了，你没有骗人，你只是在做游戏，你的OK？”

麻秆一口气说完这些话后，眨巴着小眼睛看着苏杨，食指还对着苏杨的胸膛，一副老板派头。

苏杨在麻秆的鄙视下情不自禁地点点头，说：“我的明白了。”

“你明天就来上班，我现在要休息了，你先走吧。”麻秆朝空中吐了口烟圈，挥挥手让苏杨出去。

“嗯，那我先走了，哥们儿你好好休息。”苏杨转身欲走。

“等会儿！”麻秆躺在椅子上，像一头不折不扣的猪，他鹰一样盯着苏杨说，“提醒你一下，你到了我公司上班，就不能再叫我哥们儿，你得和这里所有人一样，叫我老板，当然，一开始改不了口不要紧，但一定要尽快，千万不能乱了大小，让人笑话。”

苏杨心中一凉，尴尬地问：“这也是游戏规则吗？”

麻秆美美地伸了个懒腰：“你是聪明人，明白就好，你去吧。”

从麻秆的公司走出来，苏杨很快就迷失了方向，这是一个高楼林立的地段，宽大的南京路上奔驰着各种高档轿车，两边则是匆匆而过的自行车，也有民工一边骑黄鱼车一边东张西望地提防着警察，路两边有卖茶叶蛋、包子馄饨的，有下象棋跳舞打拳的，有高声唱歌大步奔走的，整个世界好一派忙碌的景象。

苏杨不想坐车，沿着南京路走了很久，饿了就在路边一家大排档店吃了五块钱的炒面。从下午一直走到傍晚，傍晚在人民广场待了会儿，几个月前他在人民广场像一个傻子一样成天游荡，还在那里摔断了腿，现在腿好了，可他仿佛依然是一个傻子，没有亲人，没有朋友，有的只是一颗更加孤独的心，此时此刻会有谁来体味这颗心呢，苏杨觉得鼻子很快酸了起来。

广场上依然人潮汹涌，一帮跳街舞的孩子仍在不知疲倦地翻来翻去，夸张的动作一百年不变。苏杨坐在喷水池边的围墙上，到处张望，仔细冥想，直到暮色四合才对自己说：

“努力，奋斗，你不可以再做一个小人物，所以你要比谁都狠毒。”

3

从苏杨家到麻秆的公司路程近20公里，不堵车的情况下坐公车要2小时，骑自行车95分钟。这些数据都是在理想状态下测算出来的，因为上海不堵车那几乎不可能，每天上下班的几小时内，上海的公交车用蠕动来形容非常准确，车开的速度不见得比80岁的老头走路快，情况恶劣时往往车开了半天还走不完一条街，坐在车上的人真恨不得把司机杀了，如果是女司机，就先奸后杀，非此不能泄心头之恨。

苏杨思考再三后决定骑车上下班。虽然骑车不用为堵车心烦意乱，但一路上却是险象环生，苏杨本来骑车就生猛，眼里一向看不见红灯，平生最见不得别人骑车比他快，加上骑车的人实在太多，遵守交通规则的几乎没有，所以和别人磕磕碰碰简直是家常便饭。

最夸张的一次苏杨在上班的路上和15个人发生了弹性碰撞，等到公司时浑身共有大大小小带血伤口28个，活像一个亡命天涯的歹徒。骑车上班和别人碰撞还是小事，最怕就是车坏了，苏杨那辆破单车大一时就跟着他了，被苏杨折磨了四年早就老态龙钟，随时都有崩溃的可能。

有一天天降大雨，别人都唉声叹气，苏杨却看着暴雨哈哈大笑，说：

“雨中骑车，岂不快哉！”然后披着廉价雨披，骑上车兴冲冲上班去，结果骑到一半路程时，车链绞到车轮里，推都推不动，放眼望去漫天大雨，平时马路上多如牛毛的修车铺一个个消失得无影无踪，不得已苏杨只能扛着自行车走了半个小时，才找到家修车店，花了20块钱换了条车链骑到公司。

当天晚上苏杨加班到十二点，从公司出来没骑多久车链居然又断了，那么晚找个鬼都比找修车的容易，天还在下雨，苏杨只得穿着浸满水的运动鞋，深一脚浅一脚地推着车往家走，走了四个多小时才到家，再过两个小时又得上班了，苏杨急得都快哭了。

很多人都奇怪苏杨为什么不坐公交车，虽然时间长点儿但毕竟人不累，而且安全。苏杨笑笑说骑车多好啊！不但锻炼身体而且行动自由，还能节省时间，一举多得啊！苏杨说这话时其实心有点儿疼，因为他在撒谎，没有人知道他不坐车其实只是舍不得每天四块钱的车费，苏杨明白，如果别人知道他居然是舍不得几块钱肯定会觉得他小题大做，在犯矫情，苏杨知道别人肯定无法理解，因为他们不是穷人，根本无法体会一个穷人的心态，如果你所有的存款加起来连100块都没有，那么一分钱都无法忽略，以前苏杨不懂，可现在他明白了，他知道还有很多人不明白，但那不是问题的关键。

就这样，从2002年4月到10月的这半年内，苏杨每天花三个多小时骑80里地上下班，每天都会经过人民广场和外滩，那里繁花似锦，歌舞升平。东方明珠和金茂大厦仿佛触手可及，只是苏杨知道这一切于他都是幻象，所以他总长叹一口气，然后狠狠踩两脚自行车匆匆离开。

4

这是一个吉他可以趴着弹二胡可以站着拉的年代，这是一个概念大于梦想，谣言大于事实的年代，这是一个连月饼都透着古典主义的年代，这是一个犯贱有理，不犯贱傻帽儿的年代，这个年代很好，这个年代很坏，所有纯真的誓言都变成了硕大无比的泡沫在空中飞，张牙舞爪，耀武扬威，可只要轻轻一碰就灰飞烟灭。

你可以忽略一切，但绝不可以忽略欺骗的力量，你可以藐视所有人，但绝不可以不尊重骗子的魅力，因为一个最不起眼的骗子都有可能完成你一辈子无法实现的梦想。

上海有家广告公司的老板，号称是北大哲学系博士，头发剃成3个圆圈，说是三阳开泰，每次出去拉业务时都穿着中山装，戴着红袖套，然后连续讲10个小时不喝水，讲20个小时不小便，一般人见到他这个架势都惊为天人，气势上先输他三分，只得乖乖向他请教。此君有句经典名言是“给我20万，还你一个亿”。意思是只要给他几十万广告费，就能够产生几千万的销售额，如果不请他做广告，公司肯定倒闭。

当然，骗子最大的特点就是他总有办法让你不认为他是骗子，此人不但敢吹牛，而且能吹牛，说起大道理一套又一套。几乎所有客户经此君洗脑后，都乖乖奉上几十万广告费，屡试不爽。结果这厮收到钱后立马消失不见，等风声过后再继续出来行骗，这样一年也能弄几百万。奇怪的是，光天化日下这个骗子居然活得万分潇洒，就是没人想将他绳之以法。

上面说的这个骗子还只是小混混儿，真正的大骗子根本不屑去骗企业钱财，那些人只骗政府的钞票。2001年国家鼓励海归回国创业，提出若干优惠政策，有一个云南人当时正在新马泰晃悠，每天感到无事可做，一看国内形势大好赶紧回国行骗，打着国际著名金融家的身份来到上海，找到新区政府官员说他要在上海浦东国际机场附近投资建一个全球最大的室内人工海滨浴场，浴场面积达13万平方米，里面内容包括大海、沙滩、高山、瀑布、热带雨林等自然景观，要集文化、娱乐、运动、观赏、休闲、餐饮、住宿为一体。据此人说整个工程投资约为25亿人民币，耗时5年，建成后将是世界第一，50年内不会有同类建筑赶得上，从此上海没有海滩的事实将成为历史，外国游客一下飞机就享受到纯正的夏威夷风情，彻底感受到上海作为一个国际大都市的非凡魅力。政府领导听了他描述的美好蓝图虽然心动，但还颇有顾虑，结果此人又下猛料，包了架飞机载着几个头头到天空飞了几圈，不停用手指着下面的土地勾勒未来，没人知道在飞机上他们具体说了什么，反正下了飞机后这个项目就被批准了，一些媒体及时将此事做了正面报道，并高度赞扬，赞誉此人是民族英雄，此项目利国利民，必定流芳百世。然后就是政府划地，公司成立，招商引资，银行贷款，各地技术人员纷纷上马，就在大家以为又一个东方神话将凭一己之力化为现实时，这个民族英雄突然一夜之间消失不见，带着骗来的十多亿人民币，没有人知道他去了哪里，只知道那个刚刚动工的建筑已有一半露出了地面，像一堆真正的垃圾。

这些都是事实，你可以忽略，但你无法否认。说这么多只是想告诉有些人，这个世界是不公平的，农民种一辈子田，抵不上有些人一顿饭的消费，工人干一辈子活，抵不上有些人一夜风流，这个世界浮躁得很，所以，有人夜夜笙歌，有人下岗待业，有人娶了四个老婆，有人却打一辈子光棍。

5

很多年以后我们都知道要想在一个商业领域里取得成功，一个重要的前提就是找到适合自己的营销模式。对保健品而言更是如此，当年三株口服液一年卖80个亿，是因为三株坚持农村包围城市的战略，把宣传标语刷到了农民朋友的猪圈上。而安利现在一年能卖100亿是因为它的直销做得很成功。回望2004年，仿佛还没有太多人想得到软文的广告力量居然可以那样强大，简直化腐朽为神奇，如果告诉你几篇文章可以带来几亿的收入，你一定不要觉得不可思议，因为这是事实而非天方夜谭。

如果你不健忘，你应该记得一个号称“今年过节不收礼”的保健品当初启动市场其实就是靠几篇非常经典的广告软文，这些广告软文经典到让专业杂志当成科学论文到处转载，几年下来这个产品的老板最起码赚了50亿。

如果你不健忘，你更不会忘记北京有家号称能够治疗一切不育不孕症的医院，同样是靠几篇软文炒作，一转眼变成了国际知名的“送子医院”。每天上门就诊的患者络绎不绝，连外国人都慕名前来，不到半年时间营业额就突破了20亿。

你现在只要翻开报纸，就会发现上面全是各式各样的软文，有的明目张胆，有的小心翼翼。你打开你家信箱，你同样会发现里面充塞着各种宣传小报，上面有和你生死相关的一切内容，你要么别看，要是看了就会情不自禁买他们的产品，因为那些文章会告诉你其实你已经得了某种绝症，你不吃他们的产品很可能会立即死掉，只有他们可以让你活得和从前一样。这就是如今的保健品市场，这就是广告软文的力量。

为了写好那个增高胶囊的广告软文，苏杨整整花了4个月，看完了16本和人体长高有关的专业医学书籍，每本书都有一尺厚。那4个月苏杨没有哪天是在12点前睡觉，通宵工作是家常便饭。

在那4个月里苏杨共写了100多篇文章，然后从中精选了12篇做成3个整版，分别取名为：《孩子长不高，最痛父母心》、《爸妈再爱我一次吧，我要长高》、《××胶囊，长得像姚明不是梦》，这些整版在华东各城市的日报、晚报和周报集中投放，每星期投两次，足足做了两个月。因为这些文章不但有恐吓，更有煽情，而且有理有据，让人看了很是信服，几乎每个整版都能接到1000个咨询电话，算是创下了同类软文的最好纪录，从而快速启动了市场，引发了第一轮的购买高潮。

苏杨又策划了一档关于该胶囊长高原理的科学问询节目，在各地电台黄金时段播放，节目里苏杨请了一个医院退休的女护士，号称是全国著名长高专家，欺骗观众说该胶囊多么多么神奇，科学价值不亚于克隆技术，前景超过三峡工程，是21世纪最伟大的科学发明之一，又找了几个民工冒充消费者打电话说自己儿子吃了该胶囊后，个子10天长高8厘米，激动得在电话里放声大哭。

这一系列策划圆满完成后，××胶囊简直卖疯了，华东数万家终端均出现抢购热潮，卖断货的比比皆是。就这样持续了两个多月，麻秆净赚600万人民币。

庆功会上，麻秆抱着苏杨猛喝3000元一瓶的XO，然后递给苏杨一张银行卡说："里面有5万块，算你的酬劳，跟着我好好干，赚钱的日子在后面呢！"

苏杨把卡塞到袋子里，然后对麻秆鞠了个躬，说："谢谢老板！"

庆功会逐渐进入高潮，除了苏杨，其他所有人都已经喝高，每个人都红光满面地吹着牛，许着诺，憧憬着未来人生更加牛叉。苏杨却越喝越冷静，他端着酒杯，站在窗户前，痴痴看着眼前车水马龙的上海。多么美好的城市啊，这里有着人们梦想的一切，可究竟怎样的生活才是我真正想要的？苏杨有点儿责怪自己此时此刻竟然还在思考这种形而上的问题，可这次和以前不一样，因为他已经不再是那个为一首诗可以流泪的少年，曾经沧海之后，苏杨对未来的人生之路已经有了明确答案——我可以不爱钱，但我得先拥有钱才能唾弃钱，否则就是最大的笑话，而赚钱似乎是这个世界上最简单的事情，只要我想，或许我可以做得更好，或许我自己也可以做老板。

苏杨为自己的这个念头感到恐惧，继而又被浓郁的兴奋感所替代，他知道自己崭新的生活即将真正展开。

6

尝到了甜头后，麻秆准备在广告上加大投入，把胜利的火焰燃烧到全国，计划一年赚10个亿，三年占领全国80%的保健品市场。麻秆兴奋地对苏杨说出这些计划，然后问苏杨意下如何，是否佩服他卓越的思想，麻秆眯着眼睛等待苏杨的夸奖，却没想到苏杨听后头直摇，然后不无讽刺地说："你的想法太天真了，简直就是开玩笑，其实这次成功一半是因为运气好，根本不值得高兴，你也不看现在保健品市场风起云涌，一天一个变化，如果一味依靠广告打市场，迟早得死掉。现在当务之急是好好建立全国营销管理中心，然后在各地成立分公司和办事处，重新寻找经销商，不能现货现款的经销商全部不要，对终端也要认真管理，坚决抵制次货和假货情况发生，还要防止竞品恶意中伤，最好每个终端都派上自己的促销员，此外还要做到全国零售价保持统一，健全售后服务系统，而最重要的是应该积极寻求其他营销模式，比如会议营销、社区营销，甚至直销，千万不能故步自封，更不能沾沾自喜，要走的路还长着呢，只有做好这些基础工作，才能提升品牌形象，谋求进一步发展，否则就是痴人说梦。"

一席话说得麻秆五孔流血、七窍生烟，麻秆做保健品本来只想玩票，赚上一笔就逃，现在轻而易举赚了几百万就以为这个行业赚钱太容易，所以才有了继续玩票的想法，本以为苏杨会大唱赞歌，说自己英明神武，却没想到这厮居然和自己说这么多大道理，而且完全否定自己的智慧，这个公司还从没人敢对自己说半个不字呢，简直岂有此理，当下一拳重击在柚木办公桌上，对苏杨破口大骂："你懂个屁啊，你他妈的只是我一条狗，我要你来干活的，不是对我指手画脚，你，给我道歉！"

空气有点儿凝固，麻秆涨红着脸，喘着粗气，龇牙咧嘴，仿佛要一口把面前的浑蛋吃掉。苏杨坐在麻秆对面，脸色阴冷，并没有任何道歉的意思。麻秆终于忍无可忍，拿起桌上的烟灰缸奋力砸向苏杨，然后大叫：“你给我滚出去！”

苏杨只轻轻一避，就躲开了呼啸而来的烟灰缸，然后慢慢地从椅子上站起来，走到麻秆面前，双手撑在老板桌上，一字一句对麻秆说：“哥们儿，你还真把我当你的狗了，别幽默了好不好？你也不看你的钱是怎么赚来的，相不相信我到政府举报，说你卖的产品都是骗人的东西，到时候你还能坐在这里吗？”

麻秆听了苏杨的威胁后哈哈大笑：“你他妈的是不是不想活了，我现在随便叫几个人就能把你从这儿扔下去，到时候连给你收尸的人都没有，你以为凭这个就能要挟我，做梦！”

苏杨也冷笑，说：“你是老板，你当然能把我扔下去，没错，就凭这些好像还真搞不死你。不过，你千万别忘了，这几年你逃了不少税，我在你公司这几个月不小心收集到了一些证据，我给你算了下，你偷的税总额好像有500万了，你是生意人，知道逃这么多税意味着什么，我就不吓你了！”

听了苏杨这话，麻秆一下子坐到了椅上，脸上青一阵白一阵，过了半天才怔怔地说：“算你狠，你想怎么样？”

苏杨慢慢伸出一根手指头，缓缓地说：“100万，少一分钱都不行。”

十分钟后，苏杨将滚烫的100万支票放到那个破烂的公文包里。在离开办公室时对麻秆说：“哥们儿，你别怪我不好，是你说这一切都是游戏的，既然是游戏，就要遵守游戏规则，你太笨了，这个世界上比你聪明的多得是，可惜你还总以为自己最牛B。记得以后千万不要随便把别人当狗，谦虚点儿，否则会死得很难看。”

已经是10月了，天真的冷了，这个城市的上空涌动着大块大块的积雨云，仿佛时刻都有降雨的可能。北风很大，落叶在空中飞舞，行人在风中撒腿奔跑，试图逃避雨水的侵袭。苏杨拎着那只价值100万的破公文包慢慢从麻秆的公司走了出来，然后从一条小弄堂里推出自行车，一如往常慢慢骑了起来。

没有人知道这个衣着普通、神情憔悴的小伙子是一名新晋的百万富翁，人们只是不明白，为什么大雨即至，这个人还这么悠闲，难道他真的无所谓？

7

一个月后，苏杨的“楚水生物科技有限公司”在张江高科技园悄悄开张了。老板苏杨在这一个月里考察了N多保健品，包括闻了就能减肥的，喝了就长生不老的，抹了就回到18岁的，吃了癌症立即痊愈的，还有排毒养颜的，洗肺洗肠洗骨洗血的，就差把死人吃活的产品了。

苏杨在这些“神奇”的产品中挑来挑去最终选了一个东北药厂生产的保健品，作为自己公司的代理产品。该产品号称可抗肿瘤，提高细胞合成DNA和RNA的能力，对安神、镇痛、提高机体活力、降低血糖血压都有显著功效，长期服用还能返老还童，白发变黑，老年斑全部消失，性能力还能提高，简直就是万能药。

产品选定后就是招人，这年头工作不好找，可没想找人的工作更难，苏杨傻傻地坐在光大会展中心，嘴皮磨出N个血泡才招到一个文员、一个平面设计，还有5个销售员。人员到位后，又要忙公司注册、选择办公地点以及添置办公设备。等所有这些硬件都完成后就开始产品招商，写招商书苏杨早就驾轻就熟，熬了三个通宵拿出一篇上佳的招商文案，在《上海经营报》登了没两天就接到上百个意向电话，几经选择及谈判后找了卢湾区一家规模很大的药品经营公司为合作伙伴，一个星期后全市数百家药店、超市、大卖场的货架上都出现了苏杨的产品。万事俱备，只欠东风，接着就是做广告搞活动，仿佛成功就在眼前，就等大干一场。忙完所有这些活后苏杨整整瘦了20

斤，跟只猴儿差不多了。

产品上市后，苏杨又不眠不休折腾了两星期写出十几篇软文，篇篇恐吓有力度，耸动有根基，自己颇感满意，一口气在《新闻晨报》和《新民晚报》上投了整整3个星期，每天都能接到不下300个咨询电话，无论大卖场还是小超市，货一上架立即被抢购一空，2003年1月份投入30万，结果产出80万，2月份情况还要好，销售额直达200万。要是别人看到这种情况，高兴得能在地上打滚，可苏杨却烦得要死，因为这个产品是他代理的，大部分钱都流入到厂家，自己的利润空间并不高，苏杨越想越气愤：“操你娘，这么好的市场，都是老子争取来的，凭什么让你赚这么多钱？”

一天夜里，苏杨拿着自己代理的这个产品说明书，反复看着上面的原料名称及保健功能，看得胡子都绿了，就在大脑一片混乱、行将崩溃之际，他突然想起几个月前自己选产品时发现无锡有一家叫天成的药厂有种叫“清热解毒”胶囊的原料和这个产品差不多，保健功能也基本一样，只是那家药厂因效益不好一直处于半倒闭状态，“清热解毒”胶囊更是五六年没生产过了，要不是当时自己一心想找好产品把所有资料都认真看了个遍，否则现在打死都想不起这产品。想到这里，苏杨仰天哈哈大笑三声，小眼睛转了两转，顿时有了主意，然后赶紧冲出门外，打车直奔无锡。

8

在天成药厂会议室，苏杨对厂长李庆浩说：“上次在贵厂考察产品后，经仔细分析觉得贵厂产品很有前途，这次过来就是要请贵厂重新生产‘清热解毒’胶囊，贵厂只消生产，其他一切都由我负责，每次货到发款，绝不拖延，为表诚意，我先预付第一批货款的30%。”说完，苏杨从公文包内掏出50万人民币算作定金，同时掏出一纸合同，干咳了一声继续对李庆浩说：

“李厂长，您看一下合同，如果没问题我们尽快展开合作，我知道现在生产对你们很重要。”

生产对天成药厂的确很重要，因为他们已大半年发不出工资了，几百名职工天天追着厂长要钱，李庆浩都快被逼疯了，现在看到这么多现金摆在眼前，而且这个傻瓜居然要代理他们早就放弃的产品，还全盘包销，简直是送上门的财神嘛，哪有拒绝之理，当下激动地拉着苏杨的手说：“你真是好人啊，我们是好朋友啊！”然后细细看了合同，没发现任何不妥之处，为防苏杨反悔，合同最后还特地注明在代理期间任何一方违反合同都要向对方赔偿人民币5000万，对于这个变态的条件苏杨一口答应，最后双方在合同上签名落款后，一颗悬着的心才落了下来，在回去的车上苏杨不停地对自己说：“我操，这下真要发财了！”

回到上海，苏杨立即重新撰写文案，号称“清热解毒”胶囊是原先产品的升级版，效果是以前的1000倍。为了造成轰动效应，除了连续数月密集整版投放外，更是花重金从香港请来两位一线男星做形象代言人，拍了三套不同版本的电视广告，在全国数十家卫视播放，每天播放十次。广告这边如火如荼，那边线下活动更是丰富多彩，在苏杨的策划下，上海街头每天都会出现数个路演队，十几个美女撅着屁股又蹦又跳地向路人推广“清热解毒”胶囊，边跳边叫：“女人挺好，男人顶好，清热解毒胶囊，让中国男人顶起来。”

消费者的激情被彻底引爆了，关于该产品的销售佳绩，苏杨后来不止一次对别人说：“人们实在太疯狂了，厂里每天生产三班都来不及，十几辆大卡车排在厂门口等着发货，全部是现金结算。”

有人后来粗略算了一笔账：短短几个月，苏杨至少赚了2000万纯利润，要不是后来政府出面干预，告诉公众保健品广告其实都是浮夸风，市场逐渐冷了下来，他很可能会成为中国最年轻的亿万富翁。

马平志说：“苏杨的先人肯定是做牛做马做牲口，祖祖辈辈积的德都被这小子捞去了。”

麻秆说：“这家伙简直是垃圾，要是这个产品让我来做，我最起码赚他10个亿，还得是美元。”

张胜利说：“我早知道此人会发财，只是没想到来得这么快，而且这么直接。”

李庄明说：“疯了，这个世界简直疯了，凭我夜观天象，就知道他最近大旺财运，看来我得早点儿毕业，投靠他一起发财。”

张晓光说：“操他妈的，老子在化工厂累死累活，一个月才320块，他妈的苏杨小时候还跟着我混呢。”

陈小红指着张晓光鼻子大骂：“你个死人就知道抱怨，我真是瞎了眼睛嫁给你，要是当年我跟着他，现在怎么说不愁吃，不愁穿。”

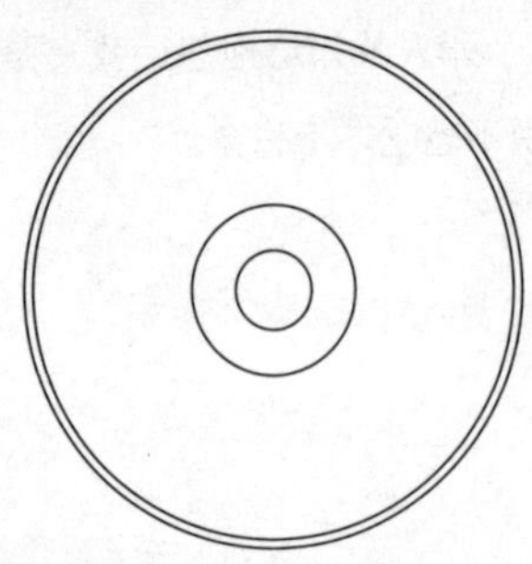

本章插曲

那时年少

小5

如果青春记忆是一本笔记 我该如何写你才能永远不忘记
那岁月的画笔还残留痕迹 我和你的过去可不可以不过去

第一次流泪 还记得是为谁
第一次心碎 熬几个失眠夜
没有是与非 爱过就是一切 没有错与对 还没走到结尾

只因那时年少 总把未来想得太好
叫做时间的那条轨道 我们在拼命奔跑
只因那时年少 爱把承诺说得太早
以为可以这样到老 原来爱情故事都只是参考

如今我们哼着同一个旋律 不需任何言语就能拉近了距离
这些年的遭遇全放在心底 一个眼神交替就已泄露了秘密

上一次流泪 还记得是为谁
上一次心碎 熬几个失眠夜
没有是与非 爱过就是一切 没有错与对 还没走到结尾

只因那时年少 总把未来想得太好
叫做时间的那条轨道 我们在拼命奔跑
只因那时年少 爱把承诺说得太早
以为可以这样到老 原来爱情故事都只是参考

只因那时年少 以为有天总能明了
就算是日子太过潦草 也是我们的骄傲
只因那时年少 可以承受更多风暴
相信幸福总会来到 擦肩而过也是人生的味道

第十二章

Chapter

人来人往

离栀子花开的季节已经很远
远处传来教堂的钟声
又一对新人步入婚姻的圣殿
我们曾经仰望过的橱窗里的婚纱
或许正穿在今天那个幸运的姑娘身上

我们都认识的那些人
渐渐地大都失去了联系
只知道有人分了手
有人结了婚
有人当了爸爸
天各一方
却也各自安好

一切曾经以为过不去的坎儿
都渐渐被抛在了身后
一切曾经以为到不了的彼岸
都在日复一日的征途中抵达

咬咬牙也有了自己的房子
虽然还要还上很多很多年的贷款
闭上眼也能看见你
依然坐在我身边的长椅上
栀子花开
你摊开手
说我们永不分离

1

当苏杨开价1500万购买天成制药厂时，李庆浩显得很伤感，毕竟他在这个厂里干了整整38年，从当年一个小学徒工到后来的车间主任直到最后一厂之长，他多少和这个厂有了感情，现在居然要从自己手上卖出去，不伤感实在说不过去。

不过李厂长到底是过来人，知道这笔交易对他而言有百益而无一害，首先是能暗中拿下苏杨给他的20万好处费，其次是收购后他还是厂长，权力只会更大，更重要的是：以后厂里效益不好就不会有人怨他了，工人不会到处追杀他，领导也不会找他半点儿麻烦，就算倒闭掉都与他无关，发财大家享福，倒霉肯定找不到他，一切都有苏杨顶着。

李庆浩小眼珠子飞速转了几圈，把方方面面想了个遍，确信对自己绝对没任何不利之处，于是破涕为笑，爽快地和苏杨达成君子盟约，正式开始操作卖厂的事，并当场拍胸脯向苏杨许诺，肯定会把这桩生意做得漂漂亮亮的，绝对不让苏杨吃亏。

有人估算过天成药厂当时的总固定资产，除了欠银行300万贷款外，没有其他一分钱外债。虽然当时药厂处于半瘫痪状态，但厂房是新建的，设备是刚买的，还有上百亩土地，400多号人，这部分固定资产加起来最起码有3000万，1500万买下3000万的厂仿佛是个奇迹，但这就是资本的力量。

当时天成制药还属于国有资产，正处于改制的边缘，当地政府积极响应中央的号召要对天成药厂进行资产改制，天天磕头盼望有财神前来投资，结果盼了一年多还没着落，虽然不时有人上门考察，可大多是骗吃骗喝后就拂袖而去，虽然药厂设备还挺新，但产品没市场，机器天天歇在那里等生锈，工人组织了十几次集会到市政府门口静坐要工资，当地政府领导个个为这家药厂头疼不已，现在看到有人肯出这么高的价钱买下这个破厂自然欢心不已，更何况苏杨还承诺不让一个工人下岗，更是解决了他们的心头之忧。所以一路绿灯，整个收购没遇到半点儿麻烦。

2004年11月，苏杨聘请了一位医药界赫赫有名的人物担当楚水生物CEO，此人是我国改革开放后第一批留学生，上世纪80年代中期就获得了哈佛大学医学博士学位，曾任世界三大制药公司之一的辉瑞大中华区市场总监，90年代末回国后一直担任国内某知名制药集团副总裁，聘请此人苏杨整整花了200万，不过绝对物超所值，因为此人不但带来全套市场管理及营销资料，还带来自己五员心腹大将。高层领导齐全后苏杨紧接着组建好其他部门。2004年12月底，楚水生物在浦东国际会展中心举办了盛大的媒体发布会，宣布2005年正式进军医药市场。

发布会被安排在晚上六点举行，那天总共来了不下300名记者，包括中央电视台、凤凰卫视等重量级媒体均有记者到场。此次发布会和同类发布会相比有很大区别，从某种意义上讲，更像一场大型Party，先是在滨江大道放了一小时焰火，以此欢迎各位来宾，焰火结束后，又在国际会展中心附近的五星级酒店香格里拉举办了盛大的晚宴招待各路记者，同时，一台制作精良的歌舞晚会也闪亮开场，十多位当红歌星纷纷登台献唱。酒足饭饱后众记者又被请上一艘号称媲美泰坦尼克号的豪华游轮，游轮上有影院、夜总会、舞厅、游泳池等娱乐场所供人玩乐。游轮沿着黄浦江一路驶往长江，在长江中央停了一夜，第二天清早才回到上海。

新闻发布会早上九点正式召开，先由CEO介绍楚水生物一些情况及战略规划，啰唆了大半个小时后说下面有请公司老板苏杨为大家致辞，话音刚落，偌大的会展中心顿时鸦雀无声，镁光灯咔嚓咔嚓闪个不停，苏杨凝视台下数百名记者，一字一句地说："楚水生物要用十年时间成为医药行业的微软，捍卫民族医药的尊严。"

苏杨的这句话成为第二天上百家报纸的头版头条。所有参与发布会的媒体都高度赞扬了楚水生物，更是有媒体预测该新闻会成为2004年国内十大新闻之一，不过也有个别媒体表示这只是一个乌托邦式的梦想，可无论如何几乎所有媒体都对楚水生物表示了高度关注。

很多年后，有一位专业财经作者撰文说那次新闻发布会实在是一次非常成功的商业炒作，短短两天，苏杨就让一半中国人知道了他的公司，如果按正常模式达到这个效果至少需要花费1亿人民币，可苏杨的实际付出只有区区200万。而且，还获得了很高的美誉度。文章最后此人强调：从这个意义上讲，把苏杨评为一个营销天才并不为过，最起码他的炒作水准在国内医药行业已无人能出其右。

2

楚水生物做的第一个产品是一种透明香皂，这种香皂除了贵之外没有任何特点，苏杨却将之定位为具有革命性的高科技产品，并取了个很好听的名字——透氧嫩肤香皂，打出的功效说用这个香皂洗一次澡等于做一次全身光子嫩肤，能够柔嫩全身肌肤，让你永远18岁。

策划好后苏杨请上海4A公司拍了广告片，接着，全国数十家卫视每天不分昼夜地宣传该香皂的功效，密集播放了半个月后，连90岁的老太太都知道透氧嫩肤香皂是什么玩意儿了，苏杨判断市场已经成熟，开始全面铺货，结果一上市就卖疯了，一块透氧嫩肤香皂卖80元，女人们往往10块10块往家买。这种香皂让苏杨每个月都有500万左右的回款，到现在还是楚水生物的赢利产品之一。

楚水生物做的第二个产品是抗衰老口服液，这种口服液据说吃了能返老还童，白发变黑，老年斑都能吃掉，性能力可以恢复到20岁。苏杨知道这种产品光靠广告打市场肯定不行，政府监管力度越来越严，如果明目张胆大肆宣传肯定会挨罚，再加上现在消费者智商大幅度提高，个个火眼金睛，对虚假广告一眼就能看出，要把这种产品做成功只能智取，经大量市场调研并反复讨论市场策略后，决定采用组合销售模式，一方面请中国知名度最高的小品演员做产品代言人，在各大电视台大做广告，以此提高产品知名度和美誉度；另一方面积极尝试会议营销和社区营销，加强终端拦截率，所有终端都派上促销员，坚决不放走任何一个潜在客户，做好市场的同时更是加强做好政府公关，坚决不逃一分钱税，动不动还捐款给慈善事业，因为态度好，政府对楚水生物印象很不错，几次医药行业整风都没有动楚水生物，就这样折腾了大半年，该口服液也获得了巨大的成功，稳坐国内同类产品第二名，每月均能进账上千万。

2005年，一名大学生挥刀杀死了4名同学后亡命天涯，一时间全国震惊，所有人都伸出手指痛骂此人是魔鬼，媒体更是不分昼夜报道此事，吸引了所有国人的眼球。后来该大学生被捉拿归案后民众的一致态度是批判凶手，同情受害者，纷纷给那4个被害人的家庭捐款，苏杨又看到了巨大的商机，在此大学生被判刑那天，召开发布会宣布给他父母捐款100万人民币，顿时引起轰动，各大媒体不请自来，天天围在苏杨公司门口等待采访。

苏杨前几天先是拒不接受任何单独采访，等记者越来越多后召开新闻发布会，会上苏杨声情并茂地说杀人犯有罪但他父母是无辜的，无论如何父母都是最伟大的人，我们应该去爱而不是去恨。苏杨的这些话又纷纷被转载，并很快引发了一场大讨论，上百家媒体数万人参与了讨论，最后没有任何结论，但每个人嘴里念叨得最多的除了该杀人犯就是苏杨和他的楚水生物。

2003年6月苏杨花了50万请一位在国内名不见经传的运动员做公司的形象大使，一开始苏杨的这个提议让公司很多管理人员大惑不解，纷纷说我们公司现在怎么说也全国知名了，找代言人干吗不请刘德华却让一个无名运动员来呢？这不糟踏公司形象吗？苏杨却含笑不语，只让市场部尽快把广告拍出来然后在全国电视台统一投放，一开始还没几个观众认识该运动员，可在短短两个月后的雅典奥运会上，此人拿了一项田径比赛的冠军，创了历史，一时间变成了中国最有人气的偶像，更成为了民族英雄，身价飙升数千倍。

直到这时那些对让此人做代言人耿耿于怀的人才恍然大悟，再次折服于苏杨的先见之明。至此楚水生物已名声大噪，数家财经杂志相继刊登楚水生物的研究论文，而市场更是全面飘红，每个月都能回款近3000万。2004年年底，苏杨荣获市年度十大青年企业家、十大青年劳动模范的称号，被嘉奖了60万元人民币及一辆奥迪小轿车。

这一年，苏杨27岁。

评论界普遍说苏杨是百年一遇的商业天才，他具备了所有成功商人应该具有的条件，更有评论称苏杨是世纪初最让人惊叹的青年资本家，白手创业，用才智和过人胆量创造了属于自己的财富帝国。而相比其他同样靠知识起家的年轻CEO，他更年轻，前途更不可限量。

这一切，就在两年内完成转变。两年前，苏杨还是一个每天骑车上班的小瘪三，被汽车撞死在路上都没人管，任何一个人都能对他大声喝骂；两年后苏杨穿的衣服不是Prada就是Giorgio Armani，其他的看都不看一眼，坐的车是奔驰S600L，到哪里都住五星级酒店的总统套房，走在路上最起码有

10个保镖跟着。

“你们知道怎么赚钱吗？”在F大的一次演讲中，面对台下数百位眼睛放光的学弟学妹，苏杨缓缓地说：“概念，概念，还是概念，给我一摊狗屎，只要我造一个概念，第二天就能卖出黄金的价钱，这就是现在的市场，你千万不要去研究它，因为市场很简单，你要做的只是相信自己。还有，一定要学会能吃苦，学会折磨自己，只有这样，你才能时刻保持清醒和斗志。”

苏杨说这些话时，自信中透露着张狂，下面的学生听了纷纷鼓掌，说苏学长果然有魄力，简直是他们的偶像。没人能够想到他们的偶像7年前刚到F大时，经常背着从地摊上买来的红色背包，穿着长袖白衬衣，的确良藏青长裤以及一双18块的黄球鞋，站在F大池塘边黯然神伤。

2003年和2004年两年时间，苏杨净赚到至少8000万。很多人都看到他成功后的风光，但没人知道他创业前的狼狈和创业时的痛。他一天抽两包烟，连续十天夜里不眠不休地工作，为想出一个好的创意不停抽自己的嘴巴，时时都有冲动从17楼跳下去了结自己。

更可怕的是孤独，没人理解他，没人帮助他，甚至没人愿意和他做朋友，他默默忍受，苦苦煎熬，夜深人静时自己和自己说话。没人知道当年他有多穷，因为贫穷，他最爱的女孩离他而去，现在他身价千万，要风得风，要雨得雨，可他再也找不到当初的爱情，他还是一个穷光蛋。

有钱了女人仿佛唾手可得，一天楚水生物的前台，那个浑身洋溢着诱人青春气息的18岁中专生李彩霞突然跑到苏杨办公室，一把将自己的胸罩解开，吐着舌头说：“老板，只要你给我5000块，我的第一次就是你的。”

苏杨有个秘书叫张巧巧，此人活脱脱就是白晶晶的翻版，苏杨当初就是看中这点才招她到公司的。张巧巧到了公司没两个小时就和苏老板上了床。仗着和老板关系暧昧，张某人在公司一向趾高气扬，平时走路昂首挺胸，鼻孔朝天，谁都瞧不起，一般男员工和她打招呼她睬都不睬，像一只最圣洁的天鹅，可就是这只天鹅在苏杨办公室里光着屁股对苏杨娇滴滴地说：“老板，昨天我在中信泰富看到一套D&G的红色休闲上衣，好好看哦，你给我买的话我现在就用嘴给你做。”

3

2004年年底苏杨回了趟江苏老家，他就读的高中请他给全校师生发表演讲，年近半百的校长李大明在上千名学生面前厚颜无耻地吹嘘当年他一眼就看出苏杨天赋异禀，是人中龙凤。当天晚上苏杨请李大明等一干学校领导到当地最好的酒店吃饭，酒桌上李大明更是不知羞耻地猛拍苏杨马屁，说学校能出苏杨这样的老板，简直是三生修来的福，最后端着酒杯打着饱嗝趴在苏杨肩头悄悄说：“苏老板，我知道城南刚开了家夜总会，里面小姐个个漂亮，都是俄罗斯女人，绝不超过16岁，苏老板有兴趣玩玩吗？我请客。”

苏杨瞄了眼李大明说：“你个坏东西，这么大了，还想玩女人。”

李大明“嘿嘿”一笑说：“我也是男人嘛。”

一个18岁的女孩子说：“我好喜欢安妮宝贝啊！所以我现在留着海藻般的头发，光脚穿球鞋。”

一个8岁的小男孩说：“我昨天入了少先队，我要好好读书，长大了要当一名科学家，报效祖国。”

一个38岁的乞丐说：“老板，可怜可怜我，我断了腿，给点儿钱吧。”

一个叫李庄明的人说：“如果我有钱了，我要给我妈妈买一件好衣裳，她10年没穿过新衣服了。”

一个28岁的小伙子说：“我叫苏杨，我现在有很多钱，可是我觉得孤独，我想回到过去。”

4

2004年平安夜，白晶晶和陆公子结婚了，婚礼举办地在陆家嘴的金融区。当天早上先是举办了空中婚礼，白晶晶和陆公子登上一只色彩耀目的热气球，热气球徐徐升到半空，两人在空中定情，彼此交换爱情信物——价值50万元人民币的钻戒，并朝天空抛下从9999朵玫瑰花上摘下的花瓣，40分钟后，陆上的草坪婚礼开始，白晶晶和陆公子坐在由两匹骏马牵引的马车上接受所有到场嘉宾的祝福，最后是水上婚礼，在一艘铺着红地毯，绑着大绣球的水上游轮上举办了规模浩大的正式典礼。

据说这场婚礼的奢侈程度创下了上海之最，白晶晶穿的婚纱由法国知名设计师专门设计制作，上面镶嵌大小600颗钻石，整件婚纱价值100万美元。到场嘉宾有政界风云人物，有商界大亨，还有娱乐圈众多明星，上海电视台更是进行了全程现场直播，让这个城市所有的人都可以祝福这对新人，为他们的爱情欢呼不已。

那天苏杨破天荒地给自己放了一天假，把自己关在房间里整整一天没出门，有人说他那天大哭了一场，因为他这辈子最爱的女人成了别人的新娘，不过据张巧巧说他一滴眼泪都没掉，他只是静静看着电视里的现场直播，累了就趴在桌上睡觉，就这么简单。

张巧巧轻叹一口气说：“他还是个孩子，他太累了，需要休息。”

5

什么是爱情？

一个女博士爱上了擦鞋的，她说：“爱情就是感动，当我看到他的时候，我忘记了我的身份，也忘记他的职业，我感动了。”

一个亿万富姐嫁给了个当兵的，她说：“这两年政策好，我赚了不少钱，有3个亿了吧，可我错过了恋爱的机会，现在四十好几了还是一个人，我的老公是个当兵的，比我小20岁，我爱他，我觉得我很幸福。”

一个22岁的小伙子爱上了一个70岁的老头，他说：“我们的爱情或许是世界上最奇怪的爱情，不过我可以保证也是最真实的，我曾经以为会和他一直相爱下去，直到他死为止，可是村里人发现了，他们不允许我们恋爱，所以，我只能杀了他全家，然后自杀。”

一个18岁的上海女孩做了她老板的情人，她说：“很多人都说我贱，为了钞票出卖身体，可那些说我的人其实才愚蠢，他们个个装圣洁，没错，我是喜欢钱，但那有什么错？我年轻，又漂亮，我有资本去挣钱，我不管别人怎么说，最后享福的是我而不是别人。”

爱情？嘿嘿！五年前性无能李庄明曾说：“爱情就是一辈子爱一个人，一辈子对一个人好，一辈子宠着一个人，上刀山下火海都在所不辞，反正不管如何，都是一辈子的事情！”别人问李庄明为什么这样说，李庄明呵呵一笑说：“我是好人嘛。”

就是这个好人，五年后对苏杨一字字地说：“爱情，都是虚无，只要有了钱，什么爱情都有。”

苏杨听了一个劲摇头，苏杨说：“我有钱，可没有爱情，我不明白，我什么都不明白。”

6

2005年年初，苏杨见了白晶晶一面，地点在海南三亚的一家度假中心，政府牵头组织了一场上海市民营企业家高峰论坛，苏杨和陆公子都被邀请出席。

白天在会议上，两人分别挥斥方遒，大谈自己的经营理念，赢得掌声无数，彼此也对对方心生不少敬意。在晚上的酒会上，两人又不期而遇，陆公子主动上前和苏杨握手，拉着苏杨的手说："英雄出少年，苏兄年轻有为，不愧是商业奇才。"

苏杨赶紧谦虚："您是上海民营企业领军人物，一个月赚的钱抵我一年，以后还要多向您请教才是！"

陆公子被苏杨一顿好话说得心花怒放，当即表示以后有机会一定要和苏杨合作，陆公子说完就指着身后的白晶晶对苏杨说："我给你们介绍一下，这位是我夫人白晶晶，这位是商业骄子苏杨，你们都是F大学生，以后多交流。"

白晶晶先是娇嗔了一眼陆公子，然后迈着碎步走到苏杨面前，款款伸出玉手，皮笑肉不笑地问好："很高兴认识你，苏老板，久仰大名。"

7

那天苏杨一宿未眠，仿佛得了老年痴呆，不但面对张巧巧的百般挑逗无动于衷，甚至连话都没说一句，只是披了件外套傻傻坐在阳台上，看着前方的大海，一根接着一根抽烟。

苏杨间或会看一眼放在地上的手机，里面有他这辈子最爱的女人的号码，这个女人现在离他咫尺天涯，只要他轻轻一按就可以拾起所有丢失的回忆。

可是他不敢，也不想，他仿佛在等待，又仿佛在忍耐，他的目光如雕像般坚强，外套在海风的拉扯下沙沙作响，没人知道他内心是怎样的感觉，或许不远处波涛汹涌的大海就是他内心的反应。

他就这样坐在那里一直坐到黎明，黎明破晓前张巧巧站在了他身后，用自己修长的胳膊从背后将他紧紧缠绕，她在他耳边痴痴地说："我知道你在等她电话，可她不会给你打的，她现在那么幸福，早就把你忘记了，当初你穷她离开你，去找有钱的男人，这种女人根本不值得你等……"

张巧巧还想说什么，只是她身下的苏杨突然像头发了疯的野兽将她摔倒在地，苏杨扑到张巧巧身上，左右开弓一口气抽了她20个耳光，然后目露凶光，对这个被吓坏的女人狠狠地说：“你要是再敢说她一句坏话，我就杀了你！”

张巧巧不可遏止地痛哭起来，自从她来到楚水生物，成为苏杨秘书以来，苏杨对她是百依百顺，宠爱有加，苏杨仿佛可以容忍她所有的无知和骄横，看她的目光永远是那么爱怜，无论到哪里都会带上她，两个人的时候苏杨从不像是她的老板，更像是货真价实的男朋友，张巧巧知道这一切只是因为自己长得像另一个女人，一个自己老板这辈子最爱的女人，所有的荣誉和财富都是因为苏杨将她看成了她的替身。张巧巧不服气，她不爱苏杨，她只爱苏杨的钱，可她不想看到自己成为别人的影子，所以她努力讨好苏杨，精心照顾他的生活，像他真正的女朋友一样，她以为自己成功了，成功取代了那个女人在苏杨心中的位置，可直到这一刻，她才知道自己太天真、太可笑，在他心中，根本不可能有人代替那个女人，永远都不能。

张巧巧趴在地上痛哭，嘴角流出鲜红的血，她的长发披散在脸上，随着哭泣声急剧抖动，她一边痛哭一边冲着背对着她的苏杨大喊：“我比她年轻，比她漂亮，我有什么不如她？为什么你那么爱她，就不能爱我？”

苏杨缓缓回过头，一字一句对她说：“你不配我去爱，这个世界再也没有女人配我去爱。”

8

第二天一大早，苏杨就向组委会道别说公司发生重要事情须立即回去处理。在海南飞上海的头等舱里，苏杨迷迷糊糊地睡了过去。

他在梦里回到了1985年的夏夜，那一年他还是个8岁的孩子，他和张晓光说我们是好兄弟，不求同年同月同日生，但求同年同月同日死，旁边的陈小红开心得跳了起来。他趁张晓光不注意的时候偷偷找陈小红，对她说："小红，我喜欢你，我长大了要娶你。"陈小红边笑边点头说："好，我等你长大，我们拉钩上吊，一百年不变。"

接着他又看到了白晶晶，白晶晶对她羞涩一笑，扑进他怀里说："苏杨，我爱你，你是我这辈子最爱的人，我怎么也忘不了你，我不要你离开我，永远都不要离开我……"

他还看到了马平志，看到了李庄明，看到了麻秆和张胜利，所有消失的面容都无比鲜活地在他梦中出现，他们欢声笑语，放声歌唱，一起编织着美丽的青春年华。

就这样，这个28岁的男人在睡梦中时而微笑，时而皱眉，在梦的最后，他突然用手蒙住脸"嘤嘤"地痛哭起来。

后记 | 那些曾经过往，以及写作这件事

1

曾几何时，我是那么依赖于文字表达，总觉得内心有千千万万想说的东西，通过文字，通过写作，只要想写，就能写出来，并且一定可以表达到位，感动自己的同时还能打动别人。是的，在当时的我的眼中，再也没有比文字更美好和强大的力量，因为可以写作，即使生活贫瘠到一无所有，也会感觉自己富有得像一位真正的国王。

可不知从何时起，我变得那么害怕写作，虽然还有表达的欲望，但却有心无力，总觉得写不出来，写出来也不够好，打动不了别人，甚至无法感动自己，还不如不写，至少还多个念想。

或许这就是人生的距离，时间的残忍吧，从少年到青年到现在临近中年，十余年时间弹指间已经过去。

2

具体来说，我从1998年开始有意识地创作小说，2001年开始有目的地创作小说，关于文字最美好的纪念也都停留在那些年。时至今日，我依然怀念我的大学时代，怀念那些在图书馆美美地借出新一期《萌芽》，然后如饥似渴地阅读上面的文字的日子。当一个人的青春期遇见一座城市和一个时代的变革期，由此产生的情绪是无法用文字来表达的，总之，当时的《萌芽》给了我极大的震撼，我才知道原来还可以这样去写自己的生活，自己的情感。

当然还有“新概念”作文大赛，第一届已是传奇，一等奖获得者的故事被我们传诵，我一遍遍地将宋静茹的《孩子》高声朗诵，我为甘世佳的《十七岁开始苍老》而忧愁不已，还有周嘉宁、苏德，她们曾是我心中最美好的女孩，那时最喜欢做的事就是给她们打电话，像个真正的白痴一样不停地说：好喜欢，好喜欢你们的文字哦。

至于韩寒，那绝对是一颗遥不可及的星，遥远到连传说都没留下几句。

当然也还有“榕树下”，关于这个文学网站，可以写的回忆就更多更多了，在那里我认识了更多的朋友，我们一起写下了更多的文字，也分享了更多的友情，留下了更多的美好回忆。

那几年，留下的除了美好的回忆，更多的是感激，感激在我生命里出现的那些人，经历的那些事，这份感激不会随着时间的流逝而淡薄，只会更加浓烈。

因为那样相对单纯的岁月，那样志趣相投的朋友，那样纯粹投入地写作，都再也回不来了。

3

2005年，我开始从事图书出版工作，有了之前几年在广告营销行业的打拼，我的出版事业做起来格外顺利。六年来我的进步很大，也出版了一些叫好叫座的好书，我想出版将会是我这辈子一直主做的事业，我那么地热爱图书出版，成为一名杰出的出版人是我矢志不渝的目标。

这几年我将所有心血都投入到工作和家庭之上，很少写作，原因开头已经陈述，但我始终明了写作将永远暗涌于我的内心深处，沉淀之后就是新的爆发，而这一次将更猛烈，也更强大，我可以写出更丰富更精彩的故事，也可以写出更加动人的道理，因为我已经有了更多的人生体味，和更为明确的价值观。

写作是私人的事，但写作绝对不能只为了自己，做出版这几年，我们习惯给不同作者打上不同的标签，那我的标签是什么呢？我是为了哪个群体而写，想表达怎样的理念呢？我冷静地问自己这个问题，然后给出了清晰的回答：我要做80后草根代言人，我的作品要紧紧围绕这个群体来表达，和他们一起成长，因为我就是其中一分子，更因为，我们的真实生活现状目前还极度缺乏真实的表达，有太多文字在歌颂风花雪月，在掩饰，在逃避，我们需要文字的美好，但更需要文字的真实。

是的，此刻的我已经无比明确这样的创作目标。这显然是我创作的全新阶段，也将是最美好、最有力量的阶段。

4

这些日子，网络上最热闹的事莫过于韩方之争，看了双方的很多发言，也有想过去表达，声援谁谁，抨击谁谁，最终还是保持缄默，因为担心自己知道的其实也算肤浅。只不过看到方质疑《三重门》非韩寒所写，还是觉得方太过荒唐，文学创作焉能从逻辑上分析谁能不能写出，应该是谁写而不可能是谁写？得看内容，《三重门》讲述了一个高中生的成长和情感故事，显然就是韩寒曾经经历的生活，而且行文表达整体还算青涩稚嫩，去质疑这部作品显然是可笑至极。不只韩寒，几乎所有我认识的青春作家的长篇小说处女作都是他们的“自传”，或多或少都有着自己的生活体验，因为这样的故事最容易写，内心深处也最愿意表达。

我也不例外。2004年，在创作了大量中短篇小说和散文后，我开始撰写第一部长篇小说《那时年少》，将自己一段刻骨铭心的情感经历，还有大学毕业前后几年的时光用文字认真记录了下来。这部小说虽然缺点甚多，但因为情感真挚，情绪饱满，加上内容独特，一直在我内心深处占据着极为重要的位置。

5

只是一名写作者不可能永远去写自己的生活，小说毕竟是一门虚构的艺术，创作真正的快感在于创造，而长篇小说的创造是一项系统复杂的工作，饱满的情绪只是一个基础，人物塑造、情节架构、表达方式等都对写作者构成极大的挑战，克服这些挑战再去创作，就能收获不一样的快感。而最最重要的还是价值观的体现，没错，价值观是小说的灵魂，很难想象，一部没有价值观的小说可以广为流传。打动人不是什么难事，狗血情节永远有人消费，但唯独价值观才是刻在读者内心的烙印，因为我们活着，其实就是在找寻一个信仰，而文学的信仰就是其价值观。

这些道理，我是随着生活经历的增加，逐一体悟感知的，并且无论是面对生活还是创作，都变得慎重起来，少年轻狂有其美丽，中年老成也有其风景，且行且悟，且悟且珍惜。

不管如何，我开始从更深层次去领悟创作，并且享受不一样的创作快感，排兵布阵是其表，布道而讲是内核，我对生活的观察和理解，都化入笔下的故事，让那些人物去上演他们自己的悲欢离合。

《毕业了我们一无所有》就是在这种状态下的产物，也是我自己最为满意的一部作品。

6

《毕业了我们一无所有》讲述了以苏杨为首的几位大学生毕业前后的故事，有爱情，有友情，有挫折，有奋斗，更有成长。书中的几位人物代表着各个类型的大学生，他们的故事也大体反映了现在草根毕业生的几种人生轨迹，只是更为戏剧化。

然而这些还只是表象。

还是得回到价值观上，从书名来看，似乎比较悲观，然而这也正是现实写照，除了吸引眼球，小说真正想表达的还是：奋斗改变命运。没错，这才是我想通过这部小说最想表达的观念。在这个悲催的年代，在残酷的现实世界里，作为一名大学毕业生，一名草根80后，你可以什么都没有，没有技术经验，没有家庭背景，没有原始资金，没有相貌美色，没有巧舌如簧，没有人脉气场，哪怕你真的是一无所有，但只要有一颗奋斗的心，并且真的能持之以恒为梦想而奋斗，你就一定会有成功的明天。

我不认为这是虚空的说教，因为我就是这么成长起来的。丨年前我人学毕业，傻小子一个走进社会，悲哀地发现自己真的一无所有，几年大学所学的专业技能压根儿无法支撑我的生活，懵懵懂懂，跌跌撞撞，所幸对成功的追求一直没有懈怠，一步一个脚印，奋斗至今，虽然生活已经有了显著的改善，却依然不敢放弃努力，只为了更灿烂的未来。

因此，如果这部作品可以让一些读者朋友在看完之后获得一些信心，拥有一些奋斗的动力，那么作为作者，这就是我最大的幸福。

当然小说里也不是没有悲观的色彩，其中的爱情挺让人绝望，不管你爱或不爱，真情还是假意，最终的结果似乎都一样，那就是分离。

为什么会这样？我不知道，对于爱情的悲观和绝望，这么多年，一如既往。

一草

2012年1月30日星期一

抢

看《毕业了我们一无所有》

年薪20万

职位！

优阅图书招聘启事

优阅图书，最具生命力的新生代图书出版力量，隶属于中南博集天卷文化传媒有限公司。

中南博集天卷系我国民营出版机构领军企业，出版有《杜拉拉升职记》、《不抱怨的世界》、《力量》、《做你自己》、《理想丰满》等超级畅销书，目前中南博集天卷的整体规模、市场占有率、平均销量、口碑品牌皆遥遥领先于兄弟出版公司。

优阅图书于2011年创建，当年即创造了平均单品销量过八万册的佳绩，受到了媒体的广泛关注以及读者的深深喜爱。优阅图书，只为打造优质阅读，2012年，优阅图书将秉承这一出版理念，继续为读者打造最优质的阅读体验。为加强优阅图书的编辑力量，优阅图书现向《毕业了我们一无所有》的读者提供年薪20万元的就职机会，诚邀您的加盟。

你只需要符合以下唯一条件，即可参加我们的人才选拔。

喜爱阅读，热爱图书出版，热爱影视，立志在文化事业上有所建树。

至于学历，专业，不是我们最在乎的因素。而如果你是应届毕业生，我们将更为欢迎，除了提供高薪外，更提供最具竞争力的职场培训，让你在最短时间内成为最优秀的图书策划高手。

还在等什么？立即将书中的“梦想明信片”快递给我们吧，我们将有专人和你联系，为你开启梦想之门。

本招聘启事长期有效，静候大驾！

优阅图书

2012-2

优阅图书

ENJOY READING

优阅图书，只为打造优质阅读!

优阅图书，最具生命力的新生代图书出版力量
隶属于中南博集天卷文化传媒有限公司
由知名青年出版人一草于2011年创建
优阅图书以打造优质阅读为理念及目标
力争为读者提供最优质的阅读体验
2011年，优阅图书共出品23本图书
创造平均单品销量超八万册的行业奇迹
优阅图书品牌形象为送书小松鼠
认准这只松鼠，本本都是好书

优阅图书精品书目

● 桐华作品系列 ——

《步步惊心》（新版）/《那些回不去的年少时光》（上下册）/《山经海纪之曾许诺》（上下册）/《大漠谣》（新版，待出版）/《云中歌》（新版，待出版）/《被时光隐埋的秘密》（新版，待出版）

● 青春言情系列 ——

《悟空传》今何在/《曾有一个人，爱我如生命》舒仪/《那时年少》一草/《深度依赖》Pluto/《再见，老男孩》筷子兄弟/《致我们终将逝去的青春》陶畅/《长发飞扬的日子》姜昕/《直到四季都错过》黄信然

● 社科历史系列 ——

《理想丰满》冯仑/《袁腾飞讲历史》系列（待出版）袁腾飞/《民国就是这么生猛》系列雾满拦江/《官路》姜宗福/《怪诞心理学2》(英)怀斯曼/《90后骑行侠单车去西藏》林伟裕

优阅图书现向您诚挚征稿
投稿邮箱：yicao@booky.com.cn
优阅图书微博：weibo.com/youyuetushu

图书在版编目（CIP）数据

那时年少. 2, 毕业了我们一无所有 / 一草著. —长沙 : 湖南文艺出版社，2012.3

ISBN 978-7-5404-5355-8

Ⅰ. ①那…　Ⅱ. ①一…　Ⅲ. ①长篇小说－中国－当代　Ⅳ. ①I247.5

中国版本图书馆CIP数据核字(2012)第011087号

上架建议：长篇小说 · 青春言情

那时年少2：毕业了我们一无所有

作　　者：一　草
出 版 人：刘清华
责任编辑：丁丽丹　刘诗哲
监　　制：一　草
策划编辑：包陈斌
整体装帧：熊　琼
出版发行：湖南文艺出版社
（长沙市雨花区东二环一段508号 邮编：410014）
网　　址：www.hnwy.net
印　　刷：北京京都六环印刷厂
经　　销：新华书店
开　　本：787mm × 1092mm　1/16
字　　数：180千字
印　　张：17
版　　次：2012年3月第1版
印　　次：2014年1月第5次印刷
书　　号：ISBN 978-7-5404-5355-8
定　　价：26.00元
（若有质量问题，请致电质量监督电话：010-84409925）

畢業后妳不是我的
Niko孙子涵
畢業了一無所有
Kinly小5